시시하게 살지 않겠습니다

KOKKYO NO NAI IKIKATA –
WATASHI O TSUKUTTA HON TO TABI
by Mari YAMAZAKI
© 2015 Mari YAMAZAKI
All rights reserved.

Original Japanese edition published by SHOGAKUKAN.
Korean translation rights arranged with SHOGAKUKAN
through THE SAKAI AGENCY and BC Agency.

이 책의 한국어판 저작권은 BC Agency를 통한
저작권자와의 독점 계약으로 글담에 있습니다.
저작권법에 의해 한국 내에서 보호를 받는 저작물이므로
무단전재와 복제를 금합니다.

시시하게 살지 않겠습니다

야마자키 마리 지음

김윤희 옮김

남들처럼 살지않는다―

indigo

마음 가는 대로 자유롭게 살 순 없을까?

'일본 만화대상'을 수상하며 독자들의 많은 사랑을 받은 『테르마이 로마이』를 구상한 것은 시리아에 있을 때였다. 고대 로마 시대 유적을 여행하고 있는데, 기둥과 기둥 사이에 뭔가 펄럭이는 것이 보여서 가까이 가보니 '이럴 수가!', 그것은 바로 화려한 색상의 팬츠였다. 세계문화유산에 빨래를 널어놓은 것이다.

유심히 들여다보고 있는데 한쪽에서 유목민 할아버지가 나타나서는 "무슨 일이오? 우리 집에 무슨 볼일이라도?" 하며 말을 건넨다. 아무렇지도 않게 로마 제국 유적지에 살고 있는 사람들. 그 광경을 보면서 잠시 타임머신을 탄 것 같은 착각에 빠졌다. 온 세상 사람들이 모두 같은 속도로 살고 있는 것은 아니구나 하는 깊은 감동이 몰려왔기 때문이다.

인생은 규격이 정해진 수영장이 아니다. 비교도 되지 않을 만큼 훨씬 넓고 웅대한 망망대해와도 같다. 당신이 어디를 헤엄치든 무엇을 하든 상관없을 정도로 크고 다양하다. 다만 대부분의 사람들이 그 크기와 깊이에 대해 고민하고 찾아보려 애쓰지 않기 때문에, 이 세상이 얼마나 광활한지 깨닫지 못한 채 생을 마감하고 마는 것이다.

이 얼마나 안타까운 일인가!

엄마의 영원한 애마이자 우리 가족의 발이었던 크라운 자가용을 사오던 날을 지금도 잊지 못한다. 나와 여동생이 길에서 주워온 강아지까지 태우고 연료를 가득 채우면 출발 준비 완료다. 사소한 일에도 쉽게 감격하는 엄마는 드라이브 내내 우리를 돌아다보며 이렇게 말했다.

"이 경치를 좀 보렴. 눈물이 나올 만큼 아름답지 않니?"

정작 본인이 더 감동해서 눈물을 글썽이는 엄마를 보며 어린 딸들은 '너무 귀엽다'고 생각했다. 지금 생각하면 그야말로 가장 확실하고 건전한 교육이었던 것 같다. 엄마는 살아가는 순간순간이 너무도 행복한 사람이었다. 산다는 것이 이토록 아름답고 즐거운 일이라는 것을 몸소 나에게 가르쳐주었다.

"잘 보렴. 세상은 이토록 아름답단다. 살아간다는 것은 기쁨이고 열정이야."

나도 내 아이에게 뭔가를 가르쳐야 한다면 바로 이것이리라.

내 경우에는 엄마가 대자연과 여행, 그리고 책이 자식들에게 중요하다는 것을 일찍부터 깨달아 알려준 편이었다. 딸이 어른이 되어서도 좋아하는 그림을 계속 그릴 수 있도록 방향을 잡아주었고, 세상의 벽과 경제적 빈곤에 직면해도 당황하지 않도록 강한 의지를 심어주었다. 그리고 무엇보다 세계와 지구의 광대함을 가르치자는 교육방침을 갖고 있었다.

엄마가 그런 틀을 잡아준 덕분에, 나는 열네 살이라는 어린 나이에 혼자서 유럽 여행을 떠났다. 그리고 지금까지 30개국을 넘게 여행하며 그곳에서 살아보기도 했다. 엄마의 생각대로 생활습관도 종교도 사고방식도 전혀 다른 사람들을 수없이 보아온 덕분에 주변 사람과 다른 나의 특이성에 대해서도 거부감을 느껴본 적이 한 번도 없다. 무리해서라도 타인의 틀에 나를 맞춰야겠다는 생각은 하지 않았다.

지금도 나 자신과 마주하고 싶을 때는 주변 전자기기의 전원을 모두 끄고 책을 읽는다. 그래도 여전히 부족하다 싶으면 짐을 꾸려서 여행을 나선다. 생활습관도 생각하는 방법도 전혀 다른 사람들이 살고 있는 땅으로 가서 우리가 살아가는 이 세계가 얼마나 넓고 무한한지 확인한다.

의지할 사람이라고는 오직 나뿐인 여행을 하다 보면 가슴 덜컹한 큰 실수와 부끄러운 일도 많이 생기지만, 그런 경험이 훗날 나를 성장시킬 귀한 원동력이 된다는 사실을 절절히 깨달았다.

나는 인간이 만든 경계선을 무시하고 드넓은 하늘을 날아가는 새도 아니고, 넓은 바다를 자유롭게 헤엄치는 물고기도 아니다. 하지만 그들처럼 기존 개념에 얽매이지 않고 지구를 살아가는 하나의 생명체로 살아가고 싶다. 선물로 받은 생명을 충분히 만끽하며 누리고 싶다.

그런 의미에서 이 책을 진귀한 생명체를 관찰하는 기분으로 읽어주면 좋겠다.

야마자키 마리

2장 인생이란 멋대로 살아도 좋은 것

3장 사람은 사람을 어디까지 알 수 있을까?

6장 남들처럼 살지 않아도 괜찮아

1장

—

타인의 눈에
비친 나는
내가 아니다

"네가 있는 곳으로 다른 사람들이
오기만을 기다릴 순 없어.
때로는 네가 그들에게 다가가야 해."

─「곰돌이 푸」중에서

'나답다'는 말에
얽매일 필요는 없다

홋카이도에서 지내던 어린 시절, 우리 가족은 단지 안에서 조금 겉도는 존재였다. 정확히 말하자면 괴짜 가족 취급을 받았던 것 같다.

도쿄에서 이사를 온 엄마와 딸들, 엄마는 비올라 연주자. 연습 때문에 늦게 귀가할 때도 아무 대책 없이 달랑 딸 둘이 집을 지킨다. 이 사실은 주변 사람들 입장에서는 걱정거리일 뿐 아니라 수군거리기 안성맞춤인 표적이었다.

"왜 어린아이들에게 저런 고생을 시키는 거지? 일이라면 다른 것도 있잖아?"

하지만 엄마는 무슨 이야기를 들어도 동요하지 않았다. 내겐 그게 대단하게 느껴졌다.

대화 상대의 커뮤니티 수준은 '특수한 상황을 어디까지 받아들일 수 있는가'로 결정된다. 처음에는 '이상하네'라고 생각하다가도 사람은 서서히 길들여진다. 천천히 익숙해지고 결국에는 체념한다. "뭐, 원래 이상했으니까" 하면서 묵인하고 허용하게 되는 것이다.

애초부터 엄마에게는 '엄마는 이렇게 해야 한다'는 사고방식 자체가 없었다. 엄마의 육아법은 이렇게 표현하면 조금 이상하지만, 어미 고양이가 새끼 고양이를 기르는 방식과 흡사했다.

기본적인 의무는 다하면서도 필요 이상의 수고는 절대로 들이지 않는다. 원칙적으로 아이들이 스스로 판단하도록 한다. '저 아이는 분명히 잘할 거야' 하는 자신의 감각, 동물적인 느낌 같은 걸 믿는 구석이 있었다.

설령 그것을 다른 사람들이 이해하지 못하고 별나다고 여긴대도 딱히 부끄러워하지 않는다. 해야 할 일을 하고 자신만의 확고한 신념을 갖고 살아간다면 그걸로 충분하다는 것이 엄마의 삶의 방식이었다.

"사람들의 시선 따위는 신경 쓰지 않아도 돼."

엄마는 늘 나에게 이렇게 말했다.

"타인의 눈에 비친 나는 내가 아니니까."

그래서 남들이 뭐라고 한들 동요하지 않을 수 있었다. 무엇보다 엄마 자신이 몸소 열심히 살아가는 모습을 보여줬기 때문에 우리도 '엄마 말이라면 신뢰할 수 있어'라는 확신을 가질 수 있었다.

흔히들 '나답다'는 말을 하는데, 솔직히 나는 잘 이해가 가지 않는다. '나답다'는 게 도대체 무슨 뜻인가.

'나는 이러이러하니까' 하면서 그에 맞게 꾸미고, 거기에 맞는 사고를 한다. 혹은 그 기준에서 벗어난 행동이나 생각을 하면 '나답지 않다'고 여긴다. 도대체 누가 그걸 규정하는 거지?

'나답다'거나 '나답지 않다'거나 뭔가를 하기 전부터 경계를 정해놓는다면, 그건 처음부터 스스로 자신의 한계를 규정해버리는 것과 다름없다.

'여기부터 여기까지가 접니다. 잘 부탁드립니다.' 이렇게 자신의 윤곽을 잡아놓고 그 안에 안주하려는 태도는 답답하지 않은가. 그런 좁디좁은 방 안에 자신을 밀어 넣고 뭘 어쩔 셈인가!

아무리 기억을 더듬어봐도, 나는 그저 전부터 해오던 일을 '얍! 얍!' 필사적으로 뛰어넘거나 혹은 미리 예측해가며 피해갔을 뿐, 나답다거나 나답지 않다거나 하는 생각은 한 번도 해본 적이 없는 것 같다.

무아지경이 되어 열심히 살다 보면 '나답다'는 경계 따위는 2차 아니 3차적인 문제에 불과할 뿐, 아무래도 좋지 않은가.

멈춰 서서 사색하는 법을
가르쳐준 『생활의 수첩』

외갓집 창고를 뒤져보면 수백 권의 『생활의 수첩』이 보관돼
있다. 가끔 들를 때마다 두세 권씩 챙겨 오곤 하는데 지금 읽어
도 신선할 뿐 아니라, 그 안에 깃들어 있는 정신이 전혀 고루하
지 않아서 놀라울 따름이다. 그래서 엄마도 버리지 않고 이렇
게 간직해둔 거겠지.

엄마가 창간호부터 이 잡지의 열렬한 애독자였던 덕분에, 나
도 초등학교 때부터 실시간으로 읽어왔다. 최신호를 사오면 동
생과 나는 눈이 빠지게 기다리던 '상품 테스트' 페이지를 맨 먼
저 펼친다.

정말 대단한 코너였다. 예를 들면 새로 출시된 토스터의 성

능을 비교하기 위해 빵을 43,800장이나 굽는다. 말이 쉽지 빵 43,800장이다. 얼마나 많은 양인지 상상이나 가는가.

더욱 놀라운 건 그 이벤트를 회사 규모의 상품개발 부서가 아니라 잡지사 편집부에서 주관하고 진행한다는 사실이다. 그것도 매달, 매번!

프라이팬 품질을 비교하기 위해 핫케이크를 100장, 200장씩 굽기도 하고, 세제 품질을 테스트하기 위해 와이셔츠를 1,000장씩 세탁하기도 한다. 그야말로 '우리는 이렇게까지 노력하며 실천하고 있다'는 기백이 고스란히 전해졌다. 겉으로는 어이없는 웃음을 지으면서도, 소비자의 눈높이에 맞춘 철저한 실험 정신에 압도될 수밖에 없다.

생각해보니 대부분의 가정에 드럼 세탁기가 보급됐는데도 굳이 엄마가 '아오소라'라는 브랜드의 2조식 세탁기(세탁조와 탈수조가 따로 달린 반자동 세탁기—옮긴이)를 고집했던 것도, 분명히 이 잡지의 영향이었으리라. 아주 오랫동안 그리고 바로 얼마 전까지 '아직 얼마든지 쓸 수 있다'며 품고 있었을 정도다.

거의 TV를 보지 않는 엄마에게 이 잡지의 영향력이란 가히 절대적이었다.

우리 집에는 전기밥솥이 없었다. 밥을 지을 때 양은냄비를 사용한 이유도 물론 『생활의 수첩』에 '양은냄비로 밥을 지으면 얼마나 맛있는가'라는 실증적 기사가 실렸기 때문이다. 얼마든지 편리함을 누릴 수 있는데도 굳이 수고와 시간 투자를 권하는 것 역시 이 잡지의 특징이다. 덕분에 나는 지금도 냄비만 있으면 아주 맛있는 밥을 지을 수 있다.

하나모리 야스지가 '의장연구소(『생활의 수첩』을 펴낸 잡지사)'를 설립한 것은 1946년 세계대전이 끝난 직후였다.

그는 남자도 단발머리를 할 수 있고 스커트도 입을 수 있다는 것을 직접 실행에 옮겨 보이며 틀을 깨나갔다. 하나모리의 급진적 평등주의 근본에는 두 번 다시 같은 실수를 반복하지 않겠다는 전쟁의 통한이 담겨 있다. 멍하니 있다가 다시 발목을 잡히지 않으려면, 각자가 하루하루의 삶에 심미안을 갖는 것만이 최상의 방법이라고 생각한 것이다.

요즘 잡지들은 '자, 고객님, 이것이 가장 좋습니다', '여러분,

이것을 구입하셔야야 합니다' 하면서 구매 욕구를 부추기기만 할 뿐, '이건 좀 이상하지 않습니까?' 하고 근본적인 의문을 제시하는 경우는 거의 없는 것 같다.

『생활의 수첩』을 보면 좀 더 현명하고 행복한 삶의 방식을 제안하는 내용의 근저에, 편집장인 하나모리 야스지의 '반反철학'이 관통하고 있다. 그 점이 참으로 대단하게 느껴진다. 문체는 더할 나위 없이 온화하지만 그 속에 한 치의 흔들림도 없는 기골이 깃들어 있었다.

고도 성장기를 맞이하면서 물질적 탐욕이 요동치던 시대에도, 한가롭게 들떠 있지 말라는 따끔한 경종을 울리는 역할을 마다하지 않았다. 광고나 스폰서를 배제하고 어디까지나 저널리스트로서의 자존심을 잃지 않으면서, 너무 엄격하다 싶을 정도의 실험정신과 공평한 심미안을 일관되게 보여주었다.

'상품 테스트' 페이지에도 그의 확고한 의지가 잘 드러나 있다. 단순히 웃어넘길 수 없을 정도로 진지한 그를 보고 어린 나조차도 '이런 어른은 참 멋있다'라고 생각했던 기억이 난다.

우둔해 보이지만 진지하고, 미련해 보이지만 진실만을 말하려고 하는 태도, 나도 나중에 그런 어른이 되리라, 다짐했었다.

물 흐르는 대로 휩쓸려가지 않고 정말 이대로 괜찮을까, 멈춰 서서 고민하고 사색하는 것. 즉, 의구심은 인간이 진지하게 살아가려고 마음먹었을 때, 그 사람을 근본부터 뒤흔드는 에너지가 된다.

아무런 의심도 없이 무조건 믿는 사람은 발목을 삐끗하는 순간, '당했다!'라며 땅을 치기 쉽다. 하긴 무조건 믿는 게 편하기는 하다. 어떤 결과가 나오든 상대에게 맡겨버리면 되니까. 뭔가에 대해 진심으로 그 진가를 찾아내고 싶다면, 무턱대고 믿지 말고 일단은 의심을 해야 한다.

『생활의 수첩』은 수많은 잡지 중 하나에 불과했지만, 스스로 생각하고 스스로 판단하면 그 누구든 심미안과 철학을 가질 수 있다는 것을 내게 가르쳐줬다.

상상력이란
고독이 주는 선물

　도저히 감당할 수 없는 고독과 외로움이야말로 어쩌면 그 사람의 상상력과 개성의 원천이 아닐까.

　문득 떠오르는 에피소드가 있다.

　엄마는 우리를 맡길 곳이 없으면 두 딸을 데리고 콘서트 회장에 가서 맨 앞자리에 앉게 했다. 그러면 연주를 하면서도 우리를 감시할 수 있으니까.

　필요는 발명의 어머니라고 했던가, 엄마는 항상 대담한 발상을 했다. 연주곡이 귀를 즐겁게 해주는 곡이면 참 좋았겠지만, 쇼스타코비치나 시벨리우스의 곡은 초등학생인 나에게 고문이요, 고통 이외에는 아무것도 아니었다. 몇 시간이나 꼼짝하지 않고 앉아서 침울한 분위기의 곡을 듣고 있으면 '아직 남았나, 도대체 언제 끝나지' 싶어서 몸살이 날 지경이었다. 동생 마야는 너무 어려서 더 힘들었으리라.

"언니…… 얼른 여기서 나가고 싶어."

마야는 당장이라도 울음이 터질 것 같은 표정을 지었었다.

하지만 우리의 고통을 아는지 모르는지 조금이라도 자세가 흐트러지면 찌릿, 오케스트라 맨 앞줄에서 비올라를 연주하는 엄마의 서슬 퍼런 눈초리가 날아들었다.

가슴이 철렁한다. 연주가 아직 한창인데 도대체 왜 엄마는 지휘자 아저씨를 쳐다보지 않는 거지?

"마야, 가만있어. 엄마가 우리를 보고 있잖아."

"뭐?"

"엄마가 지휘자 아저씨를 안 보잖아. 좀 참아봐."

우리를 쳐다보다가 엄마가 실수라도 하지는 않을까, 오히려 우리가 엄마를 더 걱정해야만 하는 상황이다.

지금도 만화를 그릴 때 가끔 클래식 음악을 틀어놓는데, 그런 날은 상상력이 더욱 풍부해지는 것 같다. 상상력 스위치가

커지는 느낌이랄까. 이건 분명히 그 시절에 길러진 특수한 능력이리라.

아무리 지루하고 난해한 곡이 연주돼도 도망갈 수 없었다. 무조건 얌전히 앉아 있어야 하기 때문에, 두 시간짜리 공연이면 그 시간을 견디며 의지할 데라고는 나의 상상력뿐이었다. 음악에 집중하고 있는 듯 보여도 실상은 허공을 헤매고 있으니, 그쯤 되면 연주회가 아니라 클래식 좌선이다. 음악을 듣는다기보다 라이브 오케스트라를 배경음악 삼아 명상을 하고 있으니 수행이 아니고 무엇이랴.

그렇게 엄마를 따라다니며 그것도 맨 앞줄에서 클래식 음악을 들었으니 클래식 마니아가 되었겠다고 말한다면, 유감스럽게도 그보다는 오히려 상상력이 단련되었다는 편이 맞다. 지금도 음악을 틀면 저절로 만화 소재가 떠오른다. 완전히 조건반사다. 파블로프의 개가 따로 없다.

종종 "좋아하는 일을 직업으로 삼고 싶은데, 어떻게 하면 좋을까요?"라는 질문을 받는다.

내가 왜 만화가가 되었는지 돌이켜보면 한 가지 풍경이 떠오른다. 엄마가 늦게 오는 날이면 동생과 함께 집을 지켜야 했던 어린 시절에, 꿈을 꾸듯 그림을 그리고 있는 나의 모습. 여자아이들이 자주 그리는 공주 그림 같은 건 단 한 번도 그려본 적 없다. 그도 그럴 것이 공주를 동경해본 적이 없었으니까.

"공주님은 되고 싶지 않아."

"그럼 뭐가 되고 싶은데?"

"동물이 되고 싶어."

「밀림의 왕자 레오」를 보면서 저 동물들처럼 초원을 달리고 싶다고 소원을 빌었다. 그 때문이었을까, 그 시절 내 스케치북에는 온통 캥거루나 사슴처럼 거칠고 빠르게 내달리는 동물 그림뿐이었다.

그렇다고 달랑 동물만 그린 게 아니라 제법 그럴듯한 대사도 적어 넣었다. 그림을 그리다 보면 저절로 스토리가 떠오른다. 아마도 이미 그 시절부터 만화가의 길로 들어섰나 보다.

그렇게 완성한 그림을 엄마가 모두 챙겨놓은 덕분에 지금도 골판지 상자에 가득 들어 있다. 만화가 야마자키 마리의 원점이라고나 할까.

지금 생각해보면 어리지만 내 나름의 복잡한 감정을 어떻게든 표출할 방법을 찾고 있었던 건 아닐까 싶다. 단순히 그림을 좋아해서가 아니라, 뭔가 허기지고 도저히 주체할 수 없는 감정 때문에 충동적으로 한 일이라는 생각이다.

광고지 뒷면에 그리는 정도로는 감정이 추슬러지지 않아서 벽에 직접 붓을 던지듯 그린 적도 있는 걸 보면 더욱 그런 확신이 생긴다. 결국 그런 충동은 그 시절 말로는 표현하지 못했지만 내가 품고 있던 외로움과 고독에서 피어난 것 아닐까.

당연히 엄마에게 혼날 각오를 했었는데, 그림을 본 엄마는 단 한 번도 "이런 곳에 그림을 그리면 어떡하니" 하는 식으로 꾸짖지 않았다. 그적 묵묵히 새 벽지를 바르셨다. 그 시절의 나는 일단 흰 곳만 보면 무조건 그림을 그리는 아이였기 때문에, 엄마는 흰색 벽지를 덧발라주며 '그래, 마음껏 그려보렴. 벽지는 새로 바르면 되니까' 하는 심정이었나 보다.

엄마는 '음악은 좋은 것'이라는 신념을 갖고 있었기 때문에 딸들도 음악을 했으면 하고 바라셨다. 그래서 나도 세 살 때부터 피아노와 바이올린을 배웠다.

"내가 제일 하고 싶은 건 이게 아니야."

어느 날 갑자기 내가 "이제 피아노랑 바이올린은 안 할 거야"라고 폭탄선언을 했을 때 엄마는 상당히 큰 충격을 받았다.

"혹시 연습하기가 싫으니? 그냥 심통 한번 부려본 거지?"

엄마는 이런저런 구실로 나를 설득하려고만 할 뿐, '정말 싫어, 하고 싶지 않아' 하는 나의 진심은 들으려 하지 않았다.

"음악은 좋은 거라며! 그런데 하나도 안 좋아. 뭐가 좋다는 거야!"

"꼬맹이 네가 뭘 안다고 이렇게 고집을 부리니!"

엄마는 기본적으로 아이를 존중해주는 사람이지만, 그때만큼은 한 치의 양보도 해주지 않았다. 나도 지고 싶지 않았다. "정말 좋은 부모는 아이가 행복할 수 있도록 해주는 거잖아"라고 소리 질렀던 기억이 지금도 생생하다. 그리고 '어떻게 살든 살아가는 것 자체가 좋은 거라고 엄마가 말하지 않았느냐' 하는 식의 말을 했던 것 같다.

내가 엄마가 된 지금 정말 그때 했던 말이 다 맞다고 생각하면서도, 어린 나이에 어떻게 그런 대사가 떠올랐는지 신기하기만 하다. 결국 엄마도 반박의 여지가 없었는지 손을 들고 말았다.

내 경우처럼 억지로 하기 싫은 일을 하고 있다면 부모에게 미안하다는 이유로 무조건 참을 필요는 없다고 말하고 싶다. 어쩔 수 없이 참고 받아들인다면 결국 삶의 의지, 혹은 의미가 사그라지고 말 테니까.

물론 집안 사정으로 하고 싶은 일을 못하는 경우도 있으리라. 그러나 그런 때라도 여기까지는 받아들이지만 이것만큼은 하고 싶다고 분명하게 못을 박는 등 한계를 분명히 정해둬야 한다. 즉, 가능한 범위 안에서 스스로 판단하기를 포기하지 않아야 한다. 그러지 않으면 '내 인생이 이렇게 된 건 부모님 탓이야' 하면서, 남에게 책임을 전가하는 불행이 닥쳐올지도 모른다.

어린 시절, 집을 지키고 있을 때 엄마가 준 용돈 절반을 "자, 이건 밥값이야" 하며 동생에게 떼어주고, 나머지 절반으로 제일 먼저 『주간 소년 챔피언』을 사러 달려가곤 했다. 돈이 남으면 고기만두를 두 개 사서 그날 저녁 끼니를 해결했다. 그래도 절대로 후회하지 않았다.

나중에 알게 됐지만 드라마로도 만들어진 「블랙잭 창작비화」에 카베무라 타이조라는 전설의 편집장이 등장하는데, 신기하게도 이분이 내 만화인 『테르마이 로마이』 편집을 담당했던 『코믹 빔』 편집장의 은사님이라고 한다. 어린 시절의 나를 꿈속으로 이끌었던 『주간 소년 챔피언』을 만든 사람이 키워낸 편집자가 돌고 돌아서 나와 만났다.

사람은 어찌됐든 가고자 하는 길을 간다. 지금 이 나이가 되고 보니 더욱 그런 확신이 든다.

여행하는 모험 속
주인공이 되고 싶었다

　엄마가 제일 처음 내게 건네준 책은 『닐스의 모험』이나 『보물섬』 같은 모험담이었다. 책 속에는 멋지고 환상적인 여행과 모험을 하는 주인공들이 나온다.

　인간을 정착형 농경민족과 이동형 유목민족, 두 종류로 나눈다면 나는 틀림없이 후자이리라. 그러고 보니 어떤 의미에서는 영재교육을 받았다고나 할까. 초등학교에 들어가기 전부터 그런 책을 읽은 덕분에 힘과 용기 가득한 유목민 기질이 생겨났는지도 모른다.

　스웨덴 작가 셀마 라겔뢰프가 쓴 『닐스의 모험』은 톰테라는 요정을 괴롭힌 벌로 난장이가 되어버린 장난꾸러기 소년 닐스가 거위 모르텐의 등에 올라타고 기러기 떼와 함께 모험을 하는 이야기다.

기러기떼 대장인 아카, 황새 에르멘리크, 큰까마귀 바타키, 검둥수리 고르고 등 여러 새들이 등장하는 이 동화는, 인간의 시선이 아니라 새의 시선으로 본 세계를 그리고 있다. 동물의 말을 알아듣게 된 닐스는 인간 세계의 규칙과는 다른 새나 짐승의 규칙을 하나하나 체험해나간다.

북유럽 철새들의 세계는 우리 가족이 살던 홋카이도의 경치와 정말 많이 닮았다. 엄마가 이 책을 권해준 이유도 바로 그 때문인지 모른다.

"이리 와, 우리와 함께 가자. 저 멀리 언덕으로 데려다줄게."

기러기 떼가 유혹하는 소리에 이끌린 모르텐의 등에 올라탄 닐스는 그들과 함께 높은 창공으로 날아오른다. 조금 전까지 자기가 살았던 밭과 농장이 순식간에 아득히 멀어지는 장면은 아이들에게 더할 나위 없는 흥분과 전율을 안겨준다.

당시 우리 집 근처에는 우토나이 호수라는 철새 도래지를 비롯해서 유명한 호수들이 있었는데, 수업을 마치고 집으로 돌아오는 길에 문득 하늘을 올려다보면, 백조가 떼를 지어 V자 모양으로 날아가는 모습이 보였다. 이는 나에게 지극히 일상적인 광경이었다.

"기다려줘, 제발 기다려!"

하지만 닐스처럼 하늘 높이 날아오르고 싶어도 나로서는 그럴 방법이 없었다.

한 마리만으로도 아름답기 그지없는 백조가 일사분란하게 대열을 지어 날아가는 광경을 보고 있노라면, 저절로 눈물이 차올랐다. 나도 저 안에 들어갈 수 있다면.

추운 겨울이 오면 꽁꽁 얼어붙은 홋카이도의 호수 위를 북극여우가 걸어 다닌다. 눈에 비치는 풍경 하나하나가 닐스가 사는 북유럽의 그것과 완전히 겹쳐졌다.

어린 시절의 나는 사람보다 야생 생물에 강한 공감을 느꼈다. 그것을 반증해주는 에피소드가 있다.

당시 엄마는 삿포로 교향악단 연습실까지 버스를 타고 다녔는데, 버스 정류장에서 집으로 가려면 다리를 건너야 했다. 그날도 여느 때처럼 다리를 건너는데 동네 개구쟁이들이 강에서 헤엄을 치며 왁자지껄 떠드는 모습이 보였다.

'정말이지 홋카이도 아이들은 남달라. 어쩜 저렇게 거칠고 짓궂을까.'

엄마는 그렇게 혼잣말로 중얼거리며 녀석들을 자세히 쳐다봤다. 무리에는 여자아이도 끼어 있었다.

'어? 저 아이는……'

눈을 비비며 다시 한번 쳐다보니, 이럴 수가. 사내아이들을 제치고 맨 앞에서 헤엄을 치고 있는 것은 다름 아닌 자신의 딸이 아닌가!

"마리! 지금 뭐하고 있는 거니, 어서 나오지 못해!"

다리 위에서 엄마가 소리를 지르든 말든 나는 이미 물놀이에 정신이 팔려서 물 밖으로 나갈 생각이 전혀 없었다. 딴 곳도 아니고 강 아닌가!

그런데 그 강은 급류가 흘러서 갑자기 수심이 깊어지기도 한다. 지금 생각해보면 발도 닿지 않는 그런 강에서 어떻게 죽지 않고 헤엄을 쳤는지 신기할 따름이다. 잠시 후 '그렇게 재미있니? 어디 그럼 나도 한번' 하면서 강물로 뛰어든 엄마는 물살을 타고 멋지게 떠내려갔다.

하지만 강은 깊어야 매력 있다. 수목의 푸른빛이 비치는 물속은 어떤 생물이 살고 있는지 도무지 알 수 없는 신비의 세계다. 너무 아름다워서 그 속에 잠기면 나도 그저 한 마리 물고기가 되어버릴 것만 같았다. 평소에는 인간의 '가면'을 쓰고 있지만, 물속에서는 과감히 그 '가면'을 벗어던질 수 있었다.

찌릿찌릿 온몸을 소생시키는 것 같은 그 해방감은 절대로 잊을 수가 없다. 지금도 아름다운 강을 보면 당장이라도 뛰어들고 싶어진다. 그건 어린 시절 겪었던 이토록 강렬한 체험 때문이 아닐까.

장어며 다른 물고기며 정말 많이도 잡았다. 그것도 맨손으로. 아무런 도구도 필요 없다. 그저 맨손으로 척척 잡는다. 장어라는 녀석은 원시적 생물이라서 턱이 없다. 구멍 뚫린 입으로만 날름 체액을 빨아들이는 참 볼품없는 생물. 그런 녀석이 바위에 달라붙어서는 급류에 날리는 깃대 헝겊 조각처럼 살랑 살랑 떠 있다. 생김새도 무섭고 큼지막한데다가 미끈거리는 촉감도 꺼림칙하다. 그런 녀석을 왜 굳이 잡느냐고 묻는다면, 그야 잡는 게 너무 간단하니까. 바위에 붙어 있는 놈을 잡아떼기만 하면 끝이다. 솔직히 장어만 잡아 올린다면 아직 초보 낚시꾼 수준이라는 뜻이다.

둑중개라는 물고기도 천하에 태평한 녀석이라서, 그렇게 어리숙한 놈을 잡아 오면 "둑중개야? 그냥 풀어줘!" 하고 핀잔을 듣기 일쑤. 아무도 부러워하지도 인정해주지도 않는다.

물고기 좀 잡는다는 소리를 들으려면 연어 새끼나 좀 더 난이도 높은 민첩한 녀석에 도전해야 한다. 송어는 제대로 도구를 갖춰야 잡을 수 있지만 황어 정도는 맨손으로도 충분했다.

'강물 수영장'이라고 부르던 바위 사이에 숨어 있는 녀석들을 발견하면 슬그머니 다가가서 단숨에 움켜쥐는데, 물고기 입장에서 보면 '왠지 손이 뻗쳐오는 것 같다'라고 생각할 겨를도 없이 순식간에 잡혀버리기 때문에 '어라!?' 하고 황당해하는 느낌이랄까? 나로서는 나름 대단한 테크닉이 있었던 셈이다.

'강물 수영장'이라고 하니까 수영장에 입장하듯 쉽게 갈 수 있는 곳이냐 하면 그렇지 않다.

바위나 나무를 타고 물기슭을 천천히 내려가야 한다. 학교에서는 위험 지역으로 지정했지만 개의치 않고 누비며 다녔다. 원래 안 된다고 하면 더 하고 싶어지는 법이니까. 그곳에 가면 뭔가 즐거운 일이 기다리고 있을 것만 같았다.

"어때? 가보자!"

"좋았어!"

모두들 우르르 몰려가서 함께 놀고 또 함께 꾸지람도 들었다. 그토록 경계를 넘게 만드는 에너지의 정체는 도대체 무엇이었을까. 하나의 경계를 넘을 때마다 더욱 에너지가 증폭되는 느낌. 날이면 날마다 그런 생활을 했으니 그야말로 나는 야생의 아이였다.

그때도 지금도, 동물이든 곤충이든 물고기든 일단 인간 이외의 생물을 만나면 '나는 저 사람들과는 달라'라는 말부터 하고 싶어진다. 그 생물들에게 '어, 저기 인간이 온다'라는 생각이 들게 하고 싶지가 않다.

인간의 가면을 쓰고 있지만 '나는 너희와 똑같아' 하는 마음으로 생물 대 생물로 만나고 싶다. 좀 더 솔직히 말하자면 지구의 사랑을 받고 싶다. '어, 이 꼬맹이, 제법이네'라는 말을 듣고 싶다.

당연히 철새를 동경하지 않을 수가 없다.

새들에게는 국경도 경계선도 없다. 어디든 날아갈 수 있다.

나는 정말 닐스가 되고 싶었다. 그 아이처럼 동물들과 똑같은 시선을 갖고 싶었다. 인간이면서도 철새 무리와 함께 여행을 하고, 그들의 동료가 되었던 닐스가 진심으로 부러웠다.

여행 막바지에 닐스가 마법에서 풀려나 인간으로 돌아왔을 때는 너무나 슬펐다. 이제 다시는 닐스가 새들과 대화를 나눌수 없고, 그들의 언어를 이해할 수 없으리라는 생각이 들자 안타까움과 외로움이 가슴을 후벼 파는 것만 같았다. 인간으로 돌아오는 것보다 언제까지고 그들과 함께 여행하는 편이 더 행복하지 않았을까.

『닐스의 모험』은 아동문학이면서도 동물의 생태를 생생하게 그려낸 작품이다. 삶과 죽음이 엄연히 존재하는 약육강식의 세계가 가차 없이 펼쳐진다. 인간의 시선이 아닌 오직 동물의 시선으로 세상을 바라보고 이해한다는 발상 자체가 좋았다. 야생적인 동물의 세계는 그야말로 매력적이었고, 이 세상에 살고 있는 건 인간만이 아님을 적나라하게 느낄 수 있었다.

지독한 외로움이 나에게
가르쳐준 것들

어찌됐든 어린 시절의 특수한 가정환경이 지금의 나를 만든 토대가 된 것은 틀림없는 사실이다.

엄마는 비올라 연주자라는 직업 특성상 콘서트나 연주 여행 때문에 집을 자주 비웠기 때문에, 철이 들 무렵부터는 내가 집을 지키기 위해 태어난 것 같은 느낌마저 들었다.

엄마가 집을 나서면서 "잘 부탁한다"라고 말하면 외롭고 서러운 마음에 심드렁하게 "네" 하고 대답했던 기억이 난다. 나보다 훨씬 어린 동생은 언니인 나를 의지했다. 하지만 정작 나에게는 울고 보챌 사람이 없었다. 내가 의지할 사람이라고는 오로지 나뿐이었다.

엄마의 일기를 보면 갓 돌이 지나서 간신히 몇 마디 말을 하기 시작한 나를 보육원에 맡겼는데, 자기가 울고불고해도 모자랄 판에 더 어린 아기가 울고 있는 걸 보더니 "엄마, 곧 오실 거야. 조금만 참자" 하고 다독여줬다고 한다.

당시 삿포로 교향악단은 이와키 히로유키를 지휘자로 맞아, 해외공연 활동을 왕성하게 펼쳤었다. 해외로 연주를 나갈 때면 엄마는 아는 사람 집에 2주 정도 우리를 맡겼다.

친절하고 좋은 가족이라서 편하게 지내기는 했지만, 어쨌든 남의 집이었기 때문에 낯설고 외로운 느낌이 드는 건 어쩔 수가 없었다. 특히 밤이 되면 더욱 외로움이 커졌다.

오후 5시를 알리는 사이렌이 울리고 "5시입니다. 여러분 모두 집으로 돌아가세요"라는 방송이 흘러나온다. 하지만 우리 자매는 돌아가고 싶어도 돌아갈 수가 없다. 돌아가봐야 우리를 기다리는 엄마는 없다. 저녁밥 짓는 냄새가 진동하면 고통은 더해진다.

자기 힘으로는 어찌할 수 없는 것이 있다는 엄연한 사실을 나는 이미 어릴 때부터 자연스럽게 알게 된 것이다.

만화『루미와 마야와 그 주변』(이 작품은 어린 시절에 대한 향수를 담은 자전적 만화다 — 옮긴이)에서도 그랬지만, 밤에 동생과 나란히 이불을 덮고 누우면 딱히 울고 싶은 마음이 들지 않아도 저절로 눈물이 솟구쳤다.

아무리 용기를 내보려고 안간힘을 써도 외로움은 어떻게 되지 않는다. 대책이 없다. 그럴 때는 그냥 펑펑 울어버렸다. 울지 않고는 견딜 수가 없었다. 너무도 엄마가 그리워서.

동생과 둘이 있어도 어쩔 수 없이 외로움이 몰려올 때가 있다. 엄마는 돌아올 기미가 없고, 옆을 돌아보니 동생은 이미 잠이 들었다. 아무 걱정 없이 잠들어 있는 동생의 얼굴을 보고 있으면 나도 누군가에게 기대고 싶은 마음이 솟구친다. 그쯤 되면 더 이상 견디지 못하고 엄마를 마중 나간다, 거리로.

거리 모퉁이에 서서 저기 오는 차가 엄마 자가용 아닐까 생각하면서 속으로 되뇌었다. '헤드라이트 불빛이 이쪽으로 오고 있어, 이쪽으로.' 결국 그 차가 지나쳐 가도 아쉬움이 남아 그 불빛을 끝까지 쳐다본다.

얼마쯤 그렇게 있었을까. 가로등 하나 없는 시골길은 밤이 되면 더욱더 암흑천지다. 그렇게 어두운 곳에 나 혼자 서 있는 모습을 엄마가 보면 걱정하겠지, 그렇게 결국은 집으로 되돌아오고 만다. 하지만 엄마를 만나지 못한대도 일단은 밖으로 나가야 한다. 집 안에 가만히 있을 수가 없다. 나는 그토록 지독한 외로움을 품고 살아야 했다.

집만 지키고 있었던 어린 시절, 밖에서 잡아온 잠자리와 나비를 종종 집 안에 풀어주곤 했다.

상자 안에만 넣어두기에는 너무 가여웠다. 생각해보면 그나마 그 녀석들이라도 함께 있어 주어 마음이 든든했던 것 같다. 내 마음대로 잡아서 강제로 데리고 왔지만, 녀석들이 우리 집에 놀러온 것 같은 느낌이랄까.

잠자리와 나비는 주로 커튼에 달라붙었는데 집으로 돌아온 엄마가 그걸 보고 소스라치게 놀라며 비명을 지른 적도 많았다. 특히 사슴벌레 종류는 야행성인 데다가 워낙 여기저기 빨빨거리며 돌아다녀서 어디에 숨었는지 모르기 때문에, 잠자다가 몸을 뒤척일 때는 깔아뭉개지 않도록 조심해야만 한다. 여러모로 신경 쓸 일이 많아서 번거롭기도 하지만, 적적했던 집안을 갑자기 시끌벅적하게 바꿔주는 것 같아서 내심 반갑기도 했다.

다카하타 이사오 감독의 영화 「가구야 공주 이야기」를 보면, 도시로 이사를 온 가구야 공주가 고향의 산과 들을 잊지 못해서 '가짜 정원'이라고 부르는 자그마한 정원을 만드는 장면이 나온다.

정원에 있는 돌을 들어 올리자 각시나방과 지네, 쥐며느리 등이 나타났다. 가구야 공주가 '여기서 보면 벌레들의 시선으로 볼 수 있어'라고 말했을 때 '아아, 어린 시절의 나와 똑같은 생각을 하는구나' 하고 내심 감탄했다. 그 공주는 아니지만 나도 곤충들을 방 안에 풀어놓고 '같이 잘해보자, 우리는 친구니까' 하면서 위로를 받았다.

이토록 자그마한 생물들도 멋지게 살고 있다.

모두들 정말 대견해.

그 시절은 정말 외롭고 고독했다. 나이에 맞지 않는 복합적인 외로움이 나의 감수성을 단련시켜준 것 같다.

에너지를 아끼며
살다가는 손해만 본다

요즘 젊은 세대를 가리켜 얼마 전까지는 '느긋한 세대'라고 하더니 이제는 '달관의 세대'라고 부른다고 한다.

달관이라고 하니까 깊은 산속으로 들어가서 수행이라도 하는 건가 생각하겠지만, 그건 아니다. '나는 지금 이대로가 좋아'라며 포기해버린다는 뜻이다.

욕심이 없고, 연애에도 관심이 없고, 여행도 가고 싶어하지 않는다. 상처받는 게 두려워서 조금 잘났다 싶은 사람과는 아예 만나지 않는다. 애초부터 안전지대에 머물러 벗어난 적이 없기 때문에 갇혀 있다는 위기감이나 답답함을 느끼지도 않는다.

"그래서 행복한가요?"

허심탄회하게 묻고 싶다.

줄곧 안전지대에 살고 있으니 아무런들 괜찮다고 생각할지도 모른다. 하지만 정말 그럴까? 안전지대에 머문다고 해도 판단하지 않으면 안 되는 순간은 시시때때로 찾아온다. 그런데 아무런 경험치가 없으면 TV나 인터넷에 의지할 수밖에 없다.

자기 거울이 아닌 타인의 거울에 자신을 비춰보려는 모습이 마치 피터르 브뤼헐의 「장님들의 우화」를 보는 것 같다. 여섯 장님이 서로를 의지하며 걸어가고 있는 이 그림은 누가 오른쪽이라고 하면 그런가 보다, 왼쪽이라고 하면 그런가 보다, 그저 남이 말하는 대로 질질 끌려다니다가 줄줄이 엮여서 구덩이에 빠지는 신세를 면치 못한다는 메시지를 담고 있다. 줏대 없는 인간의 어리석음을 풍자한 작품이다.

의지할 곳이 없으면 닥치는 대로 휘말려버리는 군중심리가 얼마나 무서운지 보여주는 대목이다. 곰곰이 생각하면 결국 전쟁도 그렇게 일어나는 것 아닐까.

요즘 젊은이들은 왜 이런 가치관을 갖게 된 것일까. 역시 교육 때문이다. 그중에서도 부모 교육의 영향이 크다.

부모 입장에서는 당연히 자식을 사랑하고 걱정하기 때문에 될 수 있으면 위험한 길은 걷지 않게 하고 싶다. 학군이니 사교육이니 하는 것도 자식을 사랑하는 부모 마음에서 비롯되었다. 그리고 그런 부모의 마음을 파고드는 업자들이 불안을 증폭시킨다. 그러다 보니 여러 가지 선택지나 가능성이 있는데도 자기도 모르게 '이제 더 이상 다른 선택은 없어'라는 조바심에 사로잡힌다. 부모부터 이미 획일적이고 차단된 정보에 좌지우지돼서 '저렇게 해야 해', '이렇게 하면 안 돼'라고 판단해버리는 것이다.

이쯤 되면 아이들은 힘겹다. 뭐라고 반박을 하고 싶어도 부모가 이미 미디어나 업자들의 정보에 세뇌되어 '다들 그렇게 하고 있어'라며 고집을 부리기 때문이다. 한마디라도 반박을 할라 치면 "너는 아직 어려서 몰라" 하고 묵살해버린다. 그걸 애정이라고 확신하고 있기 때문에 자식들은 더 이상 반항할 여지가 없다.

사면초가의 중압감에 짓눌려 모든 기력이 다해버린 아이들은 철컥 문을 닫아걸고 '나도 여기서 나가지 않을 테니 당신도 들어오지 마'라고 한다. 달관의 세대로 불리는 젊은이들의 이러한 행동은 영원히 출구가 보이지 않는 지구전처럼 느껴진다.

자기가 좋아하는 것만 모아놓은 자그마한 성이 나름대로 쾌적할 수는 있지만 그렇다고 언제까지 그곳에 갇혀서 살 수는 없다. 어렵게 부화했는데 알껍데기를 깨지 못하고 죽어가다니. 일단 태어난 생명이라면 소중히 사용해야 하지 않을까?

상처 나지 않도록 잘 지키는 것도 좋지만, 좀 더 유용하게 사용해야 한다. 그 편이 훨씬 현명하다. 최소한의 에너지로 살아간다면 결국 스스로 손해를 볼 뿐이다.

알 속에 웅크리고 앉아 한 걸음도 나오지 않는다면 죽은 것이나 다름없다. 지금 이대로 살아간다면 태어난 보람이 없지 않은가.

✦ 스티브 잡스는
왜 고독을 즐겼을까?

애플의 창시자인 스티브 잡스는 무척이나 고독한 사람이었다. 미혼모에게서 태어나자마자 바로 입양됐고, 자신이 양자임을 알게 되었을 때부터 '너무도 가엾은 나, 나는 내가 지킨다'는 결심을 굳혔다. 그렇게 '누가 나를 위로하지 않아도 내가 나를 위로한다'는 강력한 기술을 연마해갔던 것이다.

그는 소위 '자아도취자'로 '나만큼 똑똑한 사람은 없다', '나만큼 가엾은 사람은 없다', '나만큼 많은 경험을 쌓은 사람은 없다'고 생각했다. 잡스는 여러 가지 의미에서 '나는 특별하다'는 생각을 거의 DNA에 새겼다고 할 만큼 독특한 인물이다.

만화『스티브 잡스』를 그리면서 더욱 그를 깊이 이해하게 됐고, 이는 그 만화를 그려야 하는 당위성으로 굳어졌다.

살아 있는 한 인생에서 고독이나 슬픔을 완전히 배제할 수는 없다. 누구든 이 엄연한 감정을 받아들일 수밖에 없다.

그렇다면 자기만의 '고독과 슬픔 취급 설명서'가 있으면 어떨까? 훨씬 수월하게 받아들이고 견딜 수 있지 않을까?

이런 설명서를 만들어낸 사람이 바로 스티브 잡스라고 생각한다. 그는 너무도 감정 기복이 심해서 조금만 일이 잘 안 풀려도 다짜고짜 울음을 터트렸다.

'아무도 나를 이해해주지 않아! 제길!'

목 놓아 운다. 조금 남우세스럽기는 하지만 그렇게 하면 분노와 슬픔이라는 감정을 정화시킬 수 있다.

고립된 상황에 익숙해지면 고독에 대처할 방법을 깨닫게 되고 스스로를 멋지게 다룰 수 있게 된다. 고립되어 철저하게 혼자 남겨져도 그런 자신을 위로할 수 있는 또 하나의 자신을 찾아낼 수 있다.

정말 이상한 사람이라고? 물론 그럴지도 모른다. 그러나 밥 딜런을 사랑하는 순진무구하고 평범했던 소년이 사람의 마음을 한순간에 장악하는 카리스마 리더로 변모하기까지는 상상을 초월하는 노력과 눈물이 필요했으리라. 잡스는 분명히 그런 자신과의 싸움에서 이겼다.

다른 사람의 시선이나 생각은 중요하지 않다. 그렇기 때문에 상대에게 아무렇지 않게 심한 말도 할 수 있고 자기 멋대로 행동할 수도 있다. 맞서야 하는 상대는 오로지 자기 자신뿐, 타인이라는 거울에 자신을 비출 필요가 전혀 없었기 때문이다.

하지만 현대사회에서 그런 사람을 찾기란 쉽지 않다. 대부분은 남들이 나를 어떻게 볼까를 의식하고, 관계 안에 자신을 맞춰가며 산다. 그러나 잡스는 그러지 않았다. 늘 자신이 중심이고 규칙이었다. '내가 이렇게 말했으면 그것으로 됐다'고 하면서 모든 것을 끝까지 관철시켰다.

이는 더 이상 '개성적'이라거나 '나답다'는 틀로는 가둘 수가 없는 특징이다.

내가 '개성적' 혹은 '나답다'라는 말에 코웃음을 치는 이유도 잡스처럼 그런 틀에 얽매이지 않은 사람에게 오히려 참을 수 없는 매력을 느껴버렸기 때문이다. 주변 사람들에게 호감을 살 정도의 '나다움'은 그저 그 관계에서 살아남기 위해 자기 편의 대로 지어낸 미적지근한 개념일 뿐이다.

만약 아무런 장식도 꾸밈도 없는 '나다움'이 있다면, 그건 더 이상 옴짝달싹할 수 없는 절실함 속에서 생겨난 것이리라.

대학을 중퇴하고 아타리라는 게임 회사에 취직했을 당시 잡스는 인도에 도취돼 있었다. 까까머리를 하고 신발도 신지 않았다. "채식주의자는 몸에서 냄새가 나지 않는다"며 목욕도 하지 않았다.

맨발에 악취를 풍기는 독특한 성향의 골치 아픈 신입 사원이 들어온다면 어떨까? 잡스의 경우 사장실 책상 위에 맨발을 올려서, 사장이 버럭 고함을 지른 적도 있었다고 하니 보통 문제가 아니었던 것 같다.

그러나 아타리 사람들은 독특한 성향과 특이한 차림새의 잡스를 있는 그대로 받아들였다. 맨발이든 악취가 나든 별로 상관하지 않았다. 고치라는 말도 하지 않았다. 주변 사람들에게 맞추기 위해 억지로 자신을 바꾸려 들었다면 잡스는 자기 능력을 끝내 발휘하지 못했을 것이다. 그랬다면 지금의 애플도 없었을 테고.

자기중심적이고 종잡을 수 없는 잡스의 성향은, 애플 창업 당시 동업자였던 스티브 워즈니악과의 갈등이 불거지는 계기가 되기도 했다. 워즈니악은 엔지니어였기 때문에 좀 더 다양한 기능을 상품에 장착하고자 하는 의지가 강했다. 그러나 잡스는 달랐다.

"불편해도 괜찮아. 불편함이 없으면 아름답지도 않으니까."

잡스는 의논의 여지도 두지 않았다. 선禪에 매료되어 최소의 미의식을 추종한 잡스의 철학이 아니었다면, 아이폰의 디자인도 탄생하지 못했을 것이다.

하지만 상사로서의 잡스는 솔직히 말해서 최악이었다. 어제 했던 말을 오늘 뒤집기는 다반사고, 심할 때는 바로 전날 본인이 엉터리 의견이라며 쓰레기통에 처박아버린 아이디어를 다음날 들고 와서는 "어마어마한 아이디어가 떠올랐어"라며 마치 자기가 생각해낸 것처럼 말하기도 했다.

"어제 제가 말한 아이디어잖아요!"

얼마나 이렇게 말하고 싶었을까.

잡스의 횡포가 얼마나 심했던지 애플에는 '용케도 잡스를 잘 견뎌낸 상'이 있어서 1년에 한 번 시상을 하기도 했다고 한다.

그렇다 해도 주변 사람들을 장악하는 능력은 가히 잡스를 따라올 사람이 없었다. 정신을 차리고 보면 이미 설득당해버린 자신을 발견할 뿐이니까.

잡스의 이런 장악력을 가리켜 사람들은 '현실 왜곡'이라고 부른다. 이 말은 영화 「스타트랙」에서 유래했다고 하는데, 애플 직원들 입장에서 잡스는 더 이상 인간의 틀로는 표현할 수도 수용할 수도 없는 존재였다. 어쩌면 그는 우주인일지도 몰라, 그렇게 생각하지 않으면 납득할 수 없을 정도였다.

'개성을 존중하라'는 식의 거창한 구호도 잡스 앞에서는 무색해졌다. 굳이 개성을 들먹이지 않아도 존재의 강렬함만으로 사람들을 끌어당겼다.

내가 독특한 사람을 좋아하는 이유도 거기에 있다. 물론 인간에게는 다양한 측면이 있고 특이한 측면도 있지만, 잡스는 괴상하고 독특한 정도가 거의 최상급이다. 백번 양보해서 '나답다'는 말이 정말 있다면, 그건 기성품을 끼워 맞추거나 떼어내서 조립할 수 있는 성질의 것이 아니다. 그야말로 그 어디에서도 볼 수 없는 것이어야만 '나답다'고 말할 수 있지 않을까.

스티브 잡스처럼 스스로도 어찌할 수 없었던 외로움과 고독, 나약함과 처절한 싸움을 벌인 결과 '이렇게 괴상하고 독특한 사람이 되고 말았다'는, 운명적인 실체가 아니고서야 쉽게 '나다움'을 입에 올려서는 안 될 것 같다.

미국의 엘리트 교육 현장을 보면 균형 잡힌 전인교육을 강조하다 보니 인간이 어느새 로봇처럼 이상해지는 것 같다는 느낌이 든다. 아들을 시카고 학교에 보내면서 이런 생각은 더욱 뚜렷해졌다. 미국의 슈퍼맨을 양성하는 엘리트 교육은 사람을 정말 이상하게 만든다.

그렇게 전지전능한 인간이 되라고 요구하다가는 애정이니 타인과의 공감대니 하는, 인간이 본래 지녀야 할 휴머니티는 찾아보기 힘들어지지 않을는지.

시카고대학은 이 시대의 엘리트를 배출하는 총본산이지만,

연구원으로 부임했던 남편도 '더 이상 근무하는 건 무리입니다' 라며 5년 동안의 연구원 임기를 마친 후에는 더 이상 연장하지 않고 곧장 이탈리아로 돌아왔다.

『테르마이 로마이』에 나오는 하드리아누스 황제도 확고한 신념으로 똘똘 뭉친 전형적인 그리스 사람이다. 고대 로마 시대에 사이비로 배척받던 것에 푹 빠져버렸을 정도로, 남들이 볼 때는 독특하고 두드러지는 그 성향 속에, 그가 자기만의 길을 개척할 수 있었던 비밀이 숨어 있었는지도 모른다.

이것저것 다 해야 한다는 강박관념을 가진 사람보다, 타인의 시선에 자신을 끼워 맞추는 사람보다, 괴짜라는 소리를 듣더라도 자기만의 경험으로 스스로를 완성해나가는 사람이 훨씬 매력적이다.

2장

———

인생이란
멋대로 살아도
좋은 것

"자, 이리 와봐. 하늘을 나는 법이랑
바다를 헤엄치는 법을 가르쳐줄게."

— 셀마 라겔뢰프, 『닐스의 모험』 중에서

자유롭게 산다는 것은 무엇일까?

사회 진출을 앞둔 학생들을 대상으로 한 강연회에서 이런 질문을 던진 적이 있다.

"만약 넓은 체육관에서 '뭐든 해도 좋아요'라고 한다면 무엇을 하겠습니까?"

'어디라도 좋으니 마음껏 잠을 자봐요'라고 말했을 때, 체육관 한가운데 벌러덩 누워서 자는 학생은 거의 없을 것이다. 대부분은 벽 쪽으로 가서 자리를 잡지 않을까. 사람은 자기 옆에 자신을 방어해줄 수 있는 것, 지켜줄 수 있는 것을 두고 싶어 한다. 혼자가 아니라는 느낌을 주는 환경을 원한다.

'자유롭게 산다'는 것은 바로 그 벽과 주변을 벗어나서 완전히 아무것도 없는 곳에 홀로 서는 것이다.

지독한 고독감과 불안함, 외로움으로 몸을 옴짝달싹 못할 수도 있다. 아무도 없는 우주 공간에 버려진 것 같은 기분이 들지도 모른다. 그런 느낌이 싫어서 사람은 무리를 지어 사는 것 아닐까.

무리 안에 들어가서, 자신이 속한 공동체의 가치관에 맞춰 살면 마음도 놓이고 스스로 뭔가를 판단할 필요도 없으니 그야말로 편한 삶이다. 군중이란 어쩌면 막다른 곳에 다다른 사람이 자신을 지키기 위해 선택하는 담장인지도 모른다.

그런데 그곳이 자신과 잘 맞지 않는다면 참으로 고역이다. 반대로 마음이 맞고 소통도 원활하다면 별로 힘들 일이 없다. 어쨌든 사람은 그곳에 적응하기 위해 주변의 가치관과 자신의 가치관을 견주고 싸우기를 반복하며 살아간다.

어디든 그 공간과 잘 어울리며 적응하는 사람이 있는가 하면 여러 사람과 있으면 좀처럼 자신을 드러내지 않는 사람도 있다. 나름대로 그럭저럭 잘 어울리고 있는 것처럼 보이지만, 실제로는 억지로 몸을 구겨 넣고 힘겨워하는 사람도 있으리라.

여행을 떠나서 아무도 자기를 알아보지 못하는 곳에 있으면 이전까지 군중 속에 있던 자신을 더욱 실감할 수 있다. 지금까지 쌓아온 경험과 가치관이 통용되는지 그렇지 않은지조차 알 수 없는 곳에 머물면 사람은 시험에 든다. 특히 혼자만의 여행이라면 어떤 행동을 할 때마다 스스로 판단해야 하기 때문에, 전혀 새로운 장면 앞에서 매번 '당신은 누구인가'라는 질문을 받는 것 같은 느낌이 든다.

그렇게 스스로 생각하고 스스로 느끼고 자신의 손과 발로 배워나가는 것이 바로 진정한 경험이다. 주변을 벗어나 밖으로 나가지 않으면 이토록 소중한 경험은 절대로 할 수 없다.

이번에는 질문을 바꿔봤다.

"만약 완전한 '유랑민' 상태가 되어서 돌아갈 곳도 국적도 없다면, 그럼에도 불구하고 편안하게 살 수 있을까요?"

강연회에 참석한 학생들은 압도적으로 "아니요"라는 대답을 했다. 역시 돌아갈 곳, 귀속될 장소가 없는 사람은 참으로 불안하고 고독하다.

세계 곳곳의 난민처럼 실질적으로 국적도 돌아갈 곳도 없는 사람도 있지만, 나처럼 어릴 때부터 해외를 떠돌다 보니 국적이 분명함에도 불구하고 그와 잘 맞지 않는 감성이 배어버린 경우도 있다.

나는 지금 이탈리아에 살고 있지만 그동안 중동의 시리아, 이집트, 쿠바, 포르투갈, 미국 등 수많은 나라를 떠돌며 지냈다. 각각의 나라에서 받아들이기 어려운 이질감을 느낀 적도 있지만, 그곳에 적응하기 위해 수용할 수밖에 없는 부분도 있었다. 여러 나라에서 다양한 문화와 가치관을 접하는 동안, 나 자신이 어딘가에 소속되어 있다는 느낌이 점점 애매해지고 희박해졌다. 그리고 어느 사이엔가 주변을 벗어나 나 혼자 떨어져 나와버렸다.

때로 나와 같은 사람은 나뿐이라는 생각에 고독해지기도 하지만, 진정한 자유로움과 해방감을 느낄 때도 많다. 편안하다고 해서 그대로 머문다면 죽은 것과 무엇이 다를까.

난생처음 홀로 여행을 한 건 열네 살 때였다.

열네 살에 홀로
유럽 여행을 떠나다

오케스트라에서 비올라 연주를 맡고 있던 엄마는 유럽에 음악가 친구들이 엄청 많았다.

한 달여에 걸쳐 '프랑스 - 독일 - 벨기에'를 도는 그 여행 계획은 원래 엄마가 친구들을 만나러 가려고 잡아놓은 것이었다. 그런데 엄마에게 갑자기 사정이 생겨서 마침 겨울방학 중이던 내가 대신 가게 되었다.

영어도 제대로 할 줄 모르는 열네 살짜리 딸을 그것도 달랑 혼자 유럽으로 보냈다는 사실에 모두들 놀랄 것이다. 나 역시도 그 마음이 이해된다. 지금 나에게는 아들이 하나 있는데 그 아이가 열네 살이었을 때 똑같이 떠나보낼 수 있었겠냐고 묻는다면 '절대로 안 된다'까지는 아니더라도 '조금 무리 아닐까' 하는 생각이 들 테니까.

엄마는 세상의 상식보다 자신의 직감을 믿는 편이기 때문에, 그때도 그 여행이 나에게 특별한 의미가 되리라는 쪽에 모험을 걸었으리라 생각한다.

당시 나는 사립 미션스쿨에 다녔는데 중고등학교 내내 엄격한 요조숙녀 교육을 받았다. 홋카이도의 대자연을 자유롭게 뛰어다니던 나로서는 당연히 그리 좋은 환경이 아니었다.

그림 그리기를 워낙 좋아했기 때문에 유럽 회화를 직접 체험할 수 있는 절호의 기회라는 생각에 나 역시도 기대 만발이었다.

프랑스에 도착해서 며칠 동안은 리옹 근교의 작은 마을에 있는 엄마의 지인 집에 머물렀고, 그 후 파리로 이동해서는 호텔에서 지냈다. 이동할 때도 역시 나는 혼자였다. 그런데 일주일 묵을 예정으로 들어간 호텔에서 오버부킹을 이유로 쫓겨나는 사태가 벌어지고 말았다. 길거리로 나선 나는 '이제 어쩌지?' 하며 안절부절못했다.

혹한의 파리. 해는 어김없이 저물었다. 말도 제대로 안 통하고 돈도 별로 없었다. 꽁꽁 얼어붙은 거리를 헤매다가 쓰러져버린들 대체 누가 도움의 손길을 내밀어주겠는가. 다행히 그날은 거리를 헤맨 끝에 빈 방이 있는 호텔을 찾았다. 하지만 다사다난한 여정은 이제 막 시작되었을 뿐이었으니…….

프랑스 다음 코스는 독일 쾰른이다. 여행에 익숙한 엄마였다면 파리에서 쾰른까지 가는 것쯤이야 아무 일도 아니었겠지만, 어디가 동쪽인지 서쪽인지도 모르는 나로서는 그야말로 험난하고 두렵기만 한 대이동이었다. 지금 생각해도 어떻게 무사히 돌아올 수 있었는지 신기하기만 하다.

'대체 나는 지금 여기서 뭘 하고 있는 거지?' 내 머릿속에는 쉴 새 없이 이 질문이 맴돌았다.

내 덩치만 한 짐을 들고 터벅터벅 거리를 걷고 있자니 하염없이 마음이 약해지고 불길한 상상만 떠올랐다. 누구한테 붙들리면 팔려가거나 내 발로 걸어가거나 둘 중 하나일 텐데 그땐 어째야 하나. 궁지에 몰리면 어린아이라도 필사적으로 머리를 굴릴 수밖에 없게 된다.

이제 정말 틀린 걸까, 이대로 객지에서 죽는 건 아닐까, 극단적인 생각까지 드는 그 순간 문득 '믿을 건 나 자신밖에 없다'는 생각이 솟구쳤다. 지금 나 자신을 구할 수 있는 것은 내 옆을 스쳐가는 사람도 일본에 있는 엄마도 아니다. 어느 누구도 나를 도울 수 없다. 나는 나를 믿고 의지해야 한다.

'믿는다, 나를.'

'믿을게, 이제 너밖에 없어.'

스스로에게 속삭이던 그 순간, 나에게 '자신을 지탱해줄 또 하나의 나'라는 운명공동체가 나타났다. 잔혹한 상황에 휘말린다 해도 '또 하나의 나 자신'이 있으면 자신의 상황을 객관적으로 바라볼 수 있다. 그 존재가 그 후의 인생을 살아가는 데 얼마나 큰 힘이 되었던지.

죽음을 앞두고 궁지에서 벗어나려고 몸부림치는 순간에는 열네 살짜리 소녀에게도 멋진 자신만의 철학이 생긴다. 이것은 나 자신에게 있어 엄청난 충격이요, 놀람이었다. 겨우 14년밖에 안 살았지만 '스스로 어떻게 해볼 수밖에 없어'라는 생각이 들면, 하나의 인간으로서 여러 가지 판단을 할 수 있게 된다. 생각보다 믿음직한 자신을 발견하게 되고 그것이 자신감으로 자라난다.

평소부터 내가 그렇게 듬직하고 강인했었냐고 묻는다면 절대로 그렇지 않다. 역경에 처하지 않으면 그런 감정이나 자신에 대한 신뢰감은 우러나지 않는다. 그렇다면 간신히 찾아낸 그 감정과 신뢰감을 어떻게 움켜잡을 것인가!

그러려면 역시 스스로 움직여서 아픔도 느껴보고 상처도 입어보고 부끄러움도 느껴봐야 한다. 그런 체험이 없으면 자기 안에 있는 사전의 어휘력은 늘어나지 않는다. 억지로 새겨 넣으려고 해도 무리다. 혹시 해외로 나가면 답이 있지 않을까 기대하는 사람도 있는데 그것도 아니다. 그렇게 단편적으로 누구에게나 해당되는 인생 방정식은 없다.

실패가 두려워서 옴짝달싹 못하는 사람은 자기 혼자서 어떻게든 해보려고 몸부림을 친다. 그러나 한곳에만 머물러 있으면 고통과 두려움이 점점 커질 뿐 아무것도 해결되지 않는다. 더이상 갈 곳 없는 순간까지 몰리고 몰렸다면 그때는 세상을 향해 자신을 열어줘야 한다.

진정 나 자신이 원하는 가치는 무엇일까? 그건 사람마다 다르고 가족과 친구조차 이해하지 못할 수도 있다. 스스로 찾아나서지 않으면 안 된다. 어디로 가야 할지 모르겠어도 일단은 스스로를 가둔 그곳에서 나와 세상 밖으로 나서야 한다.

만약 지금 있는 환경 속에 자신에게 플러스가 될 만한 것이 없다면, 그것을 찾아나서는 수고를 망설이지 마라. 우선 어디로든 걸음을 떼라. 존재감 없던 자신을 의지하며 첫 걸음을 내디뎌보라.

마르코 할아버지와의 운명적인 만남

열네 살 때 혼자 떠났던 여행은 내게 '홀로서기'를 가르쳐줬다. 여행 중에는 살기 위해 몸부림을 치느냐 그것만으로도 스스로가 대견했는데, 막상 여행을 마치고 돌이켜보니 내 힘만으로 이룬 것이 아니었음을 깨달았다.

리옹 역에서 멍하니 서 있던 나를 태우고 목적지 역까지 데려다준 친절한 택시 기사 아저씨, 먼저 말을 꺼내지 못하고 전전긍긍하던 나에게 "너 이제 어떻게 할 거니?" 하고 마음을 써준 엄마 친구 분. 그때는 감사의 인사조차 할 여유가 없었지만 고비 때마다 배려와 관심을 아끼지 않은 분들 덕분에 무사히 집에 돌아올 수 있었다.

자력自力이란 무엇일까. 나는 사소한 일이라도 뭔가를 이룰 때마다 이 질문을 던진다. 그럴 수밖에 없다. 왜냐하면 내 힘이 아닌 우연의 힘이 사람을 뜻하지 않은 곳으로 인도해준다고 느끼기 때문이다. 일단 내 몸을 던지면 저쪽에서 뜻밖의 만남과 인연이 다가오기도 한다.

그것은 실로 나에게 운명적 만남이었다.

여행의 첫 번째 일정이 끝나갈 무렵, 브뤼셀 역에서 파리행 열차를 기다리고 있는데 문득 이상한 사람이 나를 따라오고 있다는 사실을 눈치챘다.

모직 코트를 입은 그 노인은 내가 어디론가 조금만 움직여도 가까이 다가와서 안 보는 척 나를 지켜봤다.

뭐야, 저 사람……. 무서운 생각에 도망치듯 열차에 올라타자 이번에는 아예 내 자리까지 쫓아오는 게 아닌가!

"잠시만 기다려, 아가씨."

"악!"

이것이 이탈리아 도예가 마르코 할아버지와의 첫 만남이었다. 알고 보니 그는 내가 가출 소녀인 줄 알고 걱정이 되어 말을 걸어온 것이다.

"아무리 봐도 어린아이인데, 이런 곳에서 뭘 하고 있는 거지? 몇 살이야?"

"여, 열네 살이에요."

"열 살이든 열네 살이든 마찬가지야. 이탈리아에서는 외국어를 못하는 어린아이를 혼자 여행 보낸다는 건 상상도 못 해. 도대체 네 부모님은 어떻게 된 분들이지?"

매우 강한 억양의 영어로 차근차근 설교를 하는 마르코 할아버지에게 나는 서툰 영어로, '아니다, 우리 엄마는 나쁜 사람이 아니다'라는 내용을 전했다. 나는 어려서부터 그림 그리기를 좋아해서 유럽의 멋진 그림을 보러 왔을 뿐이라는 말도 함께.

그런데 내 말을 들은 할아버지가 더욱 화를 내는 게 아닌가.

"그런데 왜 유럽까지 와놓고 이탈리아에는 오지 않는 거냐. 이상하잖아! 로마를, 피렌체를, 베네치아를 보지 않고 왜 서유럽을 선택했냐는 말이다. 일단 돌아가면 엄마에게 말해서 나한테 편지를 보내라고 해! 그림 공부가 하고 싶으면 우리 집으로 오너라."

그렇게 열차가 파리에 도착할 때까지 마르코 할아버지는 이탈리아 미술이 얼마나 아름답고 멋진지 열변을 토했다. 그때까지만 해도 그것이 설마 나의 미래를 좌우할 운명적인 만남이 되리라고는 꿈에도 생각하지 못했다.

인생은 누구에게나
한 번뿐

학교로 돌아왔지만 여행을 떠나기 전보다 주위 친구들과의 위화감은 더욱 커졌다.

옆 친구들은 모두 얌전히 학교 교육을 받으면서 아이돌 이야기나 마음에 드는 남학생 이야기나 가족끼리 해외여행을 다녀온 이야기로 꽃을 피웠다. 그러나 나는 복학한 이후에도 번번이 딴죽을 걸며 머리도 짧게 자르고 다녔으니 친구들과 대화가될 리 없었다.

어느 날, 반 친구 한 명이 다가와 말을 걸었다.

"마리, 유럽 다녀와서 변한 것 같아. 엄청난 경험을 했나 봐."

겉보기에만 그런 것이 아니었다.

어린 나이에 홀로 떠난 외국 여행에서 연거푸 궁지에 몰리고 고생을 하다 보니, 아예 근본부터 전혀 다른 아이가 되어 있었다. 가장 큰 변화는 무엇보다 스스로 생각하고 스스로 판단하는 법을 배웠다는 점이다. 그렇기에 친구 말처럼 아무 생각도 하지 않고 무언가를 받아들일 수가 없었다. 나에게는 도저히 용납되지 않는 일이었다.

"왜 머리는 항상 세 갈래로 땋으라는 거지? 왜 스커트 길이를 정해주는 거지?"

그렇게 자질구레한 일도 그냥 지나치지 못하고 자꾸만 부딪치다 보니 생활 자체가 힘들었다.

'원래 그렇게 정해져 있는 거야'라는 말로는 도무지 납득이 가지 않았다. 이유를 꼭 알고자 하는 내가 선생님 눈에는 귀찮고 반항적인 아이로 비쳤으리라.

하지만 단 한 사람, 미술 선생님은 나의 든든한 지원자가 되어주었다. 내가 다소 난해하고 반항적인 그림을 그려도 "멋있네. 넌 꼭 뭔가를 이룰 거야"라며 격려해주셨다.

어쩌면 나는 자신도 모르는 사이에 점점 정해진 범주에서 벗어나고 있었던 것 같다. 범주 안에 있어도 다른 아이들은 전혀 궁금해하지 않고 즐겁게 지내는데, 왜 나는 그들처럼 생각하고 생활하지 못하는 걸까.

번번이 학교를 쉬어도, 엄마는 "가고 싶지 않으면 안 가도 돼"라고 말하는 분이었기 때문에, 서서히 학교와도 멀어졌다.

귀국 후에도 마르코 할아버지는 종종 편지를 보내셨다.

"마리, 너는 그림을 그리고 싶다고 했잖니? 그 이야기는 어떻게 되고 있는지 궁금하구나."

마르코 할아버지를 만났던 운명의 그날이 두고두고 가슴속에 남았다.

학교에 가기 싫다고 말했던 날도, 자퇴를 하고 이탈리아로 그림 공부를 하러 가고 싶다고 했던 날도, 엄마는 "아 그래? 그럼 그렇게 하렴" 하고 내 의견을 존중해주셨다.

나를 믿어주는 사람이 있다는 건 정말 마음 든든한 일이다. 물론 나 역시 엄마를 믿었다.

그날 이후 엄마는 마르코 할아버지와 연락을 주고받는가 싶더니, 순식간에 예술가끼리 의기투합을 하기에 이르렀다.

"그림 공부라면 이탈리아로 가야 해."

쇠뿔도 단김에 빼라고 엄마는 나의 유학을 단숨에 결정해버렸다.

마르코 할아버지는 도예 기술자로 북이탈리아의 베네토 주에서 큰 공장을 운영하고 있었다. 부인도 도예가 집안 출신이라 할아버지는 도예 기술자인 자신과 집안에 대한 자부심이 대단했다.

막상 유학을 가라고 하니까 갑자기 마음이 약해져서 '아무래도 화가가 된다는 건 너무 무모한 것 같아. 그보다는 어학 관련 공부를 해서 장래에 통역사가 되는 게 현실적이지 않을까' 하는 생각이 들었다. 할아버지에게 나의 뜻을 적어 보내자 아주 단순하고 명쾌한 대답이 돌아왔다.

"그림을 그리고 싶다고 하지 않았니?"

도전적이고 독특한 성향의 소녀답게 나는 막연히 '유학을 가려면 런던도 좋지'라는 생각을 했는데, 그런 나의 뜬금없는 마음을 빤히 들여다봤는지 할아버지는 단호하게 말했다.

"인생은 한 번뿐이다. 정말 하고 싶은 걸 해야지. 그렇게 시간 낭비하고 있을 여유가 없어."

그렇게 나는 열일곱이라는 나이에 얼렁뚱땅 이탈리아 유학 길에 올랐다.

출구는 없다,
계속 발버둥 쳐라

    이탈리아 유학 시절의 나를 가장 정확하게 투영한 인물이 있다면 아베 코보의 소설 『짐승들은 고향을 향한다』에 등장하는 주인공, 열아홉 살의 청년 히사키 쿠조였다. 그 시절 나의 혼란스러운 감정을 언어로 풀어줄 사람은 아베 코보뿐이라는 생각이었다.

    세계대전의 패배를 선언하기 전날 밤, 만주에 홀로 남겨진 고독한 히사키 쿠조는 남행열차가 곧 출발한다는 것을 알고 일본행을 결심한다. 그를 기다리는 있는 것은 누가 적군인지 아군인지조차 모르는 무시무시한 삭풍이 몰아치는 들판이었다. 추위와 허기로 몸을 부르르 떨면서 감행한 절망의 도피, 그 처절함이 더하면 더할수록 나는 그 책을 읽으며 위안을 받았다.

흑암의 청춘시대. 피렌체에서 나를 기다리고 있던 것도 어떤 의미에서는 덧없고 아득한 황야였는지 모른다. 미적지근한 소설은 도무지 손에 잡히질 않았다. 그 시절에는 극한 상태에 놓인 인간이 어떤 심리상태에 빠지는지가 너무 궁금해서 오오카 쇼헤이의 『들불』, 카이코오 타케시의 『여름의 어둠』 같은 전쟁소설을 이 잡듯이 찾아 읽기도 했다.

지금 생각해도 그렇게 많은 책을 읽었던 적은 없는 것 같다.

피렌체 국립미술원에 다니기 시작한 열일곱 살의 나는 우연한 기회에 '갈레리아 우푸파'라는 문단 살롱에 드나들게 되었고, 거기에 모인 작가나 시인들로부터 독서 목록을 얻었다. '갈레리아 우푸파'에 대해서는 다음에 다시 언급하겠지만 그들은 일본 문학에도 정통했다.

"아베 코보를 알고 있나?"라는 질문에 애매한 답변밖에 할 수 없던 나는 그제야 비로소 그의 대표작인 『모래의 여자』를 읽었다.

신종 곤충채집에 나섰던 니키 준페이라는 남자가 모래사막을 걷다가 개미지옥에 빠지고 어떤 여인의 집에 갇히게 되면서 벌어지는 이야기인데, 그 주인공 역시 그 시절의 나 자신을 투영하는 거울과도 같았다.

끝없이 계속 떠도는『짐승들은 고향을 향한다』와 그곳에 머무는 것을 선택한『모래의 여자』. 내용은 대조적이지만 두 작품 모두 내게는 같은 의미였다.

사람은 막연하게 살아가면 자신이 경계 안에서 살아간다는 사실조차 깨닫지 못한다. 아베 코보의 소설은 경계를 벗어난 인간이 어떤 땅을 거닐게 되는지 나에게 여실히 보여줬다. 어딜 가든 도망칠 수 없는 벽이 있다는 것을, 눈에 보이지 않는 그 벽을 가시화해서 투시도로 보여준다. 어떤 의미에서는 아주 회화적인 작가라는 생각이 들었다.

아베 코보의 소설을 읽을 때마다 내 영혼이 어딘가에 홀려버리는 것 같은 느낌을 받았다. 아무리 발버둥 치고 또 발버둥 쳐도 어느 한 곳에 다다르지 못하는.

소설 속 주인공은 나 자신인 동시에 좀 더 솔직히 말하자면 나 자신만은 아니었다. 당시 내 주변에는 칠레의 아옌데 정권에 쫓기는 사람, 이란 혁명 때 조국을 떠나온 사람 등 여러 가지 이유로 고향에 남겨진 가족과 생이별 중인 망명자와 이민자 들이 많았다. 어느 한 곳 속할 장소를 찾지 못했던 그 시절의 나는 나 역시 그들과 똑같다고 느꼈다.

사람은 모두 끝없는 방랑자다. 나는 지금까지 내가 있던 경계를 벗어남으로써 그 사실을 절실히 느꼈다. 앞서 소개한 소설들은 그런 나의 일상을 고스란히 담아내고 있었다.

아베 코보의 작품은 하나도 빠짐없이 읽고 싶었다. 그래서 소설은 물론이고 대담이나 논문, 간단한 인터뷰 기사에 이르기까지 전부 독파했다. 아베 코보의 머릿속에 들어 있는 모든 것을 알고 싶었다.

그는 '인간이라는 존재는 죽으면 결국 탄산칼슘이 될 뿐이다'라는 말을 종종 했는데, 자신의 사상이나 정신세계를 표현하기 위해 '생물학적으로 말하면 인간은 이런 존재다'라는 논리적 접근을 지향했다.

나 역시도 매사에 분석하는 습성이 있어서 내가 처한 위치를 논리적으로 분석하여 최대한 객관적으로 이해하려는 유형이기 때문에, 아베의 그런 자세까지도 마음에 들었다.

내 작품의 방향성이나 정서적인 부분을 아베 코보라는 작가를 통해 눈으로 직접 확인할 수 있다는 사실이 마냥 신기하다.

낯선 장소 혹은 상황에서 사람들은 어떤 행동을 취할까.

아베 코보는 아주 독창적인 논문을 썼다. 그 논문에 따르면, 예를 들어 어디에 불이 나서 모두 대피하고 있는데 누군가 '미안합니다. 깜빡 잊어버리고 온 물건이 있어서 좀 가지고 올게요'라고 하면 모두가 그를 기다려준다고 한다. 사람은 돌발적이거나 낯선 상황에 놓이면 특이한 행동을 하는 사람을 따르는 경향이 있다는 것이다.

그의 소설은 언뜻 보면 관념적인 실험소설 같지만 결코 그렇지 않다. 아베 코보의 소설은 마치 하나의 장치처럼, 그 시절의 내 모습을 떠올리게 해준다.

그의 작품은 인생이라는 홀로서기를 시작하며 내가 난생처음 손에 쥔 지도와도 같았다. '이 세계는 이런 식으로 이루어져 있구나' 하고 비로소 눈을 뜬 느낌이었다.

어디를 가든 피할 수 없는 벽은 있는 법이다. 경계를 벗어나 바깥 땅을 내딛은 사람은 그 사실을 절실히 느끼고 인정할 수밖에 없다.

아베 코보라는 작가는 결코 안주하지 않는다. 계속 발버둥 치고 방황한다. 미즈키 시게루든 카이코오 타케시든, 나는 이 '계속 발버둥 친다'는 감각에 이끌렸다. 하지만 발버둥 치며 힘겨워하기만 할 뿐 결코 도취되지는 않는다. 마치 내가 체험한 부조리한 일들을 또 다른 내가 어딘가에서 비웃으며 외면하고 있는 듯한 감각.

자신의 고통에 도취될 수만 있다면 한결 편안할 텐데, 눈 한 번 찡그리지도 못하고 늘 맨 정신으로 깨어 있기 때문에 더 힘겨운지도 모른다.

'출구는 없다, 계속 발버둥 쳐라.'

아베 코보의 소설은 지금도 내 인생의 기로에 우뚝 선 하나의 표지판처럼 나를 지탱해주고 있다.

가난을 등에 업고
산다하여도

　이탈리아에서 가난한 유학생으로 살던 시절의 이야기를 좀 해볼까 한다.

　엄마는 어떻게 해서든 나를 음악인으로 키우고 싶어했기 때문에 세 살 때부터 바이올린이며 피아노를 가르쳤지만, 정작 나는 음악보다 그림 그리기를 더 좋아했다. 하고 싶은 것이 따로 있는데 억지로 다른 걸 해야 하는 상황을 참을 수 없었을까. 어느 날 나는 '나는 화가가 될 거야!' 하고 선언했고, 엄마는 그런 내게 책 한 권을 내밀었다.

　그 책은 여러분도 잘 알고 있는 『플랜더스의 개』다.

　그림 그리기를 좋아하는 가난한 소년 네로는 사랑하는 개 파트라슈와 함께 온갖 고난을 겪다가, 끝내는 성당에 있는 루벤스 그림 앞에서 숨을 거둔다. 화가로 가난하게 살다가 일찍 맞이한 죽음. 너무도 가엾은 네로!

엄마는 고집스럽게 화가의 길에 들어서려는 딸에게 가차 없는 현실을 제시했던 것이다. 좋아하는 일을 하면서 살아간다는 게 얼마나 잔혹한 일인지 적나라하게 알고 있는 엄마로서는 어쩌면 당연한 치료법이었는지도 모른다.

하지만 피는 못 속이는 법. 나로 말할 것 같으면 음악만 있으면 얼마든지 살아갈 수 있는 엄마의 딸이었다.

"알았어. 일찍 죽어도 좋으니까 나는 꼭 그림 그리는 사람이 될 거야!"

그토록 하고 싶어 한 일을 하다가 죽은 네로를 나는 가엾다고 여기지 않았다. 오히려 아름답다고 생각했다.

과연 엄마의 예언대로 십수 년 후 이탈리아에서 그림 공부를 하던 나는, 젊은 나이에 죽을 정도는 아니었지만 전기와 수도가 끊기고 그날 먹을 식량을 걱정해야 할 만큼 가난에 허덕였다.

열일곱 살에 이탈리아로 건너온 나는 우선 마르코 할아버지가 사는 바사노에서 수십 킬로미터 떨어진 비첸차라는 마을의 기숙사에서 생활했다. 그리고 얼마 후 본격적으로 그림 기법을 배우기 위해 피렌체에 있는 국립 아카데미아에 입학, 유화와 누드 데생, 미술사 등을 전공했다. 하지만 주머니에 돈은 없었다.

여행 삼아 나를 보러 온 엄마가 말했다.

"어떠니?『플랜더스의 개』생활이? 그림이 전부가 아니라는 생각이 들지 않아?"

"절대 그렇지 않아! 내가 원하고 선택한 길인데."

"아, 그래? 그럼 안심이네. 너를 보고 있으니 완전히 피렌체 골목의 고양이 같구나."

그때 엄마가 마음 약한 말을 하지 않아서 정말 다행이다.

"전기도 안 들어오고 가스도 끊긴 이 얼음장 같은 집에서는 도저히 있을 수가 없구나."

하룻밤을 지낸 엄마는 다른 마을로 떠나버렸다.

그녀 역시 음악으로 살아온 사람이다. 어떻게든 그 길을 가려면 아무리 가난하고 힘들어도 이겨내야 한다. 그러지 않으면 그 길에서 살아남을 수 없다는 걸 스스로의 경험으로 알고 있었으리라.

엄마가 두고 간 선물 보따리에는 홋카이도에서 들고 온 연어가 들어 있었다.

나를 표현하는 법을 배우다

이탈리아에서 그림 공부를 한다고 말하면 상당히 우아하게 들리겠지만, 그 실상은 처참했다. 거리에서 관광객을 상대로 초상화를 그려주고 그날의 끼니를 해결하고 나면, 또 내일은 어떻게 될지 모르는 불안한 삶의 연속이었다. 그러나 그렇게 어려움으로 가득 찬 생활 덕분에 기가 막힌 인연도 만날 수 있었다.

그 무렵 나의 유일한 낙이자 의지는 갈레리아 우푸파였다.

'갈레리아'는 갤러리아를 가리키는 말이다. 자그마한 전시실이 있고 그곳에서 그림을 전시하거나, 가끔은 책을 출판하기도 한다. '우푸파'는 이탈리아에 서식하는 볏이 달린 아름다운 새를 말한다.

그곳은 마치 실존주의자들이 우르르 몰려들었던 1920년대의 몽파르나스 언덕 같았다. 갈레리아 우푸파는 60년 넘게 이어진 문단 살롱으로, 무명 작가나 화가 들이 모여서 밤낮으로 토론과 수다를 꽃피웠던 곳이다.

그곳을 운영하던 피에로 상티는 전쟁 전후를 아울러 이탈리아 문단에서 활약하던 작가로, 피렌체 카페 '레 제페 로쎄(붉은 조끼단)'에서 주최하던 문화활동의 중심인물이기도 했다. 동성애자였던 그의 연인은 아르헨티나에서 망명해온 시인이었다.

일본이 거품경제의 직격탄을 맞고 휘청거리던 무렵, 피렌체에서 늘 굶주리며 지내던 열여덟 살의 나는 함께 지내던 이탈리아 시인 쥬제페에게 이끌려 일주일에 4, 5일은 갈레리아 우푸파에 얼굴을 내밀게 됐다.

집에 있어 봤자 전기, 가스, 수도 중 하나는 끊겨 있기도 했고, 그곳에 가면 어떻게든 먹을 것은 해결할 수 있었다. 하지만 살롱 사람들 모두 너 나 할 것 없이 가난했기 때문에 메뉴는 늘 정해져 있었다.

"소금, 후추 파스타 어때?"

올리브 오일에 달랑 소금과 후추만 넣고 볶은 파스타를 먹으며 그들은 줄곧 문학 이야기를 한다.

지금도 잊히지 않는데 포르투갈 시인 페르난두 페소아의 시집을 돌려가며 읽다가, 누가 책의 임자인지를 두고 서로 치고받는 싸움으로 번진 일도 있었다.

겨우 책 한 권 때문에 싸움을 벌일 만큼 그들은 모두 가난했다. 그러나 거기 모인 사람들은 누구랄 것도 없이 페소아의 시를 줄줄 외웠다. 정말이지 책 한 권의 가치를 제대로 아는 사람들이었다.

페르난두 페소아 역시 생존 당시에는 무명이었다. 평생을 리스본의 무역회사에 근무하면서, 자신과 다른 인격을 가진 이름을 몇 개 사용하며 존재의 불안, 자기 정체성의 위기에 관한 방대한 글을 남겼다.

'갈레리아 우푸파'를 찾는 사람 중에는 아옌데 정권에서 도망쳐온 칠레 시인 등 라틴아메리카에서 온 망명자도 많았다. 존재의 불안, 정체성의 위기는 그들의 주된 관심사였다.

나는 '갈레리아 우푸파'를 찾는 최연소 손님이었는데, 지금 생각하면 아무것도 모르는 백지 상태의 소녀에게 닥치는 대로 가르치고 싶어서 안달이 났으리라. 그도 그럴 것이 그 시절의 나는 다니자키 준이치로나 미시마 유키오에 대해 들어보긴 했지만 제대로 읽어본 적은 없었기 때문이다.

아베 코보의 소설 역시 그들이 가르쳐줬다. 처음 읽은 작품은 이탈리아어로 번역된 『모래의 여자』였다.

"마리 왔다, 마리!"

"너 그 책 읽었니?"

"이 책 읽어봐, 재미있어."

페소아뿐이 아니다. 아르헨티나 작가 호르헤 루이스 보르헤스, 콜롬비아 소설가 가브리엘 가르시아 마르케스 등도 여기서 알게 됐다. 정확하게 말하면 당시 다니던 국립미술원에서보다 갈레리아 우푸파에서 배우는 게 더 많았던 것 같다. 그곳은 독서가들의 호랑이 굴 같은 곳이었다.

토론이라는 말 자체가 내게는 너무 어렵고 무거웠지만, 조금씩 그들에게 동화되었다.

이탈리아 사람은 정말 말을 잘한다. 이토록 대화를 즐기는 민족은 아마 없으리라. 남자든 여자든 나이가 적든 많든 상관없이 침묵이야말로 가장 용서할 수 없는 행위였다. '무슨 말이든 좀 해' 하는 식이다. 참고 말하지 않으면 몸에 해로울 뿐. 몸 안에 독소를 쌓아두지 않고 내뿜는 것이 이탈리아 방식이었다.

"말을 안 하면 무슨 생각을 하는지 알 수가 없잖아. 너도 말을 해야 자신이 무슨 생각을 하는지, 어떤 마음인지 알 수 있단 말이야."

주위 사람들이 늘 그렇게 이야기해도 어쩔 수 없는 일본 사람이기 때문에 쉽지 않았다.

곰곰이 생각해보면 엄마도 하고 싶은 일을 하면서 즐겁게 살았지만, 정작 하고 싶은 말은 가슴속에 담아두는 면이 있었다. 나도 그런 부분을 꼭 빼닮은 모양이다. 그렇게 뿌리부터 일본인 기질이었던 내가 '갈레리아 우푸파'에 다니면서 말로 표현하는 사람으로 변해갔다.

물론 아무 말이나 마구 내뱉으라는 뜻이 아니다. 자기 의견을 주장하라는 뜻이다. 억지를 부리라는 게 아니라 상대방 이야기를 이해할 수 없을 때 "잠깐만, 뭐라고?" 하고 되물으라는 것이다.

"나는 그렇게 생각하지 않아"라는 말이 상대를 부정한다는 의미가 아니다. 납득하고 싶다, 상대의 말을 정확하게 이해하고 싶다는 또 다른 표현이다. 대화란 거기서부터 출발하는 것 아닐까. 반드시 결론을 내릴 필요도 없다. 나 혼자서는 미처 생각하지 못했던 것을 알게 되면 거기서부터 새로운 전망이 열리기도 한다.

나보다 훨씬 나이가 많은 사람들의 열변 속에 머물며, 나도 대화의 재미를 맛봤고 또 직접 실천하면서 배우기도 했다.

당시 소비에트 연방(현 러시아)의 영화감독 안드레이 타르코프스키가 마침 피렌체에 있다는 것을 알고 과감하게 만나러 간 적이 있다. 공교롭게도 그는 외출 중이었고 부인만 집에 있었다. 어린 나이에 당당하게 현관 벨을 누른 것만 봐도 그 시절의 나는 정말 뭔가에 이끌리듯 열정적으로 살았던 것 같다. 나조차도 그런 자신을 처음 느꼈다고나 할까. 조국과 멀리 떨어진 곳에서 그날그날의 끼니를 걱정해야 하는 생활을 하면서도, 대화를 삶의 연료로 삼아 뜨겁게 살았다. 아무것도 없는 들판에 버려져서 오로지 스스로 설 곳을 필사적으로 찾았다.

그 무렵 영상 시인으로 불리던 소비에트의 귀재 타르코프스키는 이탈리아와의 합작 영화인 「노스탤지어」를 1938년에 완성했다. 「노스탤지어」는 타르코프스키가 처음으로 고국을 떠나 해외에서 촬영한 작품으로, 이탈리아의 토스카나 지역이 무대다. 모스크바에서 온 시인과 통역을 담당하는 여인이 자살로 생을 마감한 러시아의 음악가 소스노프스키의 자취를 밟아나가는 여정을 그려낸 영화다.

"어떻게 해야 서로를 이해할 수 있을까요?"

여인이 묻자 시인이 대답한다.

"국경을 없애면 돼요."

그때 내가 타르코프스키 감독을 만나서 무슨 말을 하려고 했는지는 잘 기억나지 않지만 「노스탤지어」가 고향을 멀리 떠나온 사람들을 그린 작품이라는 것만은 정확하게 기억한다. 그리고 잠시 후 다음 작품 촬영을 위해 런던으로 옮겨간 타르코프스키 감독은 두 번 다시 소비에트로 돌아가지 않고 망명을 선언했다.

후회 없이 살다가
생을 마감한 사람들

나에게 이탈리아의 제2의 집과도 같았던 '갈레리아 우푸파'
는 모임을 주관하던 노老작가 피에로 상티의 죽음과 함께 막을
내렸다.

그는 미켈란젤로 광장에서 상당히 가까운 곳에 있는 고급 주
택단지 안에 살고 있었다. 그 집은 시 소유였기 때문에 임대료
가 파격적이라 할 만큼 저렴했지만, 그의 마지막은 추운 겨울
에 난방도 틀 수 없을 만큼 가난해서 힘들기로는 매한가지인
나에게조차 돈을 빌릴 정도였다.

상티의 연인이었던 아르헨티나 시인으로부터 "오늘을 넘기
기 힘들 것 같아"라는 전화를 받고 부리나케 달려갔을 때는 다

행히 아직 숨이 남아 있었다. 예전에 잘 지내던 작가가 줬다는 수제 원목 침대에는 볏이 아름다운 새, 우푸파 그림이 그려져 있었다.

죽은 듯 누운 상티는 뭔가 열심히 말을 했지만, 그 소리도 점점 잦아들더니 이내 숨을 거두고 말았다. 아마 그의 나이 80세 때였다.

'갈레리아 우푸파'에 출입한 것은 내가 열여덟 살 때부터 스물세 살까지 약 6년 정도다. 그때는 너무도 당연하게 여겼던 일상이지만, 지금 생각하면 그 시절에 배운 것이 너무도 크고 많아 감사할 따름이다.

피렌체에 머무는 10년 동안 나는 두 분의 은인을 먼저 떠나보냈다. 그러면서 한 사람의 예술가로서 하고 싶은 일을 후회 없이 하다가 생을 마감한 사람들의 죽음을 지켜봤다. 이 경험이 훗날 내가 세상에 나갔을 때 인생에 소중한 거름이 되리라는 것을 느꼈다.

그때 나는 너무도 소중한 선물을 많이 받았다.

또 한 사람의 은인은 우스이 미츠마사라는 일본인 악기 기술자다. 어린 딸을 유학 보내기에 앞서서 편지를 여러 번 주고받긴 했지만, 마르코 할아버지가 정말 어떤 사람인지를 알아내기에 편지는 충분치 않았다. 궁금증을 해결하기 위해 엄마는 피렌체에 살고 있던 오랜 친구 우스이 씨에게 정찰을 부탁했다.

"와, 마르코라는 분, 정말 좋은 분이더군요. 도예가로 명성을 떨치고 있을 뿐 아니라, 그림도 잘 그리고 악기도 다룰 줄 알고 외국어도 여러 개 구사해요. 다재다능하다는 말은 그런 분을 두고 하는 말인 것 같아요. 아무 걱정 마시고 따님을 맡기셔도 될 거 같습니다."

우스이 씨로부터 긍정적인 보고를 받은 엄마는 나를 이탈리아에 보내기로 결심했다.

어떤 의미에서 엄마와 마르코 할아버지 그리고 우스이 씨가 나의 유학에 오케이 사인을 낸 사람들이었던 셈이다. 결국 마르코 할아버지 집에서는 처음 몇 달만 지냈을 뿐, 국립미술원에 입학하고 나서는 같은 마을에 살던 우스이 씨가 거의 모든 실질적인 도움을 줬다.

악기는 제작에 수고와 시간이 많이 걸리는데 비해 잘 팔리지 않는다. 당시 부인과 어린아이들까지 있었던 40대 가장 우스이 씨는 빠듯한 생활을 하면서도 나름대로 열심히 일했다.

그러던 어느 날 아무래도 몸이 좀 좋지 않다며 귀국을 해서 검사를 받았는데, 말기 폐암 판정을 받고 말았다. 남은 시간은 불과 석 달. 우스이 씨는 병원에서 생을 마감하고 싶지 않다며 피렌체로 돌아가겠다는 결단을 내렸다.

고향이란 무엇일까? 우스이 씨는 '여기서 살아야겠다'고 결정한 피렌체야말로 자신이 살다가 죽을 곳이라고 생각한 모양이다.

집에서 요양하기로 했지만, 어린아이들을 챙기며 잠도 제대로 못 자고 간병을 하던 부인마저 몸이 상하고 말았다. 불안해진 나는 우스이 씨 집으로 들어가서 부인을 도와드리기로 했다. 소중한 사람이 점점 죽음을 향해 나아가는 모습을 지켜보는 건, 이제 갓 스무 살인 내게 너무도 고통스러운 일이 아닐 수 없었다.

늘 의지하기만 했던 내가 이번에는 이 가족에게 힘이 되어줘야겠다고 생각한 것도 그 때문이었다.

점점 여러 기능이 나빠지고 피부색도 검게 변해갔다. 어떻게든 해보려고 해도 더 이상 손을 쓸 수가 없었다. 그저 죽어가는 사람 옆에 가만히 앉아 지켜봐 주는 것밖에 할 수 있는 게 없다니!

우스이 씨는 마지막 순간까지 의식을 놓지 않았고, 눈을 감던 날 "마리 양, 잠깐만" 하면서 한밤중에 부인과 나를 불렀다.

"마리 양, 그림 열심히 그려요."

그렇게 말하고 마지막으로 심호흡을 한 번 하고는 그대로 숨을 거두고 말았다.

몇 달 전까지만 해도 든든히 나의 의지가 되어주던 사람이 사랑하는 부인과 아이들을 남겨두고, 만들다 만 악기도 그대로 둔 채 불귀의 객이 돼버린 것이다. 지금 생각해도 그때의 슬픔과 안타까움이 고스란히 떠오른다.

사람이 이렇게 허무하게 죽는 것인가. 하지만 이 죽음은 특별하지 않다, 누구에게나 일어나는 일이다……. 그렇게 생각하자 언젠가 내가 숨을 거두는 순간까지 염두에 두게 되었다.

사람이 언제 죽을지는 알 수가 없다. 죽음을 깨닫는 순간에는 더 이상 그것을 거부할 수 없으니 '그때 그렇게 했어야 하는데' 하는 후회가 없도록 살아가는 수밖에 없다. 사람이 할 수 있는 일이라고는 고작 그 정도뿐인 것이다.

우스이 씨가 마지막으로 만든 악기는 비올라였다. 마지막 니스 칠을 하지 못하고 세상을 떠나버렸지만 우스이 씨의 장례식 날 엄마는 그 비올라를 연주했다.

3장

———

사람은 사람을
어디까지
알 수 있을까?

"사람의 진심은
아무리 가까운 사이라도 알 수 없는 거야.
그저 진심이라고 믿는 거지."

─『H2』중에서

시인 쥬제페와의
강렬했던 첫 데이트

피렌체 국립미술원에 입학했을 때 나는 열일곱 살이었다.

그곳 학생들과 함께 기숙사 생활을 했는데, 옆방에 사는 장 콕토처럼 생긴 수려한 외모의 청년을 보고 "그려보고 싶다"는 말을 건넸더니 흔쾌히 모델을 수락해줬다. 그것이 이탈리아 시인인 쥬제페와의 첫 만남이었다.

그가 겨드랑이에 시집을 끼고 추운 날씨에도 얇은 옷에 보푸라기가 달린 스웨터 차림으로 나타난 날, 사랑에 면역력이 없던 나는 그대로 침몰하고 말았다.

드디어 나도 로맨틱한 러브 스토리에 돌입하는 것일까, 만난지 3일 후 데이트를 하자는 그의 손에 이끌려서 영화 「살로 소돔의 120일」을 봤다.

유행하는 할리우드 영화라도 보는 줄 알고 신바람이 났던 나는 아무 예비지식도 없이 이탈리아 영화계의 귀재, 피에르 파올로 파솔리니의 세례를 받게 되었다.

스파치오 우노는 피렌체의 산타 마리아 노벨라 성당에서 아주 가까운 곳에 있었다. 마니아적인 영화만 상영하는 그 극장에 우리가 도착했을 때는, 이미 1회 상영이 끝나고 우르르 몰려나온 학생들이 담배 연기를 모락모락 피우면서 방금 본 영화 이야기를 하고 있었다.

영화 「살로 소돔의 120일」의 원작은 마르키 드 사드의 『소돔의 120일』이다. 영화의 무대는 파시즘 정권 치하의 이탈리아 공화국인 살로로, 나치스 괴뢰 정권의 권력자들이 자신들의 쾌락을 위해 소년, 소녀 들을 끌고 가서 온갖 변태행위를 자행한다는 과격한 내용의 작품이다. 전 세계적으로 상영금지 처분이 내려진 영화관도 상당히 많았던 문제작이기도 하다.

당시 이탈리아에서는 학생운동이 왕성해서 파솔리니의 좌

익사상이나 의문의 죽음 등은 젊은 학생들의 호기심을 자극하기에 충분했다.

결론적으로 말하자면 데이트 코스로는 전혀 어울리지 않는 영화였다. 이탈리아 영화라면 빅토리오 데 시카 감독의 「해바라기」 정도밖에 본 적 없는 내게 쥬제페가 말했다.

"이탈리아에 유학 온 이상, 이 나라를 대표하는 영화감독의 작품은 꼭 봐야 한다고 생각해."

과격한 영상에 투영된 파솔리니의 정치적인 사상 따위를 아직 이탈리아어도 제대로 못하는 내가 이해할 리 없었지만, 어쨌든 오래도록 기억에 남을 강렬한 첫 만남임에는 틀림없었다.

그때 영화관을 가득 채우던 담배 연기, 상기된 표정으로 토론을 벌이던 학생들, 그들이 풍기는 심상치 않은 분위기가 지금도 기억난다. '대체 나는 어디에 있는 것인가.' 압도되지 않을 수 없었다.

그곳에는 관광객을 향한 따스하고 친절한 이미지의 이탈리아는 더 이상 없었다. 가톨릭이나 르네상스 같은 맑고 올바른 정통파 이탈리아와 달리, 추잡하고 애절한 이탈리아의 진수를 접하고는 얼어붙듯 그 자리에 멈춰 서고 말았다.

프랑스 문학에 매료되어 초현실주의나 다다이즘에 대해 나름대로 잘 알고 있다고 자부하던 열일곱 살의 나는, 갑자기 유물론적 토론 속에 던져진 순간 그저 물끄러미 바라보기만 할 뿐 아무 말도 할 수 없었다. '그 정도 지식으로는 아직 멀었다, 아직 어리다'라는 부끄러운 후회라기보다 '다시 한번 보고 싶다, 좀 더 알고 싶다'는 마음 때문이었다.

사람들이 쉽게 이해할 수 있는 작품은 볼 때는 즐겁지만 막상 영화관을 나오면 남는 게 아무것도 없는 경우가 많다. 파솔리니의 작품은 정반대다. 너무 난해해서 이해 자체가 어려웠지만 오히려 그렇기 때문에 나를 강렬하게 잡아끌었다.

대체 이건 뭐지? 무질서한 것 같으면서도 섬세한 영상 표현은 단순한 엔터테인먼트로서 영상을 즐기는 차원을 넘어설 것을 요구했다. '그 안에 그려지지 않은 것은 무엇인가, 무엇을 배경으로 하고 있는가.' 관객에게도 상상하고 간파하는 능력이 필요했다.

여기서 말하는 능력이란 온갖 지식을 받아들인 그대로 어필하는 것뿐 아니라, 거기에서 전후좌우로 발상을 넓혀갈 수 있는 능력을 말한다. 그것이 진정한 의미의 교양이라는 것을, 그 무렵 영화관에 모여든 인텔리 학생들과 갈레리아 우푸파에 모인 작가들에게 정신없이 휘말리면서 배웠던 것 같다.

나는 지금도 지나치게 상세한 설명을 하는 친절한 작품보다 독자 혹은 관객의 상상력에 호소하는, 조금 번거롭더라도 깊이를 느낄 수 있는 작품이 좋다. 그런 작품을 읽고 이해하는 힘을 이 시기에 단련하지 않았나 생각한다.

파솔리니가 바로 그 출발점이었다. 그날 이후 나는 스파치오 우노 영화관을 매일 드나들며 파솔리니의 모든 작품을 섭렵했다.

받아들일 것인가
거부할 것인가

열일곱 살이라는 어린 나이에 「살로 소돔의 120일」을 봤을 때, 나는 사람들이 이렇다저렇다 떠들어대는 내용을 전혀 이해할 수 없었다.

이 사람들 도대체 무슨 이야기를 하고 있는 거지?

옆에 있던 쥬제페가 '마리는 아직 멀었어'라며 젠체하는 눈빛으로 쳐다보는데, 그렇게 얄미울 수가 없었다. 그때는 정말 치열하게 다퉜던 것 같다.

그리고 얼마 지나지 않아 우리는 함께 살기 시작했다. 그는 골수 스탈린주의자로 소련을 지지하는 사람이었고, 나는 가르시아 마르케스를 경유하여 라틴아메리카적 사고에 심취해 있었기 때문에, 우리는 늘 '사상적 대립'을 이유로 싸워야만 했다. 달콤한 사랑싸움은커녕, 한 걸음도 밀리지 않기 위해 벌이는 사투에 가까웠다.

쥬제페가 다른 사람들과 논쟁을 벌일 때 혹시라도 내가 그들에게 조금이라도 동조하는 것 같으면, 집으로 돌아오자마자 호된 질책을 당했다. 그러다가 끝내는 "알았어. 이제 너와는 이별이야", "그 자식이랑 사귀면 되겠네" 하고 내뱉어버렸다.

잠깐만, 어떻게 그런 말을?

질투라든가 내가 싫어졌다든가 하는 이유가 아니라 '너 같은 사상을 가진 인간과는 함께 살 수가 없어, 얼굴도 보기 싫고 공유할 수 있는 부분이 하나도 없어' 같은 이유로 늘 싸웠다.

운 좋게 장 콕토를 닮은 시인과 사랑을 하고 함께 살게 됐는데, 무슨 이유에서인지 늘 사상싸움으로 밤을 꼬박 지새우는 날들의 연속이었다.

갈레리아 우푸파에 모인 사람들은 대부분 유복한 집안 출신인 쥬제페와 마찬가지로, 몰락한 상류계급 출신 아니면 무직자들이었다.

모임 리더인 피에로 상티를 비롯해서 그 시대에 좌익운동을 했거나 망명을 온 사람들은 유복한 집에서 태어나 대학을 나온 양갓집 자제들이 많았다. 애초부터 돈이 있던 사람들이기 때문에 당장은 돈이 없어도 어딘가 초연해 보이고 궁상맞아 보이지 않았다.

비생산적이고 콧대가 높은 사람들. 그들에게는 사상이 곧 밥이었다. 몇 끼를 굶더라도 위장을 사상으로 가득 채우겠다는…….

"마리, 『거미여인의 키스』 읽어봤어?"

마누엘 푸익의 작품을 추천해준 사람은 아르헨티나 출신의 시인이었다. 그 자신이 갈레리아 우푸파의 주최자인 피에로 상티의 연인이었으니 소설 속 인물들과 아무래도 여러 가지 공통점을 느꼈던 것 같다.

『거미여인의 키스』는 첫 페이지 첫 줄부터 갑자기 두 사람의 대화로 시작된다. 그리고 마지막 한 줄까지 두 사람의 대화로 끝이 난다.

처음에는 두 사람이 어디서 무슨 이야기를 하는 건지 알 수가 없다. 그저 흥미로운 대화 내용에 이끌려서 읽다 보면 대화의 무대가 부에노스아이레스의 형무소라는 사실을 알게 된다.

동성애자인 몰리나는 정치범으로 투옥되어 있는 혁명가 발렌틴에게 자신이 본 영화 이야기를 들려준다. 「표범 여인」이나 「부활하는 좀비 여인」 같은 제목에서 알 수 있듯 몰리나가 이야기하는 영화는 대부분 B급이다. 이 역시 다분히 작가의 성향을 눈치챌 수 있게 한다. 영화라고는 하지만 고상한 명화가 아니다. 하지만 주인공인 몰리나, 그녀(?)에게는 너무도 소중한 영화들이다.

자신에게 그토록 절실한 것을 다른 이와 나누고 공유할 수 있을까. 사람과 사람은 무엇을 얼마나 나눌 수 있을까. B급 영화에 연연하는 듯 보이지만, 그 핵심에는 이토록 심오한 주제의식이 깃들어 있다.

반면에 발렌틴은 사상으로 세상을 바꾸려는 활동가다. 즉, 이 소설은 좁디좁은 형무소라는 공간에서 너무도 저속한 것과 너무도 고결한 것이 하나로 뒤섞이기까지의 과정을 그린 작품이다.

상황과 사상이 전혀 다른 두 사람은 자기도 모르는 사이 마음이 통하고, 결국에는 경계를 넘는다. 윌리엄 허트가 몰리나 역을 맡아 연기한 영화도 작품성이 아주 높다.

바로 이런 점이 갈레리아 우푸파에 심취해 있던 나를 떠올리게 했다. 그곳에 모인 이들은 비생산적인 존재일 뿐, 사회와는 거의 접점이 없다. 허구 속에서 굶주림으로 죽어가는 편이 고상하다고 느낄 정도다. 사상이란 상상 이상으로 강인하지만 동시에 사회적으로는 아무런 면역력이 없다. 처음 그들을 만났을 때 기존의 내 가치관은 크게 흔들렸다. 이들을 어떻게 받아들여야 할지 혼란스러웠다.

하지만 그들과의 만남을 지속하면서 나는 '받아들일 것인가? 거부할 것인가?'라는 양자택일이 아니라, 관계성의 존재방식을 배워나갔다. 각자 자신으로 존재하면서도 서로 섞이고 마음을 나눌 수 있음을 배웠다. 한도 끝도 없이 이어지는 소설 속 방대한 대화가 사람과 사람이 연결되고 서로 소통하는 기쁨을 가르쳐줬다.

　그 무렵 내가 그곳에서 얻은 가장 큰 선물은, 모든 지식과 교양은 사람과 사람이 한없이 가까워지기 위한 관용성을 연마하기 위해 존재한다는 사실이었다.

내 인생에 더 이상의
후퇴란 없다

아들 녀석의 '데르수'라는 이름은, 러시아 탐험대 군인인 블라디미르 아르세니에프가 쓴 『데르수 우잘라』에서 따왔다. 시베리아의 혹독한 자연 속에서 몸뚱이 하나로 살아가는 주인공처럼, 인간이라는 하나의 생명체로서 꿋꿋하게 이 세상을 살아나가기를 바라는 마음에서였다.

데르수를 낳은 것은 1994년, 내가 스물일곱 살이 되던 해다.

젊음을 만끽하고 청춘을 노래해야 할 시기에, 한 가지도 견디기 힘든 고통이 산처럼 몰려들면서 나는 그야말로 인생 최악의 시기를 보내고 있었다. 그때만큼 사람이 싫었던 적도 없었던 것 같다.

당시 나를 잘 알던 이탈리아 친구들은 "그 시절의 마리는 '이 세상 모든 인간은 나의 적'이라는 느낌으로, 아무도 믿지 않았고 그 누구와도 친구가 되려고 하지 않았어"라고 회고한다.

"행복해 보이는 사람이 있으면 그게 누구든 질투 가득한 눈으로 바라봤지."

나는 전혀 의식하지 못했지만 충분히 그럴 수 있었겠다는 생각이 들 만큼 모든 일이 잘 안 풀리고 피곤에 찌들어 있었다.

이십 대 한창 나이에 완전히 절망에 빠져서 '무슨 낙으로 살아가야 하나' 허구한 날 자문자답하며, 오로지 문학과 예술에 심취해서 살아가던 나날이었다.

그림 그리는 사람과 시인이 함께 살면 당연히 가난하고 궁상맞을 수밖에 없다고 한다. 하지만 그 정도라면 얼마든지 참을 수 있었다. 나를 괴롭힌 것은 그뿐이 아니었다. 액세서리 가게가 어느 정도 자리를 잡는가 싶으면 쥬제페가 그날 매상을 고스란히 써버리는 바람에 하루도 싸움이 그치질 않았다. 경제적인 불안 이상으로 말싸움이 더 고통스러웠다.

상황은 파국으로 치달아 어음이 부도나면서 은행에서 '오늘 안으로 입금하세요'라는 최후통첩이 날아들었지만 그는 여전히 천하태평이었다.

집을 저당 잡혀둔 탓에 언제 쫓겨날지도 모르는데 "당신이 일본에 연락해서 돈 좀 부쳐달라고 하면 되잖아" 하는 식이었다. 하루도 거르지 않고 술을 마시고 며칠씩 들어오지 않더니, 어느 날인가는 경찰이 전화를 걸어왔다. 만취한 쥬제페가 폭행 시비에 휘말려서 크게 다쳤다는 것이다. 퍼붓듯 술을 들이키는 그를 지켜보고 있노라면 늘 불안했다.

처음 만났을 때는 "내가 최고야" 하면서 지나치다 싶을 만큼 자부심에 가득 찼던 사람이, 이제는 자신의 재능을 의심하고 자포자기한 상태로 전락해버렸다. 망가져가는 사람을 바로 눈앞에서 바라보며 나도 언젠가는 저렇게 되지 않을까 너무 두렵고 무서웠다.

스물일곱 살, 귀국하기 전 7년이라는 시간은 나에게 암흑의 청춘기였다. 인생이 내 뜻대로 되지 않는다는 걸 온몸으로 느끼며, 더 이상 추락할 곳이 없을 정도로 바닥으로 내리꽂혔다.

바로 그때 임신 사실을 알았다.

'감기인가?' 하고 병원에 갔더니 임신 11주차. 하지만 그 상황에서는 마냥 기뻐할 수만도 없었다. 끼니도 제대로 먹지 못해 10킬로그램이나 빠졌으니, 도저히 임산부라고는 생각할 수 없을 만큼 야위어 있었다. 문득 이런 생각이 들었다.

'아직 결혼도 하지 않았고, 저 사람과 앞으로 어떻게 될지도 모르는데 신은 도대체 무슨 심보로 나에게 이 아이를 낳으라는 거지?'

그래도 먹고살려면 돈을 벌어야 했기에, 무거운 몸을 이끌고 혼자 가게로 나가서 해가 질 때까지 장사를 했다. 그림 그리기는 엄두도 낼 수 없는 상황이었다. 원래 나쁜 일은 한꺼번에 몰려드는 법. 직원이 돈을 챙겨서 도망가버리는 일까지 벌어지자, 더 이상 아무도 믿을 수 없게 됐다. 집에 돌아오면 그대로 쓰러져버리기 일쑤였으니 언감생심 책을 펼쳐볼 엄두도 내지 못했다.

아침부터 밤까지 어음 막을 생각뿐이고, 대체 내가 왜 사는 건지 한숨과 눈물로 밤을 지새웠다. 어음 만기였던 그날도 온종일 돌아다니며 사정사정해서 50만 엔을 구했지만, 결국 부도가 나버렸고 몸만 빠져나오다시피 집에서 쫓겨나고 말았다.

차라리 이대로 죽는 게 낫지 않을까, 수도 없이 그런 생각만 들었다. 아침마다 눈을 뜨는 것 자체가 고통이었다.

돈이 없다는 불편함보다 이렇게까지 돈 때문에 힘들어야 한다는 현실이 더욱 괴롭고 비참했다. 이런 지옥에서 사느니 죽어서 편해지고 싶다는 생각뿐이었다.

'이 사람들은 내 목숨보다 돈이 더 중요하구나.'

눈만 뜨면 그런 생각을 하게 하는 일이 끊이지도 않고 벌어졌으니, 만약 그때 뱃속에 데르수가 없었다면 죽음을 선택했을지도 모른다.

바닥 끝까지 떨어지는 순간 이런 생각이 들었다.

'이 아이는 왜 이 타이밍에 나에게로 왔을까?'

어디를 둘러봐도 제대로 된 사람이 없었다. 이런 세상에 태어난들 무엇이 축복이고 행복일까! 살아간다는 게 이토록 힘겹고 고통스러운 일이라면 나는 더 이상 삶에 미련을 두고 싶지 않았다.

그런데 문득 이 아이를 어디서 임신했는지 알 것 같았다. 돈을 몽땅 털어서 쿠바로 자원봉사를 갔었다. 서쪽의 맨 끝, 마리아 라 고르다에서 다이빙을 하고 있는데 별안간 이탈리아에서 쥬제페가 날아왔다. 그와 밤을 지새운 것은 그때뿐이었다. 마리아 라 고르다, 그러니까 '뚱뚱한 마리아'라는 이름을 가진 땅에서 이 아이를 임신했다는 사실에 나는 뭔가 운명적인 느낌을 받았다.

터무니없는 이야기라고 생각할지 모르지만, 마치 하늘의 계시일지 모른다는 생각이 들었다. 이런 시기에 이 아이가 나에게 와준 건 지칠 대로 지쳐서 죽을 날만 기다리는 나를 다시 살리려는 뜻이 아닐까.

낳자!

그렇게 마음을 굳히고 나니 눈앞을 가리고 있던 안개가 순식간에 걷히는 것 같았다. 나는 무슨 일이 있어도 이 아이를 위해 살아가리라. 이 아이에게 언젠가 사랑하는 사람이 생기고 행복해질 때까지, 나는 어떻게든 살아남아야 한다.

내가 우선으로 삼아야 할 것은 그것 이외에 아무것도 없다. 그리고 제일 먼저 쥬제페와 헤어졌다.

그토록 힘겨운 상황에서도 아이를 낳겠다고 결심한 이유는 쥬제페의 아이였기 때문이다. 그의 아이라면 분명히 멋진 아이가 태어나리라. 그와 함께하는 동안 몸과 마음은 만신창이였지만, 감히 그런 생각이 들 만큼 내 인생을 농밀하고 의미 있는 시간으로 만들어준 사람이기도 했다. 열일곱 살에 만나서 10년이나 함께 지낸 사람.

그런데 아이까지 생긴 마당에 굳이 왜 헤어졌냐고 묻는다면 내게는 그때가 절대로 양보할 수 없는 인생의 갈림길이었기 때문이다. 갑자기 어딘가에서 '땡!' 하고 종료를 알리는 종소리가 들리는 것 같았다.

이제 더 이상 후퇴는 없다. 아이가 태어나던 순간 정말 그런 생각을 했다. 그와 아이 모두를 껴안고 살아가는 건 무리다. 그렇게 마음을 정하고 나니 날아갈 듯 홀가분해졌다.

프란시스코회
삿포로 수도원의 기억

　이런저런 생각을 하다가 문득 프란시스코회 삿포로 수도원이 떠올랐다. 엄마가 크리스천이라서였을까, 어릴 때 엄마는 삿포로 교향악단에서 일이 있으면 나와 여동생을 자주 이곳에 맡기곤 했다.

　낡은 교회 건물, 예수님 그림…… 문화충격을 받을 만큼 공기가 전혀 다른 곳이었다. 더구나 독일 관할이었기 때문에 수도사들도 모두 독일인이었다. 가톨릭 중에서도 유난히 청빈을 중시하는 프란시스코회 수도원 사람들은 하나같이 갈색의 기다란 옷을 입고 맨발 차림이었다. 독일에서 일부러 삿포로까지, 그들로서는 땅의 끝자락 같은 곳까지 와서 검소하고 평화로운 생활을 선택한 셈이다.

그림 그리기를 좋아하는 사람, 쳄발로 연주를 잘하는 사람, 뚱뚱한 사람 등등 다양하고 독특한 사람들이 모여 있었다. 일본으로 건너온 지 수십 년이 된 그들은 당연히 우리 자매에게 일본어로 말을 걸었다.

이런 식으로 맡겨진 아이는 달랑 동생과 나, 둘뿐이었다. 우리는 여섯 살과 네 살. 저쪽은 일흔 살이 넘었지만, 순수하고 선한 신령님 같은 할아버지들을 보고 있으면 '이분들한테 무슨 일이라도 생기면 큰일!'이라며 어린 마음에도 큰 걱정이 되었다.

그분들과의 많은 추억 가운데 모두 함께 영화를 본 기억이 난다. 영화의 무대는 당연히 수도원이었다.

어느 날 수도원 앞에 아기가 버려졌다. 부모가 이미 세상을 떠난 후라 열두 명의 수도사들은 마치 자기 아이인 양 정성껏 키웠다. 아기는 엄청난 개구쟁이 사내로 자랐지만 수도사들에게는 사랑스럽기 그지없었다. 그러나 수도사들이 아무리 잘해 줘도 그 아이는 늘 엄마가 그립다. 사내아이는 수도사들 몰래 빵과 포도주를 들고 지붕 뒤편으로 가서 "부디 엄마를 만나게 해주세요" 하고 기도를 올린다. 그리고 소원이 이루어져서 끝내 사내아이는 엄마 품으로, 그러니까 천국으로 가버린다.

우리 자매는 그 영화 내용이 우리의 상황과 너무 잘 맞아떨어져서 숨을 죽이며 영화를 감상했었다. 수도사 할아버지들이 아무리 잘해줘도 결국에는 엄마를 그리워하는 그 사내아이의 외로움을 절실히 공감할 수 있었다.

영화에 흐르던 「마르셀리노의 노래」는 지금도 부를 수 있다.

수도사 할아버지들은 인간을 가장 깨끗하게 표백하면 저런 모습이지 않을까 싶을 정도로 순수하고 따스했다. 하지만 전쟁 전부터 일본으로 건너와 제2차 세계대전을 헤쳐 온 세대이기도 하다. 그런 이야기는 전혀 하지 않았지만 본국 독일에서 무슨 일이 있었던 걸까. 온화한 모습 저편에 수많은 사연을 품고 있으리라.

인생이란 복잡하고 괴상해서 굳이 말하지 않는 것들이 일상생활 속에 무수히 숨어 있다. 어릴 때는 그런 생각을 전혀 하지 못했지만, 만화가가 되고 나서 나는 그들을 모델로 단편 만화를 그렸다. 한 사람은 수도원으로 가고 또 한 사람은 수도원에 들어가지 않은 것을 후회하는 형제의 이야기였다.

쓰라린 체험을 견뎌온 사람들은 목소리 높여 말하지는 않지만, 아무리 세월이 흘러도 결코 잊지 못할 기억을 품고 산다. 오히려 기억이 너무 생생해서 말을 못 하는 경우도 있으리라.

이탈리아 유학 시절에도 많은 사람들을 만났다. 갈레리아 우푸파 주최자의 애인이었던 시인은 정치적인 이유로 아르헨티나에서 망명해온 사람이었고, 보스니아 헤르체고비나 내전으로 고향을 떠나온 사람도 있었다. 가까운 주변에도 전쟁을 체험한 사람들이 있었는데, 내 남편의 어머니는 무솔리니 정권 아래에서 게릴라단 대원이었던 친구 여러 명을 잃었다. 그녀는 늙어서 가족의 얼굴을 알아볼 수 없게 됐을 때도 그 기억만큼은 놓지 않았다.

사람의 인연이란 알 수 없는 것

사람의 인연이란 정말 신비롭다.

삿포로 '일이日伊협회(일본 - 이탈리아 협회 — 옮긴이)'에서 일하고 있을 때 알고 지내던 사람이 "우리와 함께 일하는 사람 중에 아주 독특한 만화를 그리는 사람이 있는데, 마리 씨도 한번 만나봐요"하고 소개해서 만난 사람이 바로 미야케 란죠 씨다. 그녀는 아직 데뷔 전이었는데, 마침 스님을 주인공으로 한 데뷔작『붓센』을 한창 집필 중이었다. 틈틈이 작업을 돕는다는 핑계로 인연을 이어갔다.

그 무렵『테르마이 로마이』1화를 다 읽은 모 출판사 편집자에게서 연락이 왔다.

'취지는 재미있네요. 그런데 주인공을 일본 사람으로 할 수는 없을까요?'라는 내용이었다. 안타깝게도 내 뜻이 제대로 전달되지 않은 모양이었다. 역시 편집자로서는 잘 팔리는 만화에 대한 욕심이 있으니 평범하고 익숙한 느낌을 중시할 수밖에 없었으리라. 뜬금없이 고대 로마 사람이 왜 등장하지, 이런 반응이었다.

그 무렵 나의 의도나 심경을 이해해줄 사람은 미야케 란죠 씨밖에 없다는 생각을 했었다. 짐작대로 그녀는 "동인지라면 작가가 원하는 대로 그릴 수 있을 거예요"라며 자기가 속해 있는 동인지를 소개해주었다. 마침 월드컵에서 지단 선수가 상대방 선수를 머리로 들이받는 사고가 있었는데, 그것을 모티브로 고대 로마의 콜로세움에서 벌어지는 검투사들의 운동회를 만화로 그렸다. 그 외에도 다양한 단편 작품을 그려서 동인지에 실었다. 지금 생각하면 진지하기 짝이 없는 로마 사람들에게 이상한 행동을 시켜보면 재미있겠다는 발상을 한 것도 그때였던 것 같다.

좋았어, 좀 더 괴짜로 만들어보자, 이번에는 목욕탕 이야기를 좀 그려볼까? 물론 『테르마이 로마이』도 그런 착상으로 탄생한 작품이다. 미야케 란죠 씨에게 목욕탕 만화를 보여주면서 함께 키득거렸던 기억이 난다.

"뭐예요, 이게. 말도 안 돼. 마리 씨, 이거 어떻게 좀 해야 할 것 같은데."

그녀가 소개해준 출판사에서는 보기 좋게 퇴짜를 맞았다. 그다음에는 『코믹 빔』이라는 곳의 담당자를 소개받았다.

"정말 독특한 만화를 그리셨네요, 한번 실어봅시다!"

처음에는 1화만 실어볼 요량이었는데, 인연이 이어져서 『테르마이 로마이』를 연재하기에 이르렀다.

돌이켜보면 지금의 남편 베피노와 결혼을 한 것도 내 인생의 커다란 행운이었던 것 같다. 만약 그때 그와 결혼하지 않았다면 아마도 나는 브라질로 갔으리라. 알고 지내던 미술평론가가 미술품 복원을 위한 리서치 센터를 오픈한 지 얼마 되지 않았을 즈음이었는데, 혹시라도 브라질에 올 생각이 있으면 함께 일하자는 제안을 해왔다. 브라질과 브라질 음악을 좋아했던 나는 리오에 있는 친구에게 살 집을 찾아봐달라고 부탁할 정도로 어느 정도 마음의 준비를 하고 있던 상황이었다.

그런데 인연이란 참 신기하다. 뜬금없이 엄마가 이탈리아를 여행하고 싶다고 하는 바람에 예전에도 신세를 졌던 마르코 할아버지 가족을 만나러 가기로 했다.

할아버지는 이미 세상을 떠나셨지만, 가족들이 워낙 좋은 분들이라서 계속 연락을 하며 지냈었다. 바로 그곳에서 베피노를 만났다. 열세 살 연하의 베피노를 만난 날, 초면인데도 고대 로마와 르네상스 이야기를 나누며 시간 가는 줄 몰랐다. 다섯 살 때부터 로마 역사책을 읽었다는 베피노는 로마 황제들의 이름을 달달 외울 정도로 로마에 푹 빠져 있었다.

일본으로 돌아온 후 '이렇게 말이 잘 통하는 사람은 두 번 다시 만날 수 없을지도 몰라요. 우리는 꼭 결혼을 해야 해요'라는 수십 장이 넘는 편지가 날아왔다. '당신이 결혼을 해주지 않으면 나는 안 돼요'라며 애를 끓이던 베피노는 결국 심근염으로 입원까지 하는 지경에 이르렀다. 병원 무균실에서 전화를 걸어온 그에게 나는 "알았어, 결혼하자. 그럼 됐지?" 하고 무의식중에 대답을 했다.

살다 보면 늘 절체절명의 타이밍에 천사가 찾아온다. 정말 주기적으로 그런 일이 벌어진다. 마르코 할아버지와 만나지 않았다면 열일곱 살이라는 어린 나이에 이탈리아로 건너가지 않았을 테고, 스물일곱에 데르수를 낳지 않았더라면 만화가로 데뷔하여 일본으로 돌아오지도 않았을 것이다. 서른다섯 살에 베피노와 결혼해서 시리아의 다마스커스로 거처를 옮기지 않았다면 『테르마이 로마이』도 탄생하지 않았으리라.

2001년에 그와 결혼했고 2008년에 『테르마이 로마이』 연재를 시작했으니까, 대략 8년에서 10년 주기로 어디선가 나에게 구원의 손길이 찾아왔다.

이탈리아 북부의 베네트 주에 있는 베피노의 본가는 대가족으로, 200헥타르가 넘는 농원에 집을 짓고 가축도 기르고 있었기 때문에 할 일이 어마어마하게 많았다. 2년 후 거처를 옮긴 곳은 포르투갈 건축 양식의 80년 된 아파트였는데, 욕조가 없어서 늘 '아, 뜨거운 물에 몸을 푹 담그고 싶다'는 생각이 간절했다. 그래서 『테르마이 로마이』를 그리기 시작한 것이다. 그 후

시카고로 이사하면서 겪은 일을 바탕으로『스티브 잡스』를 그렸다.

　나에게 실패란 아픔이 아니다. 실패를 하면 할수록 다만 내 사전의 어휘가 늘어날 뿐이다.

　'큰일이다', '끝이다'라고 생각되는 일에 부딪혀도 마음을 다잡고 죽을 요량으로 해보면 어떻게든 된다. 당시에는 '아아, 이러려고 그런 게 아닌데, 이제 어쩌지' 하고 난감했던 일도, 시간이 지나면 실패라는 카테고리에 들어가지 않는다.

　경험이다, 전부.

　수시로 상처받고 추락하고 구르다가 다시 일어서기를 반복하는 동안에 딱지는 점점 딱딱하게 굳어간다. 딱지가 두꺼워지면 피부도 두꺼워지고 더욱 단단해진다. 기특한 딱지. 만들 수 있을 만큼 만들어보자. 그렇게 딱딱해진 딱지는 어느 순간에 다다르면 떨어져 버린다.

　'아아, 그동안 나는 잘난 척만 하며 살았구나.'

　'왜 그토록 사람들의 시선만 의식하면서 살았을까.'

박피가 한 장 한 장 떨어져나가는 것처럼, 쓸데없는 것들이 벗겨지면 그제야 '아아, 어떤 것이든 실패도 좋은 경험이었구나' 하고 깨닫는 순간이 찾아온다.

그러려면 경험과 시간이 필요하다.

"그때그때 할 수 있는 것만 하면 돼. 괜찮아, 분명히 길이 보일 거야."

엄마가 입버릇처럼 하던 말인데, 정말 그런 것 같다. 당시에는 이 말이 도대체 무슨 뜻인지 알 수가 없었다. 하지만 점이 모여서 선이 되는 것처럼 '아아, 그런 뜻이었구나' 하고 내 안에서 딱지가 떨어지는 날이 온다. 그때까지는 실패에 실패를 거듭하고, 딱지가 덕지덕지 앉아서 두꺼워지도록 내 안의 어휘를 늘려가면 된다.

얼마 전에 일본에 갔다가 엄마와 강아지, 이렇게 셋이서 산책을 했다. 강가에 무성하게 자라난 토끼풀을 보고 "그러고 보니 요즘은 네 잎 클로버를 볼 수가 없네, 어릴 때는 그렇게 많더니 어른이 되니까 영 볼 수가 없어. 그만큼 마음에 때가 앉았다는 거겠지" 하고 중얼거렸는데, 갑자기 엄마가 "무슨 소리야" 하고 핀잔을 줬다.

"아니, 네 잎 클로버 말이에요. 책갈피에라도 넣어두고 싶은데 없네요. 못 찾겠어요."

"아니야. 나는 산책 나와서 강아지가 똥 쌀 때마다 보는데……. 너무 많아서 한 움큼 따다가 말려서 수첩에 끼워뒀거든. 그런데 별로 좋은 일도 안 생겨서 그냥 버렸어."

"네에? 자, 잠깐만요, 버, 버렸다고요……?"

네 잎 클로버를 아무렇지 않게 버리다니, 정말이지 대단한 분이다.

그런데 다음 날 아침, 엄마가 불쑥 네 잎 클로버를 내밀었다.

"자, 여기 있잖아."

세상에나, 그렇게 찾아도 없던 걸 단번에 찾아서 "여기 있다, 책갈피로 써라" 하며 건네는 엄마. 무슨 큰 숙제라도 해결해주는 것처럼…….

우리 엄마도 엄마이기 이전에 우쭐거릴 줄도 알고 자랑도 하고 싶어하는 인간이었다.

살아가는 내내 무슨 일이든 "뭔지는 잘 모르지만 정말 대단하지 않니" 하고 말한다. 안 좋은 일이 생겨도 기죽지 않고 어쨌든 분명히 잘될 거라고 믿는다. 엄마도 엄마 나름대로 수많은 것을 보고 느꼈을 텐데, 그것만큼은 절대로 변함이 없다.

여든한 살, 내일 당장 눈을 감을지도 모르면서 아직도 "어머, 너무 멋지다", "정말 예쁘다"라는 말을 입에 달고 산다.

작년 겨울 노보리베츠 온천으로 여행을 갔다. 달리는 차 안에서 석양에 물든 붉은빛 수평선을 바라보며 "어머, 너무 멋지다!" 연신 감탄을 늘어놓는 엄마.

"이 감동을 원동력 삼아 내일부터 다시 달려보자!"

"자, 잠시만, 엄마. 지금 여든한 살 맞죠? 달린다고요?"

"그래, 저 풍경 좀 봐, 얼마나 멋지니. 다시 열심히 달릴 수밖에 없지."

세상에나! 그날은 뒤통수를 한 대 얻어맞은 것처럼, 마음이 쩡해졌다.

다양한 경험을 통해
삶의 기쁨을 알아가다

정신을 차릴 수 없을 만큼 분주한 삶이 약 7년 정도 이어졌다. 그나마 기한이 정해져 있어서 견딜 수 있었던 것 같다. 처음 귀국했을 때만 해도 그렇게 오랫동안 일본에 머물 작정은 아니었다. 어느 정도 아이를 키울 수 있을 만큼만 열심히 돈을 벌자고 마음먹었다. 그러다가 스트레스가 쌓여서 폭발 직전까지 가면 아이와 함께 무작정 여행을 나섰다.

어린 데르수도 피렌체에서 태어나고 일본에서 자라고 또 그다음에는 어디서 어떻게 지내게 될지 궁금해하지 않았다. 어쩌면 우리 둘은 그렇게 옮겨 다니며 사는 것을 당연하게 받아들이면서 이곳저곳을 여행했는지도 모른다.

뉴칼레도니아에서 프로펠러 비행기가 아니면 갈 수 없을 것 같은 아주 작은 섬, 말레 섬을 찾았을 때의 일이다. 프랑스 사람이 운영하는 자그마한 펜션이 있었는데, 그곳은 섬사람들이 즐겨 찾는 휴식 공간이기도 했다.

하나둘 모여든 사람들이 프랑스어로 왁자지껄 수다를 떨자 그 광경이 재미있어 보였는지, 갑자기 데르수가 의미를 알 수 없는 프랑스 말을 떠들기 시작했다. 웃음기 하나 없이 진지하게 말하는 꼬마 아이의 진심이 통했던 것일까, 사람들이 "아, 무슨 말인가 하면" 하면서 프랑스어를 가르쳐줬다.

아, 정말 아름답다! 이렇게 언어를 배워가는구나. 사람과 사람이 접촉하면서, 즐겁게.

경계를 넘는다는 것은 의외로 쉬운 일인지도 모른다. 2주 정도 머물렀는데 데르수는 제법 프랑스어를 할 수 있게 됐다. 저 어린 꼬맹이의 귀가 열릴 정도였으니…….

지금은 메일이나 라인 같은 가상의 공간에서 얼마든지 하고 싶은 말을 할 수 있지만, 반면에 얼굴을 마주하고 대화하기를 주저하는 사람이 늘어만 가는 것 같다.

인간으로서 갖고 태어난 기능인데 사용하지 않는다면 그건 일종의 퇴화다. 가상의 공간이 아니라 실제로 만나서 대화를 하려면 아무래도 에너지가 필요하다. 물론 직접 만난다고 해서 좋은 결과만 생기는 것도 아니다. 그러나 다양한 감정을 경험하는 것도 자신에게는 피와 살이 되지 않을까.

그림을 그릴 때도 중간 톤의 색상을 많이 넣어야 명암과 입체감이 풍부해지는 것처럼, 마음속 자산도 그렇게 늘어간다. 사람과 사람의 관계가 생각만큼 단순하지 않다는 것을 알게 되면 그만큼 복잡함을 맛볼 수 있다. 아무리 세상이 멋지고 아름다워도 나에게 그것을 음미할 힘이 없다면 그저 지나쳐버릴 뿐이다.

예를 들면 둥글게 떠 있는 달을 볼 수 있다는 것만으로 '우와, 이렇게 아름다운 달을 볼 수 있다니, 정말 살아 있다는 건 좋은 거야!'라고 마음을 표현하면, 그 감정은 다시 마음속 자산으로 채워진다. 그렇게 한 가지 한 가지 느끼고 맛보다 보면 그 안에 가장 단순하고 기본적인 삶의 기쁨이 있음을 깨달을 수 있다.

'우와, 달이 너무 예쁘네.' 그것만으로도 감사하고 행복하다.

살아 있어서 참 좋다, 이런 경험을 할 수 있어서 참 좋다, 이런 사람을 만날 수 있어서 참 좋다, 이런 책과 영화를 만날 수 있어서 참 좋다. 참 좋은 것들이 많지만 그래도 그중 가장 기본은, 우와, 달이 참 예쁘다……

지금 내가 여기에 이렇게 살아 있다는 것, 그리고 풀과 벌레를 보며 웃음 지을 수 있다는 것, 그것이 내게는 너무도 소중하고 감사하다.

✦ ✦ 『아라비안 나이트』의
주인공이 사는 나라

훗날 시리아에서 살게 됐을 때, 나는 아라비아가 정말『아라비안 나이트』같은 곳임을 알고 깜짝 놀랐다.

이집트 카이로대학교에서 비교문학을 연구하던 남편이 시리아의 수도 다마스커스에 있는 대학으로 자리를 옮기면서 나도 함께 움직였다. 1년 정도 생활하는 동안 '과연 이런 곳에서 살면『아라비안 나이트』같은 스토리가 생기겠구나' 하고 절실히 느꼈다.

그곳 사람들은 날것 그대로의 사람 냄새를 풍겼고 전혀 감추거나 숨기려고 하지 않았다. 일할 생각은 하지 않고 큰돈이 될 만한 것이 없나 이리저리 눈만 굴리는 알라딘 같은 남자들이 넘쳐났다. '요정 지니가 나타났으면……' 하는 이야기는 그야말로 그들의 소망이 고스란히 담긴 것이라 하겠다.

하긴 이렇게 남의 나라 험담만 늘어놓고 있을 상황이 아니다. 일본이 자랑하는 『도라에몽』에 등장하는 노비타도 크게 다르지 않다. 소심하고 소극적이며 무슨 일만 생기면 "도와줘~ 도라에~몽" 하면서 비밀도구를 꺼내들지 않던가. 동서고금을 막론하고 이런 종류의 이야기가 끊이지 않는 이유는, 그것이 인간의 본질을 꿰뚫고 있기 때문이다. 할 수만 있다면 반지를 문지르고 램프를 문질러서 행복해지고 싶다는…….

하지만 아무리 그렇다고 해도 시리아에는 너무 정도가 심한 경우도 많았다.

시장에 포테이토칩을 사러 갔는데 아랍 문자로 가격이 적혀 있었다. 일본 엔화로 환산하면 대략 100엔 정도? 그런데 주인 아저씨는 내가 아랍어를 읽지 못하는 줄 알고 태연한 표정으로 "300엔입니다" 한다. 매사 이런 식이었다.

"여기 100엔이라고 적혀 있는데요"라고 했더니 "네? 그래요?" 하면서 이번에는 글씨가 안 보이는 척 연기를 한다.

그 모습이 너무 유치해서 '뭐야, 이 사람. 정말 대단한 연기력이네!' 화가 나다 못해 헛웃음이 났다.

능글맞다고 웃어넘길 수도 있지만 정도가 너무 심하다. 일본이라면 그렇게까지 원초적인 감정에 휘둘리지는 않을 텐데……라는 생각이 들었다.

융단을 타고 하늘을 나는 정도는 아니지만 시리아 시장 역시 동화 속 세계처럼 욕망이 난무하는 곳이었다. 그곳에서 벌어지는 일들은『아라비안 나이트』속 이야기와 크게 다르지 않다.

실제로 시리아에 살면서 이해하게 됐는데, 그곳은 정말이지 인간이 살아가기에 환경적으로 열악하다. 신을 믿고 의지하지 않으면 안 될 정도다. 그토록 냉혹하고 비참한 곳에서 살아남으려면 유대교든 이슬람교든 엄격한 계율을 강조하는 유일신이 필요할 수밖에 없었으리라.

일본처럼 기후도 온난하고 천혜의 자연환경을 누리면 '만물에 신이 깃들어 있다'는 생각을 하지 않을 수가 없다. 온 세상을 둘러보건대 기후가 좋으면서도 종교적인 구속이 엄격한 곳은 거의 없다. 그 차이는 실로 대단하다.

그리스에서는 신이나 인간이나 그 모습이 같다. 신 역시 실패도 하고 질투도 한다. 인간의 형상을 한 인형, 본보기가 바로 신이다. 이를 알리기 위한 수단으로 종교 대신 연극을 무대에 올린다. 연기를 통해 도덕관이나 윤리관을 길러온 것이다.

고대 로마 시대에는 어땠을까. 당시 사람들은 신이 아니라 인간을 의지했다. 그들은 종교보다 인간의 영특한 지성을 더 믿었다. 르네상스도 결국은 그리스와 로마 사람들에게 있었던 능력을 재발견하자는 운동이라고 할 수 있다.

그렇게 생각하면 종교란 그 땅의 인간들이 살아가기 위해 발명해낸 삶의 지혜나 마찬가지다. 그럼에도 불구하고 그 종교 때문에 싸우고 서로를 죽인다는 것은 본말전도요, 언어도단이 아닐까.

4장

—

무지개를
바라보며
죽고 싶었다

"슬픈 추억도 괴로웠던 일도
언젠가는 그리워질 때가 있어.
'봐두었으면 좋았을걸'하고 생각하는 때가."

― 「은하철도 999」 중에서

사람을 강하게 만드는 힘, 열정

돌이켜보면 엄마의 선물은 늘 책이었다.

사람들이 "따님께 선물이라도……"라고 말하면 엄마는 무조건 "책으로 해주세요" 했다.

어린 나이에 책 말고 다른 선물을 얼마나 받고 싶었겠는가. 산리오 스토어의 귀여운 문구류나 달콤한 비스킷을 사다 주면 참 좋을 텐데, 가끔씩 놀러 오는 친척들도 한결같이 책을 사들고 와서 이렇게 말했다.

"마리는 워낙 책을 좋아하니까."

말은 이렇게 해도 나 역시 초등학교 옆 길가에 있는 시립 도서관에 들르면 닥치는 대로 책을 읽는 책벌레였던 터라, 책 선물이 좋긴 했다. 손때가 잔뜩 묻은 도서관 책과는 다른, 나만의 새 책을 읽는 기쁨에는 남다른 묘미가 있었으니까.

그 때문이었을까. NHK 아침 드라마 「하나코와 앤」에서, 주변에 온통 상전 아가씨들뿐인데 "나는……" 하면서 자기 목소리를 내기 시작한 소녀가 글자에 눈을 뜨면서 무섭게 변해가는 모습을 보니 나의 어린 시절이 떠올랐다. 엄마도 그렇게 느꼈는지 "마리, 너도 그 드라마 보니?" 하고 전화를 걸어왔을 정도다.

나의 어머니 료코가 나와 여동생을 데리고 도쿄에서 홋카이도로 옮겨온 것은 1972년, 내가 다섯 살 때였다. 엄마는 오케스트라의 비올라 연주자로, 삿포로 교향악단의 첫 여성단원으로 입단하기 위해 부모님의 반대를 무릅쓰고 혈혈단신 아무 연고도 없는 이 지역으로 이사 왔다.

새 보금자리는 어디든 쉽게 이동할 수 있는 치토세 공항에서 가깝다는 이유만으로 선택한 단지에 위치해 있었다. 지금도 착륙 전 비행기 모니터에 공항 근처의 원시림과 습지대에 둘러싸인 활주로가 비칠 때면 '왜 엄마는 그때 이런 곳에서 살기로 결정했을까' 생각하곤 한다.

"뭔가를 시작한다는 것, 재미있지 않니? 새로운 일에 도전해 보고 싶었단다."

엄마는 이 말 외에는 많은 말을 하지 않았다. 말하고 싶지 않은 것은 전부 "잊어버렸어"라고 대답하는 사람이었으니까.

홋카이도의 원시림에는 아름다움뿐 아니라 사람이 근접할 수 없는 위엄이 존재한다. 나는 그런 대자연 속을 사내아이처럼 누비면서 자랐다. 저토록 위엄 넘치고 웅대한 장소가 나의 추억 가득한 풍경이 된 것은 엄마의 결단 덕분이었다.

카나가와 현 쿠게누마에서 태어나 초등학교 때부터 미션스 쿨을 다니고 할머니가 매일 등하교를 시켜줄 정도로 온실 속 화초로 자란 엄마는, 동기들이 말을 걸 수도 없을 만큼 내성적인 소녀였다. 그런 소녀가 시집가기 전에 잠시 배웠을 뿐인 바이올린에 빠져서 마음을 의지하는가 싶더니, 어느 날 갑자기 오직 그것만이 살 길이라고 마음을 정해버렸다.

설마 그렇게까지 되리라고는 미처 예상치 못한 외할머니, 외할아버지는 어떻게든 생각을 돌려보려고 했지만 엄마의 신념은 요지부동이었다. 어릴 때부터 좋아했던 책과 영화도 엄마의

153

결심을 부추기는 데 한몫했던 것 같다.

취미를 '교양으로 조금 배워두는 것'이라고 정의한다면, 적어도 엄마에게 음악은 취미의 범주에 들어갈 수 없으리라. 결국 엄마는 지휘자였던 아버지와 사랑에 빠졌고 결혼을 했다. 아버지가 병으로 돌아가시고 난 다음 엄마 홀로 두 딸을 키웠다.

나도 책을 어지간히 좋아하지만 젊은 시절의 엄마도 대단한 문학소녀였다. 미션스쿨에 다닐 때에는 프랑스 여성 수도사가 소개해준 펜팔 친구가 있을 정도였다.

그날 아침 드라마를 보고 엄마는 그 시절의 추억이 떠올랐던 모양이다. 엄마의 소녀 시절을 알고 있는 당시 동급생들로서는 반전에 가까운 엄마의 변모가 가히 경이로울지도 모른다.

엄마를 이렇게 바꾸어놓은 건 바로 음악이었다. 진심으로 하고 싶은 것이 생기면 사람은 강해진다. 자신이 정말 좋아하는 일을 하고자 하는 의지와 삶의 기쁨이 완전하게 일치될 때, 사람은 역경을 역경이라고 생각하지 않는다. 항상 에너지 넘치고 열정으로 가득한 엄마의 삶이 내게 그것을 가르쳐줬다.

여자 혼자의 몸으로 어린 두 딸을 품에 안고 친정을 뛰쳐나와 살아가기가 여간 고단하지 않았을 텐데, 나는 단 한 번도 엄마의 투정이나 하소연을 들어본 적이 없다.

여든한 살이라는 연세에도 여전히 바이올린 교사를 하고 있는 엄마를 보고 있으면 절로 이런 생각이 든다.

'열정이 사람을 살아가게 하는구나. 열정이야말로 삶의 원동력이구나. 열정만 있으면 사람은 더 이상 방황하지 않고, 최악의 상황에서도 낯선 땅으로 뛰어들 수 있구나.'

나는 어릴 때부터 그런 엄마의 뒷모습을 보고 자랐다.

내 어린 시절의 감수성은 홋카이도의 대자연과 늘 분주한 엄마의 어쩔 수 없는 선택 속에서 길러졌다. 물론 책도 그중 하나였다. 본인이 독서광이었던 엄마는 딸들도 다양한 책을 읽을 수 있도록 나름 큰 프로젝트를 기획했던 것이다.

'나는 행운아'라는 생각이
행복을 불러온다

1933년에 태어난 엄마는 제2차 세계대전을 고스란히 겪은 세대다. 나는 초등학생 때부터 "정말 너무도 끔찍했다"는 엄마의 회고를 들으며 자랐다.

당시의 가족사진이 몇 장 남아 있는데 생필품은커녕 먹을 것도 없어서 하나같이 홀쭉하게 야위었다. 그 사진들은 우리 할아버지가 몽골로 출정을 떠나면서 찍은 것인데, 모두가 우울한 표정을 짓고 있었다. '이제 두 번 다시 만날 수 없을지도 몰라.' 가족 모두 그런 생각을 하고 있었으리라.

하지만 할아버지는 몽골에서 돌아왔다. 위궤양을 앓는 채로, 양고기만 먹어서 몸이 상한 탓에 귀국을 허락받은 할아버지는 그나마 목숨을 건질 수 있었다.

할아버지는 정말 운이 좋은 것 같다. 도쿄 대공습 때도 때마침 그곳에 있어서 꼼짝없이 죽었다고 생각했는데, 3일 후 카나가와 쿠게누마에 있는 집까지 멀쩡하게 걸어서 왔다. 상상조차 하지 못했던 귀가에 현관에서 버선발로 할아버지를 맞이한 할머니가 던진 한마디는 "아, 발이 있어!"였다. 너무 급작스러운 일이라 유령이 아닐까 의심을 했던 것 같다.

요코하마의 쇼킨 은행(현재 미쓰비시 도쿄 UFJ 은행의 전신 중 하나) 싱가포르 지점이 생겼을 때도 원래는 할아버지가 파견 근무를 갔어야 했는데 갑자기 다른 동료로 교체되었다. 그런데 그 사람을 태우고 가던 배가 그만 침몰해버리고 말았다.

'여차했으면 나도 그때 죽었을지 몰라.'

누구랄 것도 없이 그런 생각을 할 수밖에 없던 시대였다.

할아버지는 언제 죽어도 이상할 것 없던 시대를 한두 번도 아니고 수차례 뚫고 살아오셨다.

메이지 시대에 태어난 할아버지는 대학을 졸업하고 요코하마 쇼킨 은행에 들어가서 샌프란시스코, 로스앤젤레스, 시애틀

지점 등에서 근무하며 10년 동안 미국에서 살았다.

삼베 정장이 잘 어울리는 멋쟁이 신사가 귀국했을 때, 양복 가방에서 러시아 발레리나의 '디어(Dear) 도쿠시로'로 시작하는 연애편지가 산더미처럼 쏟아져 나왔을 정도다.

어떤 상황에서도 유쾌한 유머를 잊지 않고 나그네처럼 자유롭게 살았던 할아버지 도쿠시로에게 있어서 전쟁이란 그 긍지를 시험받는 무대이기도 했다. 미간에 잔뜩 주름이 잡혀 있을 때도 피식 웃음으로 넘겨버리는 그 감각은, 할아버지로부터 엄마에게로, 그리고 다시 엄마로부터 나에게로 이어져온 것이 분명하다.

당시 할아버지가 어떤 사람이었는지를 말해주는 여러 가지 에피소드 가운데 가장 인상 깊었던 것은 쿠게누마 집이 일본군에게 접수되었을 때의 일이다.

미국에서 돌아온 할아버지는 집안에 있던 반국가적인 물건들을 하나도 남김없이 처분해버렸다. 우선 서양식 생활을 대변하는 의자와 테이블을 모두 치우라고 했다. 미국에서 가지고 들어온 엄청난 양의 레코드판도 적국의 음악이었기 때문에 처분하지 않으면 안 됐다.

"이봐, 이걸로 목욕물이나 데워, 목욕물이나."

"네? 하, 하지만 아끼던 레코드판인데……."

"괜찮아, 음악으로 데운 목욕물, 어때? 굉장하지!?"

할아버지는 그토록 소중히 여기던 레코드판을 목욕물을 데우는 불쏘시개로 써버렸다. 모두 오페라 레코드판이었다.

로마 목욕탕이 아닌 음악 목욕탕, 훗날 자기 손녀가 고대 로마인들의 목욕탕 이야기를 그릴 줄은 미처 몰랐을 할아버지.

'우연이란 자연현상 같은 것이다.'

로마의 문인이자 정치가였던 플리니우스는 이렇게 말했다. 인간이 의도하지 않아도 길은 어느 사이엔가 이어져 있을지도 모른다.

하지만 할아버지도 가장 아끼던 레코드판만큼은 도저히 불태울 수 없었던 모양이다. 20세기 초반, 오페라의 황금시대를 열었다고 일컬어지는 엔리코 카루소의 레코드였는데, 그것만은 남겨두셨다.

"나는 행운아야. 자신이 행운아라고 여기는 만큼 행복해지는 거, 그게 인생이야."

할아버지는 늘 입버릇처럼 말했다. 생각해보니 그 말은 어느 시대, 어떤 경우에도 자신만의 스타일을 고집했던 할아버지의 긍지였으리라.

내가 이탈리아로 유학을 떠났던 이듬해, 94세를 일기로 할아버지는 세상을 떠났다. 장례식장에는 그 옛날 할아버지가 도저히 불태울 수 없었던 카루소의 오페라가 흘렀다고 한다.

자연 속으로
돌아가고 싶었다

누구에게나 어린 시절에 꾸었던 잊히지 않는 꿈이 있을 것이다. 나도 보육원에 다닐 때 점심시간에 검은색 강과 흰색 강이 뒤섞이는 꿈을 꾸었는데, 지금도 또렷하게 기억한다.

어릴 때부터 워낙 물고기를 좋아해서 엔젤피시를 도화지 가득 그리곤 했기 때문에 그런 꿈을 꿨는지 모르지만, 검은색 강과 흰색 강이 뒤섞이는 곳에 흰색과 검은색 줄모양의 엔젤피시가 가득 모여드는 광경이었다.

정말 그런 곳이 존재한다는 사실을 알게 된 건 어른이 되어서였다. 그곳은 바로 남미의 아마존. 이름대로 리오블랑코(하얀 강)와 리오네그로(검은 강)가 합류하는 곳이다.

줄곧 아마존에 한번 가보고 싶다는 생각은 했지만, 이 사실을 알았을 때에는 뭔가가 나를 부르고 있는 듯한 기분을 느꼈다.

당연히 나는 아마존으로 여행을 떠났다. 그토록 바라던 아마존 강의 주류에 섰을 때 가이드가 말했다.

"이 강에는 피라냐가 살고 있습니다. 하지만 수영하고 싶으신 분은 수영을 해도 좋습니다."

'아, 피라냐가……'

누구도 수영할 엄두를 못 냈지만, 나는 하고 싶었다.

부름을 받은 것처럼 여기까지 왔으니, 이 땅의 세례를 받고 싶었다. 그러려면 이 강으로 들어갈 수밖에 없다는 생각이었다.

이런 이야기를 하면 어떤 사람은 '그렇게 간 큰 짓을 하다니'라며 아연실색할지도 모른다. 그러나 정작 나는 무모한 행동이라는 느낌보다 분명히 괜찮을 거라는 확신이 들었다.

왜 그런 생각을 했을까, 나도 신기할 따름이다. 어디를 여행해도 마치 그곳이 나를 부르고 있는 것 같은 느낌이 든다.

그 땅의 에너지를 온몸으로 느끼고 싶다. 정신없이 물고기를 쫓아가던 어린 시절처럼, 인간의 가면을 벗어버리고 그저 하나의 생명체인 나 자신으로 돌아가고 싶다.

자신의 리듬을 유지하며 살고 있다고 생각하겠지만, 사람은 누구나 일과 인간관계에 휘둘리는 사이 자기도 모르게 변해간다. 생명체로서의 야성이 시들어버리고, 생명도 본래의 찬란한 빛을 잃어간다.

그럴 때마다 아마존으로 달려갈 수는 없는 노릇. 예를 들면 나뭇잎 위에 살포시 내려앉은 잠자리를 보면서 잠시 심호흡이라도 해야 한다. 도시에 사는 동안은 그렇게 자그마한 자연의 구원이라도 받아야지 어쩌겠는가!

하지만 가끔은 자기보다 훨씬 커다랗고 벅찬 자연을 온몸 가득 느끼며, 인간이 얼마나 하잘것없는지 체험할 필요도 있다. 그 순간, 뭔가 충만함을 체험한다거나 출발점으로 되돌아간 것 같은 느낌이 들 테니까.

나는 가이코 다케시의 소설 가운데 전쟁이 끝난 직후 홋카이도로 이주한 개척민을 그린『로빈슨의 후예』를 가장 좋아한다. 자연의 잔혹함 앞에서 인간은 그저 벌벌 떨며 서 있을 수밖에 없다.

추위로 얼어 죽는 사람이 있는가 하면, 곰의 습격을 받고 죽는 사람도 있다. 그 땅 자체가 모든 생명체를 거부하는 것만 같다. 하지만 가이코 다케시는 그토록 비참한 이야기를 특유의 유머로 그려냈다.

도시에 살면 인프라도 정비되어 있고 이중, 삼중으로 보호를 받기 때문에 자칫 인간이 엄청 강인한 동물이라고 착각하기 쉽지만, 그 모든 조건을 제거하고 나면 인간이라는 존재는 한없이 나약한 생물에 불과하다. 교만한 인간이 광폭한 칼을 휘두를 때마다, 그들은 더욱더 자신의 무력함과 무지를 깨닫게 되리라.

『데르수 우잘라』는 데르수의 죽음으로 이야기가 끝난다. 늙어서 시력을 잃은 데르수는 그를 걱정하는 아르세니에프의 집에서 함께 지내지만, 자신이 살던 그곳으로 돌아가고 싶어 한다.

'친구여! 부디 나를 산으로 데려다줘. 나는 이 마을에서는 도저히 살 수가 없어. 장작도 물도 모두 돈이 있어야 살 수 있는

이곳이 나는 싫어.'

아르세니에프는 데르수를 산으로 데려다주기로 약속하지만, 약속 날짜를 기다리지 못하고 길을 떠난 데르수는 돈에 눈이 먼 사내들에게 죽임을 당하고 만다. 데르수는 어떤 의미에서 서양합리주의에 의해 죽어간 모든 생명을 상징하는지도 모른다.

피라냐가 있을지도 모르는 아마존 강을 첨벙첨벙 헤엄치면서, 자연 속에서 살아가는 자신을 느꼈다. 저 자연 속으로 돌아가려는 마음을 언제까지나 잊고 싶지 않다. 『데르수 아잘라』는 자연이란 무엇인가, 인간이란 무엇인가를 다시금 일깨워줬다.

자기 나름의 방식으로
살아가는 생물들

그날 나는 로마 콜로세움에서 수많은 관중이 열광하는 모습을 그리고 있었다.

경기장을 가득 메운 사람, 사람, 사람…… 점을 연신 찍어가며 관중의 머리를 그리고 있자니 현기증이 나더니 불편한 기분이 들었다. 너무 집중해서 그리다 보면 가끔 이런 증상이 나타난다.

특히 연재 중인 만화 『플리니우스』는 그림이 정교하기 때문에 자주 이런 경우가 생긴다. 합작 중인 토리 미키 씨는 말벌의 초근접 그림을 꼬박 이틀째 그리고 있다. 인물 묘사도 엄청나게 치밀하다. 토리 씨에게 뒤지지 않기 위해 몇 번씩 고쳐 그렸을 정도다. 피부 질감과 살갗의 조밀함을 시간 가는 줄도 모르고 심취해서 그려나가다 보면, 피부세포나 그것을 구성하는 더욱 세부적인 부분까지 의식하게 되어 구역질이 날 정도다.

문득 생각났는데 살아 있는 생물은 확대해서 보면 대부분 불쾌한 외관을 하고 있다.

"아, 기분 나빠" 하고 그만두면 될 텐데 굳이 고집을 부리며 "또 어떤 기분 나쁜 것이 있을까" 하면서 열심을 내는 자신을 발견한다. 일손을 멈추고도 계속 생각에 빠져 있는 나.

어릴 때부터 학습도감을 좋아해서 그런지, 힘들게 이런 일을 고집하는 스스로를 어쩔 수가 없다. 결국 책장에서 이것저것 꺼내서는 당초의 목적을 잃은 채 도감을 뒤적이며 다른 상념에 젖는다.

세상에는 기분 고약한 것들이 아주 많다. 예를 들면 무척 좋아해서 자주 여행을 갔던 브라질에는 아주 기분 나쁜 과일이 있다. 이름하여 자보티카바. 부디 한번 검색해보시라!

열매가 나무줄기에 매달려 있는데, 무수한 사마귀가 잔뜩

난 모양을 떠올리면 된다. 아, 생각만 해도 기분이 이상해진다.

화려한 자주색 알맹이가 가득 매달려 있는 모습은 아무리 봐도 과일 같지가 않다. 마치 수만 개의 곤충알 같은 느낌이랄까? 생김새가 이상하다는 것을 알면서도 굳이 검색을 해서 다른 사람들에게도 보여준다. 나 혼자만 언짢을 수는 없지! 이런 기분이랄까?

이 세상에 이런 과일이 열리는 나라가 있고 이런 식물이 있다는 것을 아는 인생과 모르는 인생은 전혀 다른 것 같다. '다양성'을 말로 설명할 때보다 훨씬 일목요연하고 이해도 빠르다. 이렇게 독특하고 요상한 생물이 자라고 있는 남미와 지구는 정말 무서운 곳이다.

어차피 공유하려면 좀 더 기분 고약하게 생긴 사진을 검색해서 보여줘야지. 그러다 보면 또다시 몸이 땀으로 흥건해진다. 멈출 수 없는 중독성이다.

자보티카바는 새콤하고 맛있어서 현지에서는 고급 과일로 대접받고 있다는데, 나는 아직 먹어본 적이 없다.

워낙 학습도감을 좋아해서, 처음 보는 요상한 생김새의 식물이나 생물을 발견하면 그렇게 기쁠 수가 없다. 왜 이렇게 생겼지, 다른 형태면 안 될까? 이런 끔찍한 모양을 생각해내다니 '신은 너무해!' 하는 생각이 들 정도다.

정말 대단한 것은 아무리 형태가 독창적인 생물이라도 거기에는 그 생물이 살아가기 위한 기능의 미가 집약되어 있다는 사실이다. 바로 그러한 사실에 매번 신선한 충격을 받는다.

이상한 모양에는 그 나름대로의 이유가 있고, 결점으로 보이지만 사실은 장점이기도 하다. 독특한 스타일을 좋아하는 나로서는 그런 점에 흥분하게 된다. 어떤 생물이든 나름의 형태와 방식으로 그곳에서 적응해나가고 있다. 독특한 생김새를 한 생물은 원래 자연의 섭리가 그렇다는 것을 가르쳐준다.

이 세상에는 자신의 상상력이 미치지 않는 흥미진진한 존재가 무궁무진하다. 요상하게 생긴 생물을 찾으면 학습도감 위에서 미지의 길을 찾은 것처럼 가슴 설레고 행복하다.

어릴 때 엄마가 "마리, 이런 거 좋아하지?" 하면서 대벌레를 가지고 온 적이 있다. 대벌레. 귀엽기는커녕 자세히 보면 무섭고 징그럽다.

하지만 허물을 벗을 때는 정말 굉장하다. 나는 그런 것을 보고 싶다. 예쁘고 좋은 장면뿐 아니라 껍질을 벗으며 비참한 죽음을 맞이하는 장면 그 자체도 멋지고 감동적이다.

일본의 대벌레는 부러질 듯 가느다란데 필리핀에서는 정말 크고 굵은 녀석을 봤다. 그 정도면 대벌레가 아니라 괴물이라고 해도 좋을 만큼.

그 시절의 나에게 곤충도감은 보물과도 같았다. 뭐든 보기만 하면 닥치는 대로 도감부터 찾았다. 당시 도감에는 대부분 사진이 아니라 세밀화가 실렸는데, 나는 바로 그 점이 좋았다. 그냥 사진에서는 느낄 수 없는 그린 사람의 마음까지 응축된 느낌이 들었기 때문이다.

사진으로는 표현할 수 없는 대담한 구도로 '이 녀석 독특하네', '보통 놈이 아니군' 하면서 꼭 전하고 싶은 부분을 때로는 과장해서 그려 넣기도 한다. 그렇기 때문에 갑각류는 더욱 멋지게 보인다. 대단한 존재감이다!

어릴 때는 도감의 그림을 자주 따라서 그렸다. 저 그림처럼 정말 살아 있는 느낌이 들도록 그리고 싶다는 욕망으로 충만했던 것 같다. 내가 그림 그리기를 좋아하게 된 것은 분명히 도감의 영향이리라.

'살아 있는가, 죽어 있는가'는 내가 그림을 보는 판단기준이기도 했다.

엄마가 사준 곤충도감은 여전히 나의 보물이다. 테이프로 여기저기 보수공사를 했지만 지금도 책상 특등석에서 출격을 기다리고 있으므로.

지구의 사랑을 받으며
살 순 없을까?

나에게 있어 가장 가까운 자연은 고양이다. 고양이를 보고 있으면 절로 '좋겠다'라는 생각이 든다. '좋겠다, 예쁘게 태어나서.' 고양이는 정말 보기 좋은 모양새로 태어났다. 사랑받는 것을 당연하게 여길 수 있는 생물로.

본능적인 질서만으로 살아가는 생물을 보면 내가 얼마나 틀렸는지, 얼마나 더러워졌는지 금방 알 수 있다. 효과 면에서는 산소 파워 세제 같다. 그렇기 때문에 나도 '고양이 사랑'을 멈출 수가 없다. 최소 하루에 한 번 이상은 고양이를 안아주고 쓰다듬는다. 고양이가 바로 곁까지 와준다면 얼마나 좋을까. 우리 집 녀석은 늘 멀리서 나를 지긋이 관찰할 뿐 다가오지 않는다.

시선을 느끼고 휙 돌아보면 거기에 있다.

말로는 형용할 수 없는 행복감!

호시 신이치의 초단편 소설 중에 우주인이 '이 지구상의 생명체들 중 가장 위대한 생물'을 찾아나서는 이야기가 있다. 그리고 누가 누구를 지배하고 있는지도 모르고, 가장 자유롭고 가장 규제받지 않는 생물은 바로 '고양이다'라는 결론을 내린다.

과연 호시 신이치다운 결론에 고개가 절로 끄덕여진다.

스트레스가 쌓이면 뭔가를 만지거나 쓰다듬고 싶어진다. 애정이라는 이름으로 연신 쓰다듬고 있는 나를 고양이들은 어떻게 생각할까.

나는 아마 오늘도 우리 고양이에게 이렇게 말하겠지.

"정말 미안해. 너는 우리 인간들처럼 멍텅구리가 아니라서 다행이야."

남편은 "왜 마리는 늘 고양이한테 사과를 해?" 하면서 신기한 표정을 짓는다.

그러고 보니 얼마 전에 나가노의 지고쿠다니 온천으로 짧은 여행을 다녀왔다. 그곳은 실로 『테르마이 로마이』의 세계다. 원숭이들이 편안하고 느긋하게 온천을 즐기는.

제1권 2화를 그릴 당시 정작 작가인 나는 아직 이곳을 찾기 전이었다. 그토록 염원하던 『테르마이 로마이』의 세계를 다시 체험하게 된 것이다.

지고쿠다니 온천까지 가려면 산길을 한참 걸어야 하는데, 너무 가고 싶었던 곳이기 때문에 원숭이들과 첫인사를 나누는 순간 감동마저 밀려왔다. 그곳에 가면 가치관이 달라진다고 하던데 정말이지 영화「혹성탈출」의 장면 속에 들어온 것 같은 느낌이었다.

사람보다 원숭이가 더 많다. 사람은 못 들어가는 원숭이 전용탕이 멋지게 만들어져 있다. 그것도 계곡물이 흐르는 최고의 절경 속에 위치하고 있다니. 이런 절경을 보면서 온천에 몸을 담그고 식사를 한다면 그야말로 최고의 만찬이 아닐까!

온천에서 나와 그대로 드러누워 곯아떨어지는 원숭이를 보면 "이봐, 어지러워?" 하고 말을 걸고 싶어질 정도다. 너무 인간 같아서.

그러나 상대는 야생동물. 접근이 허용되지 않는다. '곁에 다가가지 마세요', '만지지 마세요', '사람은 원숭이를 인류의 조상이라고 생각하지만 그들은 전혀 다른 생물입니다', '마음이 통하거나 하지는 않습니다' 등의 안내문이 곳곳에서 눈에 띈다. 부상을 방지하기 위한 배려임은 알지만 군이 저런 표현까지 쓸 필요는 없지 않을까, 문득 외로움이 몰려든다.

어찌됐든 원숭이 앞에 가만히 앉아 있었더니 다른 원숭이가 스윽 다가와서 내 앞을 지나간다. 그 순간을 놓치지 않고 손을 뻗어 살짝 스치듯 만져봤다.

'아, 스쳤다.' 그것만으로 기뻤다. 저 원숭이는 나를 잊지 않을 거야.

동일본 대지진 복구지원을 위한 자선 만화책 『우리들의 만화』라는 프로젝트가 있어서 여러 만화가들이 참가했다. 나도 「노아의 온천」을 출품했는데 무대를 확실하게 그려 넣지는 않았지만 재난을 겪고 난 후의 후쿠시마를 생각하며 그렸다.

노아 가족들이 "우와, 여기 진짜 좋은 온천이네" 하면서 온천을 즐기고 있는데, 손주 녀석이 "할아버지가 말씀하신 대로 이 근처에 살고 있는 동물들을 찾으러 나갔다가 이렇게 많이 데리고 왔어요. 들어가도 될까요?" 하고 묻는다.

그곳에 몰려든 것은 피난 명령이 떨어진 지역에 남겨진 동물들. 소들은 귀에 번호표를 붙인 채로, 개들은 목줄을 이빨로 물어뜯은 채로, 멧돼지에 타조까지. 그야말로 온갖 동물이 찾아왔다.

비둘기가 올리브 잎을 물고 오는 그날까지 함께 온천을 하며 기다린다는 '노아의 방주'가 아닌 '노아의 온천' 만화다.

그때 지구에 독소를 퍼뜨린 것은 다름 아닌 인간이다. 아무 잘못도 없는 동물들은 영문도 모른 채 버려져서 굶어 죽기도 하고 온갖 고초를 겪었다. 그러나 그런 가운데서도 생존능력을 발휘해서 살아남은 동물도 많았다.

개와 고양이뿐 아니라 축사를 탈출한 들소 떼가 있는가 하면, 산에서 내려온 멧돼지도 있다. 타조 목장의 타조들도 있다. 인간이 없었다면 이 땅은 한없이 평화로운 사파리랜드 같았으리라. 너무도 목가적인 풍경에 감개무량하기도 했다.

생각해보면 늘 그랬다. 전쟁을 일으키고 자원을 캐내고 공장을 만들어서 하늘도 바다도 오염시키고, 지구 입장에서는 인간이야말로 암세포다. 차라리 인류는 모조리 멸망하고 지구 스스로 자신을 지키는 편이 낫지 않을까.

지구온난화로 북극의 얼음이 녹는 바람에 백곰들이 살 곳을 잃어 멸종위기종이 되어버렸다. 북극이 아니라 지구가 잘못되면 이번에는 우리 인간이 살 곳을 잃는다. 언제 우리 인간이 멸종위기종이 되어버릴지 모르는 일이다.

「노아의 온천」을 출품하면서 나는 이런 이야기를 썼다.

'나도 인간이라는 한 종류의 동물로, 다른 동물들처럼 지구의 사랑을 받으며 살고 싶습니다.'

그렇기에 나는 어른들이야말로 도감을 펼쳐보기 바란다. 이 세상에 다종다양한 형태의 생물이 살고 있다는 사실에 눈을 반짝이기 바란다.

개미는 개미의 세계에서 나비는 나비의 세계에서 살아간다. 개미가 나비에게 "뭐야, 너. 나비의 세계가 옳다고 생각해?" 하며 트집 따위 잡지 않는다. 살기 위해 먹고 먹히지만 모두 저마다의 영역에서 공존한다.

인간만 상대를 향해 트집을 잡고 싸움을 건다. 우주인이 보면 '뭐지, 저 생물들은?' 하고 코웃음을 칠 정도다.

새들은 가끔씩 무슨 이유 때문인지 '까악, 까악' 운다. 우주에서 보면 우리 인간이 아마 그렇게 보이지 않을까.

"뭐야, 뭐야, 저 녀석들. 시끄럽게 울어대는 저 생물은 도대체 뭐지?"

"원숭이? 새?"

"아니야, 아무래도 인간이라는 생물 같아."

자연에 대한 경외심을
가르쳐준 데르수

구로사와 아키라 감독은 아르세니에프의 탐험기 『데르수 우잘라』를 영화로 만들었다.

이탈리아에서는 구로사와 감독이라고 하면 제일 먼저 「데르수 우잘라」를 꼽을 정도로 유명하다. 「7인의 사무라이」도 「보디가드」도 아닌, 단연코 「데르수 우잘라」다.

다만 전체가 러시아 말이고 출연자도 전부 러시아 배우다. 일본의 유명 배우가 한 명도 나오지 않기 때문에 아무런 사전 지식 없이 보면 구로사와의 영화인지 모를 수도 있다.

구로사와 감독은 본래 데르수 역으로 미후네 도시로를 생각했었다고 한다. 만약 미후네가 데르수 역을 맡았다면 전혀 다른 '구로사와' 풍의 영화가 탄생했을지도 모르겠다.

할리우드 영화인 「도라 도라 도라」 감독에서 해임되고, 차기작인 「도데스카덴」도 혹평을 받으며 흥행 부진의 아픔을 겪은 구로사와 감독은, 1971년에 자살을 시도했으나 미수에 그쳤다. 그 후 스크린 복귀작이 바로 이 「데르수 우잘라」다. 소비에트 정부가 '제작비를 낼 테니 이쪽으로 영화 촬영을 오라'며 실의에 빠진 구로사와 감독에게 러브콜을 보낸 것이다.

구로사와 감독의 영화 중에서도 이색적인 작품으로 손꼽히는 「데르수 우잘라」는 영화에 쫓기고 영화로 구원받은 감독의 심경이 반영되었다기보다, 투철하고 냉정한 감독으로서의 시선이 흐른다. 주옥같은 이 영화는 그해 아카데미상 외국어영화상을 수상했다.

그 때문일까, 구로사와 감독은 유럽에서는 유명하지만 오히려 일본에서는 아는 사람만 아는 정도다.

이 영화의 어떤 점이 유럽 사람들의 심금을 울린 것일까. 그 중 하나는 북방 시베리아로 조사를 나온 러시아 탐험가인 아르세니에프와 원주민 사냥꾼인 데르수 우잘라의 우정이 구로사와를 통해 감동적으로 그려졌다는 점 아닐까. 하지만 그 이상으로 영화 속에 묘사된 그의 독특한 자연관이 서구 합리주의 문화권 사람들의 마음을 두드리지 않았을까 생각한다.

북방 시베리아에는 다양한 소수민족이 살고 있기 때문에 흥미로운 요소가 많다. 아이누족이 가장 유명하고, 그 외에 기리야크족이라는 아무르 강가에서부터 사할린에 걸쳐 살던 소수민족도 있다. 원래 아무르 강가에 살던 사람들은 일본에도 건너왔다고 하는데, 아바시리에는 일본으로 건너온 기리야크족 사람들 중 유일한 생존자가 만들었다는 박물관도 있다. 나는 홋카이도에 있을 때 가본 적이 있다.

데르수 우잘라는 아무르 강가에 사는 북방민족 고리드족 출신이다. 그는 자신도 호랑이도 모두 같은 존재일 뿐, 인간이 더 뛰어나다고 생각하지 않는다.

사냥꾼으로서는 어떤 악조건 속에서도 표적을 놓치지 않는 백발백중의 재주를 갖고 있지만, 닥치는 대로 무턱대고 사냥을 하지는 않는다. 그는 자연과 모든 생물들과 더불어 존재한다.

자연에 대한 경외심은 특히 일본인이 잘 이해할 수 있는 감각 아닐까. 만약 그렇지 않다면 이런 영화를 찍을 수 없었을 것이다. 어떤 의미에서는 일본 사람이니까, 구로사와 아키라 감독이니까 만들어낸 작품이리라.

탐험기라고도 할 수 있는 이 작품은 러시아 탐험가인 아르세니에프가 1인칭 화자가 되어 이야기를 끌고 나간다. 저자인 그가 측량 기술자인 덕분에 북방 시베리아가 지형적으로 어떤 곳인지 쉽게 이해할 수 있다. 영화를 보고 있으면 아르세니에프와 데르수 두 사람과 함께 사람의 접근을 허락하지 않는 저 무서운 금단의 땅을 탐험하고 있는 것 같은 기분이 들 정도다.

아르세니에프 자신이 멋진 사람이었기 때문에 데르수의 매력도 한눈에 알아차릴 수 있었다. 미지의 땅에서 살아가는 야만인이라고는 도무지 생각할 수 없었던 것이다. 아르세니에프는 혹독한 자연 환경을 벗하며 살아가는 데르수의 삶의 방식에 진심으로 경의를 표할 줄 알았다. 그랬기에 데르수도 마음을 열어주었으리라.

러시아의 지식인 아르세니에프와 원초적 인간으로서의 자

질을 갖춘 데르수. 험하고 힘겨운 여행을 함께하는 동안 그들은 서로를 비추는 빛이 되어주었다.

자기 이름의 유래에 대해 알게 된 이후, 아들 데르수도 이 탐험기에 매료되었다. 여행을 나설 때면 항상 이 책의 영역본을 챙기곤 했다.

철이 들 무렵에는 집 안에 요상한 아지트를 만들어두고 이른바 '데르수 우잘라 놀이'를 하기도 하고, 사기가 떨어지거나 기분이 조금 가라앉을 때는 '나는 데르수 우잘라의 후손이니까'라며 스스로 의욕을 북돋우는 것 같기도 했다.

나도 늘 데르수에게 이렇게 말했다.

"사람들에게 사랑받는 것도 중요하지만, 이 탐험기에 나오는 데르수처럼 무엇보다도 지구가 사랑하는 사람이 되렴. 이 지구에 꼭 살아 있어야 할 사람, 그런 생명체가 되어야 해."

언젠가는 데르수 우잘라의 고향인 타이가를 아들 데르수와 함께 여행해보고 싶다. 그가 걸어간 자취를 따라서 걸어보고 싶다.

고민 따위는 코딱지만큼도 하지 않는다

그때가 언제였지. 친구를 데리고 이탈리아에서 귀국했을 때 엄마가 홋카이도의 치토세에서 나리타 공항까지 마중을 나온 적이 있다.

"알았어, 갈게."

전화 통화로 분명히 그렇게 말하기는 했지만 설마 치토세에서 날아오리라고는 생각지도 못했다. 더 기가 막힌 건 그 길로 곧장 일본 종단 여행을 떠났다는 사실이다.

나리타 공항에서 우리를 태우더니 곧장 하코네로 출발. 후지산 5부 능선까지 오르고 다시 거기에서 교토로 오사카로, 오카야마와 시코쿠를 경유해서 친척이 사는 시마바라까지 가서는 또다시 하기, 쓰와노 등등⋯⋯.

지금도 그 여행은 이야깃거리다. 짐작컨대 엄마가 가지고 있는 지도의 사이즈는 지구만 할 것이다.

'일본 종단쯤이야 식은 죽 먹기지. 자동차로 갈 수 있을 정도면, 뭐.'

기본 사이즈 자체가 다르니 "알았어, 갈게" 단 두 마디로 그 먼 곳에서 날아올 수 있었으리라.

돌이켜보면 옛날부터 그랬다. 바이올린 교실 제자 한 명이 구시로에 있는데, 아무리 직진만 하면 된다지만 구시로와 치토세를 아무렇지도 않게 왕복했다. 몇 번 같이 다녀온 적이 있는데 그때마다 '우리 엄마는 도대체 왜 이럴까' 생각했던 기억이 난다(치토세 - 구시로는 대략 227km 정도 떨어져 있으며, 우리나라로 치면 서울 - 대구 간 거리쯤 된다 ─ 옮긴이).

걸음도 빨라서 제법 먼 곳도 후다닥 가버린다. 마치 경보를 하는 것 같은 그 걸음은 언제나 열정적이고 도발적으로 살아온 엄마의 삶 그 자체다. 열정은 그 사람을 괴롭히는 슬픈 일에서 지켜준다. 어떤 슬픔도 다가설 수 없을 정도의 무시무시한 방어력으로……. 엄마를 보고 그렇게 느꼈으니 틀림없다.

　나의 지도 사이즈도 지구만 하다. 우리 가족은 모두 이동거리가 거의 철새 수준이다. 남편 베피노도 리스본, 카이로, 시카고, 베네치아 이곳저곳을 옮겨 다녔다. 조부인 마르코 할아버지의 방랑벽을 고스란히 이어받은 모양이다.

　나중에 알게 됐는데 열네 살인 나를 브뤼셀에서 처음 만났을 때도 할아버지는 벨기에에 있는 애인을 만나고 다시 파리에 있는 애인을 만나러 가는 중이었다고 한다. 젊은 혈기에 방랑벽이 있을 수도 있다지만 마르코 할아버지는 그때 이미 일흔이 넘었는데 말이다.

　아들 데르수도 이에 못지않다. 언제 일본으로 돌아왔나 싶으면 그대로 휙 어디론가 여행을 떠나버린다. 어디 가 있는지 궁금해서 트위터를 보니 '소길小吉' 제비뽑기 동영상이 올라와 있다. '대길大吉'이면 몰라도 왜 굳이 '소길'을 뽑은 동영상을 올린 거야?

　아무래도 후쿠오카 신사에 있는 모양이네, 하는 순간에 큐슈를 여행하고 있다. 그러다가 어느새 동북 복구지원 라디오 프로그램에 출연하고 있다.

"오늘 초대 손님은 해외에서 오신 분입니다. 야마자키 데르수 씨?"

어? 이건 뭐야? 왜 우리 아들이 리쿠젠 타카타(이와테 현에 있는 도시로 쓰나미로 큰 피해를 입었다 — 옮긴이)에 있는 거지?

나중에 들어보니 "예전에 자원봉사로 만나서 친해진 사람이 불러서 갔다 왔어요" 한다.

어디를 다니는지 일일이 연락하지 않는 것은 우리 가족의 나쁜 버릇인지도 모른다. 말 그대로 신출귀몰 가족이요, 철새가족이다.

문득 이런 생각이 들었다. 모든 사람이 자신이 가지고 있는 지도 사이즈를 바꿔보면 어떨까? 기본 척도를 바꾸어보자는 말이다. 자기가 살고 있는 마을이나 나라가 아니라, 이 지구 그리고 이 지구에 살고 있는 모든 생물, 아니 그 모든 것을 품고 있는 우주까지 지도를 넓히면 생각하는 법도 보는 법도 달라지지 않을까.

지구가 있고 태양이 있고, 이 환경 속에서 살아가는 생명체로서 생명을 받았으니 우선은 '살아간다는 건 좋은 것'이다. 이것이 기본값이다. 살아 있으니 살아간다. 결코 다른 이유는 필요 없다.

왜 살아가는가, 무슨 일을 할 것인가, 인간관계가 어떤가, 나에게 그런 물음은 코를 파다가 손가락에 딸려 나온 코딱지와 마찬가지다.

그저 생명체답게 살아가는 것, 그 자체에 몰입하면 된다. 그런 다음, 나중에 딸려 나온 것을 따라 경계 밖으로 나가보라. 한 번이라도 나가보면 알게 될 것이다. 이 세계가 얼마나 넓은지. 살아간다는 것은 그렇게 모든 문을 열어놓는 것이다.

살아가는 장소를 어느 한곳으로 한정할 필요는 없다. 인간은 준비된 대로, 있는 대로 따라가는 존재가 아니라 다원적으로 살아갈 수 있는 존재이다.

그렇게 하다가 아무 경계도 없는 광야를 달리기도 하고 멀리 있는 후지산을 보러 가도 좋다.

나는 늘 그렇게 생각한다. 아득히 먼 곳에 있는 아름다운 것을 떠올리고 그려낼 수 있다면, 발끝의 작은 돌멩이는 아무런 문제가 되지 않는다. 앞으로 나아가는 수밖에 없다.

　인간은 움직이는 생물이니까 이동하는 것이 당연하다. 떠나는 것이 당연하다. 일단 살아보고, 그다음에는 감동을 느끼고 싶다. 감동은 열정의 연료다. 연료가 떨어지면 중간에서 오갈 데 없는 사람이 되고 만다. 계속 움직이자, 어디까지든!

5장

—

책과 여행이
나에게
가르쳐준 것들

"진짜 자신을 받아들이지 못하는 사람은
언제나 실패만 할 뿐이다."

— 「나루토」 중에서

✦ 자신의 경계를
뛰어넘은 사람들

요즘 세계 곳곳에서는 전쟁이 끊이지 않는다. 어린 소년, 소녀 들이 자폭 테러를 하고 그에 대한 보복 테러를 하고, 도무지 결말이 나지 않을 것 같은 폭력의 대물림이다.

오래전에 히타이트족이 그랬던 것처럼, 서로를 향해 몽둥이를 휘두르며 달려들었던 전쟁과 유사하다. 그렇다면 이러한 참상이 지금까지 계속되고 있는 이유는 무엇일까?

곰곰이 생각해보면 그 또한 인간에게 상상력과 관용이 부족하기 때문이다.

과거 혁명가들이 대부분 교양인이었다는 사실은 이런 의미에서 매우 상징적이다. 예를 들어 쿠바 혁명의 영웅인 체 게바라는 쿠바를 버리고 볼리비아로 가서 제일 먼저 유격대 대원들에게 시집을 나누어줬다.

"우선 이 시집을 읽어라. 책을 읽는 것부터 시작하자."

실제 사람을 교양으로 움직이게 한다는 게 여간 힘든 일이 아니지만, 그러지 않으면 안 된다고 느꼈을 그의 심정도 충분히 이해할 수 있을 것 같다.

내가 쿠바라는 나라를 매우 동경하는 이유도 그 나라 사람들은 아무리 가난해도 문맹률이 제로이기 때문이다. 시골 동네 할아버지도 훌륭한 필체로 글을 쓰고 책을 읽는다. 평화를 유지하려면 스스로 사고하고 판단하는 힘이 있어야 한다.

중세 암흑시대에도 페데리코 2세라는 무척 우수하고 현명한 황제가 신성 로마제국에 나타났기 때문에 르네상스의 불을 지필 수 있었다.

가톨릭교회가 강대한 권력을 휘두르던 그 시대에는 기독교적 규범이 절대적이라서, 조금만 그 틀에서 벗어나면 마녀사냥을 당해서 화형에 처해졌다. 만약 내가 그 시대에 살았다면 제일 먼저 불길 속에 던져지지 않았을까.

획일화된 가치관 이외에는 아무것도 인정하지 않았던 시대에, 십자군을 이끄는 신성 로마제국의 황제 페데리코 2세는 예루살렘을 통치하고 있던 아이유브 왕조의 술탄 알 카밀과 직접 편지를 주고받으며 오로지 지성으로 상대를 매료시켰다. 그 결과 피 한 방울 흘리지 않고 성공적으로 화해할 수 있었다.

로마 교황에게 두 번이나 파문을 당한 페데리코 황제는 파문 상태에서 십자군 원정에 나섰고, 어느 누구도 엄두조차 내지 못했던 평화 교섭을 이루어냈다.

『테르마이 로마이』에 그린 하드리아누스 황제도 스스로 외딴 변방에 부임하여 국경 저편에 있는 사람들과 직접 대화를 시도했다. 그러지 않고는 서로를 이해할 수 없었기 때문이다. 황제 신분으로 그렇게까지 했던 인물은 전무후무하다. 그는 '인간끼리 서로 이해하자'라는 단순하고 낙관적인 차원에서 접근한 것이 아니다.

하드리아누스 황제가 즉위했던 때는 로마제국이 가장 넓은 영토를 확보했던 황금기였다. 조금 더 욕심을 내면 얼마든지 영토를 확장할 수 있었을 것이다. 하지만 그는 굳이 그러지 않았다. 그보다는 국경을 마주하고 있는 사람들과 협조관계를 맺음으로써, 자국의 영토를 유지하는 쪽을 택했다. 그런데 개중에는 그의 이런 정책을 탐탁지 않게 여긴 원로원 사람들도 있었기 때문에, 암살을 당할 뻔한 적도 있었다. 그런 와중에도 지속적인 대화를 정치적 목표로 삼고 추진하고자 했으니, 얼마나 강력하고 탄탄한 권력이 필요했을까.

내 안에는 후천적으로 주입된 제도나 문화, 그리고 가치관을 배제함으로써 보편적이고 본질적인 인간 본성을 추구하고자 하는 의지가 가득하다. '인간은 자연 속에서 본래의 자신을 회복한다'는 사실을 어린 시절에 직접 체험한 덕분이리라.

하지만 실제로 살아가다 보면 자신이 속해 있는 조직의 제도나 문화, 가치관으로 인한 갈등에서 완전히 자유로울 수 없다. 어쨌거나 사람은 사회적인 존재이기 때문이다. 그렇다면 타인과 사회에 휩쓸리지 않고 그 사람 본래의 삶의 방식을 터득하려면 어떻게 해야 할까. 나는 교양을 익히는 것이 가장 좋은 방법 중 하나가 아닐까 생각한다.

뭔가를 교정해야 할 때 '이런 시각도 있구나', '이렇게 생각할 수도 있구나' 하고 경계를 넘어가는 힘. 흘러가는 대로 내버려 두지 않고 멈춰서 판단할 수 있는 힘. 플리니우스도 하드리아누스도 그 힘을 갖추고 있지 않았을까. 그렇기 때문에 그들은 지속적인 대화를 선택했다.

교양은 사람을 본래 모습으로 인도해주는 또 하나의 자연이라고 생각한다.

플리니우스 시대의 황제는 언뜻 보면 물과 기름처럼 보이는 포악한 황제 네로였다. 너무도 대조적인 두 사람이 어떻게 서로에게 이끌리고 서로를 받아들였는지, 다음에는 그 두 사람의 이야기를 그려보고 싶다.

삶을 어떻게 살아갈지는
자신에게 달렸다

어릴 때 읽은 『아라비안 나이트』를 어른이 돼서 『천일야화』라는 책으로 다시 읽었는데 깜짝 놀랄 만한 사실을 알게 됐다.

'너, 너무…… 에로틱하다!' 도대체 어찌된 일이지.

부정을 저지른 아내를 사형에 처한 샤푸리 야르 왕은 여성에 대한 불신이 너무 깊은 나머지 매일 새로운 아내를 맞이한 다음, 이튿날이면 사형시켜 버린다.

그러던 어느 날 그 무시무시한 왕에게 스스로 시집을 가겠다는 처자가 나타났으니, 바로 대신의 딸인 세헤라자데다. 그녀는 밤마다 왕에게 재미있는 이야기를 들려주다가 결정적인 부분이 되면 "내일 계속 들려드리겠습니다" 하고는 이야기를 멈

취버린다. 그러니 왕은 궁금해서 죽을 지경이었다.

평소 같으면 이튿날 아침 바로 아내를 죽였겠지만 왕은 그녀의 이야기가 너무 재미있고 다음 스토리가 궁금해서 사형에 처할 수가 없었다. 그렇게 무려 1,000일이나 이어진 이야기는 비극과 희극 등 모든 장르를 총동원해서 만들어낸 쇼케이스와도 같았다.

널리 알려진 『신드바드의 모험』, 『알리바바와 40인의 도둑』, 『알라딘과 요술 램프』 등도 그녀가 들려준 장대한 이야기 중 일부라고 하니, 가히 왕의 심경을 이해하고도 남을 정도다.

'마음이 단단히 삐뚤어진 왕에게 새 왕비가 목숨을 걸고 전하는 잠자리 속 이야기'가 기본 설정이니 어찌 대담하고 에로틱하지 않을 수 있을까. 그야말로 눈이 핑 돌 정도로 관능적인 세상이 펼쳐진다.

어릴 때 『아라비안 나이트』를 읽었다면 부디 『천일야화』도 꼭 한번 읽어보길 권한다. 그렇다면 『아라비안 나이트』는 아이들 용이니 시시해서 읽을 수 없느냐 하면 그렇지 않다. 그건 그 나름대로 흥미진진하고 재미있다. 예를 들어 『알라딘과 요술

램프』에 등장하는 주인공 알라딘은 우리가 상상하는 영웅과는
너무도 거리가 먼 인물이다.

무스타파에게는 알라딘이라는 아들이 하나 있었습니다. 알라딘은
장난꾸러기로 너무 게을러서 나쁜 습관이 들어버렸습니다.

이야기 초반부터 분위기가 심상치 않다.

심술궂고 고집이 세서 도무지 부모 말을 들으려고 하지 않았습니다.
조금 더 나이가 들자 어머니는 더 이상 그를 감당할 수 없는 지경이 되
었습니다. 알라딘은 아침 일찍 집을 나와서 온종일 거리나 마을 광장
에서 또래 아이들과 빈둥거리며 놀기만 했습니다.

게으른 사람은 무조건 편하게 살고 싶어 한다. 요즘 젊은이
들과 크게 다르지 않다는 생각이 드는 것은 왜일까?
자신이 무엇을 가지고 있는지도 모르고, 사리를 분별할 수
있는 지혜와 사람을 꿰뚫는 안목도 전혀 갖추지 못한 알라딘은

그 험한 세상 속으로 나가기에는 너무도 역부족이었다. 한마디로 무방비 상태였다. 자신이 속았다는 것조차 의식하지 못한 체 사악한 마법사에게 죽임을 당할 뻔하고, 계산적인 유대 사람에게 이용을 당하는 등 호된 꼴을 당하기 일쑤다.

이 정도면『아라비안 나이트』도 마냥 어린이를 대상으로 한 동화는 아니다. 도대체 행실이 바른 인물이라고는 한 명도 나오지 않는다. 그러기는커녕 인간의 사악하고 추악한 부분이 적나라하게 묘사되어 있지 않은가!

인생은 함정의 연속이다. 삶 자체가 속고 속이는 과정이다. 그때마다 주인공의 운명은 폭풍우 속에 떠다니는 돛단배처럼 휘청거리며 갈피를 잡지 못한다. 자칫 방심하면 언제 죽임을 당할지 모를 정도로 이야기가 가차 없이 진행된다.

『알리바바와 40인의 도둑』에서는 알리바바의 주문을 엿들은 형 카심이 보물을 독차지하기 위해 동굴로 가는데, 그만 주문을 까먹어서 동굴로 돌아온 도적들에게 처참하게 죽는다.

좀 더 부자가 되고 싶다, 좀 더 행복해지고 싶다, 좀 더, 좀 더……『아라비안 나이트』에는 욕망에 불타는 인간들이 속속 등장한다. 이토록 사악한 인간 조감도는 어디에도 없겠다 싶을 만큼 욕망의 표본을 보여주는 작품이다.

어릴 때 내게 『아라비안 나이트』를 추천해준 사람은 다름 아닌 엄마였다. 엄마는 깔끔하고 간결한 인간관계를 좋아한다. 그런데 잘 속아 넘어간다. 얼마 전에도 전화기 대여 사기를 당해서 "엄마 도대체 왜 그래, 정신 좀 차려" 하고 핀잔을 줬더니, "아니야, 저 사람 좋은 사람이야" 한다.

사기를 당해서 힘들어져도 엄마에게는 모두가 좋은 사람이다. 그때는 너무 화가 나서 "좋은 사람은 무슨 좋은 사람! 사기꾼이라니까!"라며 고래고래 고함을 질렀지만, 아마도 엄마의 그런 성향은 영원히 변하지 않을 것 같다. 눈살을 찌푸리면서도 히죽히죽 웃는 모습이란……

엄마는 속인 상대도 속아 넘어간 자신도, 모두 객관적으로 꿰뚫어 보는 것 같다. 그러니까 저렇게 웃을 수 있는 거겠지. 어떤 상황에서도 찡그려서 생긴 주름을 웃음으로 일순간에 사라져버리게 만들 정도로 대단한 전환능력을 가진 사람이다.

살다 보면 좋은 일만 생길 수가 없다. 그건 누구나 아는 사실이다. 현실은 그만큼 혹독하고 냉정하다. 『아라비안 나이트』처럼 인생은 곳곳이 함정이고 삶 자체가 서로를 속고 속이는 과정이다.

그런 인생을 어떻게 살아갈지는 그 사람에게 달려 있다. 엄마는 분명히 속고 속이는 현실까지 포함해서 삶을 즐기는 사람이리라.

나는 그림을 그리면서 큰 위안과 행복을 누렸다. 그 순간에는 화가 나도 그림을 그리다 보면 "뭐야, 이거. 아무것도 아니었네" 하면서 피식 웃음이 나온다. 길을 걷다가 넘어져도 히죽 웃어버리는 엄마의 기질을 고스란히 이어받은 것 같다.

그런데 비단 만화가뿐 아니라 모든 사람이 이런 경험을 해보지 않았을까.

"내 말 좀 들어봐. 오늘 이런 일이 있었다니까."

처음에는 화풀이를 할 작정이었는데, 친구와 수다를 떨다 보면 어느 사이엔가 배를 잡고 웃고 있는 자신을 발견한다.

이야기에는 그런 힘이 있는 것 같다. 아라비아 사람들도 마찬가지일 것이다. 현실이 너무 힘들고 괴롭기 때문에『아라비안 나이트』같은 이야기를 만들어낸 것 아닐까.

청춘의 의미를 알려준 작가, 미시마 유키오

지금도 잊히지 않는다.

중학생 때 미시마 유키오의 『가면의 고백』을 읽고 있는데 엄마가 말했다.

"왜 미시마 책을 읽는 거니? 그만 읽어."

왜 그런 말을 했을까. 하지 말라고 하면 왠지 더 하고 싶어지는 법. 결국 엄마의 금지령은 완전히 역효과였다.

하고 싶은 건 해야 한다는 신념을 가진 엄마가 뭔가를 금지하는 데에는 분명히 이유가 있었으리라. 문학소녀였던 엄마도 젊었을 때는 미시마의 책을 읽지 않았을까. 그것도 아주 열광적으로.

미시마 유키오의 소설에는 일종의 마력이 있다. 그런데 부쩍 고독감을 느끼는 사춘기에 와락 마음을 빼앗기면 인생 전체를 좌우하는 극약이 될 수도 있음을 엄마는 익히 알고 있었던 것 같다. 그렇기 때문에 '이런 책은 읽지 마'라고 한 것 아닐까.

『가면의 고백』은 '나'를 주인공으로 한 미시마의 자전적 소설이다. 이 소설에는 주인공이 열세 살 때 아버지가 외국에서 사다 준 화집 속에서 「성 세바스찬의 순교」라는 그림을 보고 자신의 특이한 성적 취향에 눈을 뜨는 장면이 나온다.

아름다운 청년이 나무 기둥에 묶여서 처참하게 죽어가는 모습을 그린 귀도 레니의 그림은, 훗날 미시마 자신이 성 세바스찬으로 분해 사진을 찍었을 정도로 그의 삶 자체를 상징하는 작품이다.

그 책을 읽으면서 나 역시도 주인공과 똑같은 열세 살 때 이 그림을 본 적이 있다는 사실을 알고 깜짝 놀랐다.

다만 소설에 등장하는 '나'는 그 그림을 보고 자신의 성 정체성을 깨달은 데 반해, 나는 아름다운 청년이 나무 기둥에 매달려서 죽임을 당하는 귀도 레니의 순교도를 보고 "으아, 기분 나쁘다" 하면서 친구들과 돌려봤다. 사뭇 다른 반응이다. 하지만 주인공이 나와 똑같은 나이에 똑같은 그림을 봤다는 우연의 일치는 나를 한껏 들뜨게 했다.

어쨌든 그때는 아직 타이밍이 아니었는지도 모른다. 일단은 미시마를 몰라도 너무 몰랐으니까······.

미시마와의 뜻하지 않은 재회는 이탈리아에서 유학을 하고 있을 무렵에 이루어졌다. 피렌체 국립미술원에 다니던 열아홉 살 때 친구 중에 호텔 객실 청소를 하는 이민 여성이 있었는데, 어느 날 "자, 이거. 손님이 일본어 책을 놓고 가서 마리한테 주려고" 하면서 내민 책이 바로 미시마 유키오의『풍요의 바다』제1권『봄의 눈』이었다.

드디어 우리 두 사람이 만날 타이밍이 된 것일까. 바다 건너 먼 곳에서 일본어에 굶주려 있던 나는 가장 먼저 그 미스터리한 문체에 매료됐다. 휘황찬란하면서도 정서적인 면에만 의지하지 않는 이지적인 아름다움은 일본풍이라기보다 오히려 외국 작가의 작품 같았다. 그럼에도 불구하고 인간의 본능을 집

요하게 묘사한다거나 지나칠 정도로 금욕적인 부분이 두드러
지는 과열된 요소가 뒤섞여 있다.

뭐지, 이 문체는. 마치 지혜라는 바퀴 속에 역설적인 뒤틀림
이 있고, 그 뒤틀림 속에서 풀리지 않는 수수께끼처럼 독특한
아름다움이 발산되는 것 같은 느낌이었다. 나는 문체에서 뿜어
져 나오는 상반된 가치의 매력에 사로잡혀 버렸다.

『봄의 눈』은 전 4권으로 된 장편소설 『풍요의 바다』 중 1권으
로 후작 가문의 젊은 후계자인 마츠가에 기요아키와 미모의 백
작 가문의 딸 아야쿠라 사토코의 이루어질 수 없는 사랑을 그
린 작품이다. 첫 페이지를 읽는 순간 보통 소설이 아님을 직감
한 나는 일본에 있는 친구에게 부탁해서 나머지 세 권도 손에
넣었다.

테러리스트 청년의 삶을 그린 제2권 『달리는 말』, 스스로를
일본 사람의 환생이라고 말하는 타이 아가씨를 주인공으로 한
제3권 『새벽의 절』, 환생한 소년에게 당부한 전생 이야기가 그
만 물거품이 되어버린다는 내용의 제4권 『천인오쇠』. 총 4부에

걸쳐 환생을 반복하는 주인공을 그린 『풍요의 바다』는 미시마 유키오가 마지막으로 이루어낸 대응전과도 같은 작품이다.

미시마는 『천인오쇠』의 마지막 원고를 건넨 바로 그날 자결했다고 한다. 생전에 쓴 편지에도 '죽음을 각오하고 이 소설을 쓰고 있다'는 내용을 쓰곤 했는데, 막상 소설을 읽어보니 정말 죽음을 향해 달려가면서 썼다는 느낌이 확연했다.

미시마 유키오가 이렇게 장문의 유서 같은 소설을 썼다는 사실이 우선 놀라웠다. 주인공이 환생을 반복한다는 소재에는 자신의 운명을 뛰어넘기 위해 몸부림쳤던 작가 자신의 삶이 여과 없이 투영되어 있다.

아아, 그러고 보니 이것이야말로 「성 세바스찬의 순교」와 똑같다.

워낙 주도면밀한 사람이기 때문에 사람들이 자신을 어떻게 판단할지 이미 간파하고 있었으리라. 하지만 그런 것은 부차적인 문제다. 그보다도 자신의 이상理想을 어디까지 좇을 수 있을까, 그것이 이 사람에게는 가장 중요했을 것이다. 삶 자체라고 할 만큼. 그러기 위해서는 자신을 고통에 빠뜨리고 피 흘리게 하더라도 어떻게 해서든 벽을 넘고 싶었던 것 같다.

미시마에게 있어서 소설 쓰기란 자신의 살아 있는 육체와 인생을 걸고 혼신의 힘을 다하는 격투기였다. 온갖 기교를 구사하여 스타일 넘치는 문체로 글을 썼지만 몸은 온통 땀에 젖고 너덜너덜해졌다. 그러나 눈물이 흐르고 콧물이 흘러도 절대로 쓰러지지는 않는다. 마치 복싱 선수처럼.

미시마에게 자신의 허약한 육체는 넘고 싶어도 넘을 수 없는 경계였다. 강인하고 기개 높은 아름다운 이상을 추구하며 글을 쓸 수 있는 정신이 있음에도, 육체가 따라주지 않는다는 굴욕과 딜레마에 시달려야 했다. 그러나 그는 끝까지 포기하지 않고 일어서고 또 일어서며 칠전팔기로 글을 계속 써나갔다.

한 작품 한 작품이 이상과 현실, 정신과 육체의 불꽃을 흩날리는 전면 승부였다. 진정 사느냐 죽느냐를 판가름하는 처절한 싸움이었으리라. 철저한 미의식으로 허약한 육체를 가차 없이 말살해나가는 모습은, 자신이 최대의 아군이요 최대의 적군임을 여실히 보여준다.

멋을 부릴 여유조차 없을 만큼 압도적인 역동성을 독자들이 지루해할 정도로 밀어붙이기도 한다. 그렇게 생각하면 그의 독특한 문체는 미시마의 갈등과 이율배반이 뒤섞인 삶의 흔적을 고스란히 담고 있다고 할 수 있다.

『봄의 눈』에서 기요아키와의 사랑을 이루지 못한 세바스찬이 60년이 지난 어느 날 마지막 권인 『천인오쇠』에 다시 등장한다. 여든세 살의 사토코는 이미 월수사에서 승려가 되어 있었다. 60년 전처럼 자신을 찾아온 기요아키의 친구 혼타에게 그녀는 이런 오묘한 이야기를 한다.

기요아키라는 분은 이름조차 들어본 적이 없습니다. 그런 분이 원래 있기는 했나요?
혼타 씨가 그렇게 생각하고 있을 뿐, 처음부터 그런 사람은 어디에도 없었던 것 아닐까요?

그토록 주도면밀하게 짜 올린 윤회와 전생 스토리를 스스로 깨부수려는 듯 보이는『천인오쇠』의 이 대사 역시, 미시마 자신을 떠올리게 한다. 결국 어디에도 도달하지 못한다는 결말은 아베 코보의 소설과도 일맥상통한다는 느낌이다.

어쩌면 '미시마 유키오'라는 작가 자체가 그저 환상 혹은 한 조각의 꿈이었는지도 모른다. 마치 연극처럼 자신을 연기해 보인 것인지도 모른다. 그렇다면 그는 '미시마 유키오'라는 허구를 하나의 작품으로 남기려 한 것은 아니었을까. 그것이야말로 미시마가 추구해왔던 삶의 방식이요, 죽음의 방식이었다.

영원히 사라지지 않는 성스러운 그림, 「성 세바스찬의 순교」처럼.

그런 의미에서 이치노타니의 육상자위대 주둔지에서 스스로 목숨을 끊기까지가 그에게는 '풍요의 바다'였으며, 덕분에 그의 전 생애를 건 작품도 탄생할 수 있었으리라.

저토록 비현실적인 죽음을 맞이한 사람이 있을까. 마치 뫼비우스의 띠처럼, 미시마는 자기가 놓은 소설이라는 덫에 스스로 걸려들어 버린, 완벽한 순교자였다. 호화찬란한 문체를 구사하며 자기 삶의 도달점으로 삼은 소설『풍요의 바다』를 완결

시키던 그날, 자신의 인생도 함께 마무리한 미시마 유키오.

속임수와 꼼수로 가득한 소설을 쓰면서 그는 화려하게 죽기 위해 자신의 관을 준비하고 있었던 건 아니었을까.

소설은 자기 경험이자
기억의 산물

가르시아 마르케스는 아르헨티나 시인이 내 생일에 『백년의 고독』이라는 장편소설을 선물해줘서 알게 됐다. 때마침 마르케스가 노벨상을 수상하고 세계적으로 라틴아메리카 문학이 붐을 이루던 무렵이었다.

그 책을 읽기 시작한 순간부터 나는 다짜고짜 이 작가의 포로가 되고 말았다. 상상력과 감성을 총동원하지 않으면 도저히 맛볼 수 없는 풍요로운 세계가 그곳에 펼쳐져 있었다. 처음 읽었을 때는 완전히 우뇌를 풀가동하면서 집중했던 기억이 난다.

가상의 마을인 마콘도를 개척한 부엔디아 가문의 역사를 100년에 걸쳐 그려낸 이 소설은 그때까지 읽었던 여느 소설과 전혀 달랐다.

무엇보다 등장인물 가운데 남자는 고작 '호세 아르카디오' 혹은 '아우렐리아노'라는 이름뿐이고, 일족의 어머니인 우르술라를 비롯한 여성들이 이야기를 끌고 나간다.

태어나고 살다가 죽어가는 일족의 일생은, 장대하게 맴도는 시간의 축 위에서 볼 때 생겨났다가 사라지는 물거품처럼 덧없고 허무하게 다가온다. 똑같은 이름을 가진 사람들이 반복해서 나오는 장면에서는 그런 느낌이 더하다. 하지만 바로 그런 점 때문에 땀 냄새나 과실의 진한 맛까지 하나하나 상상력을 총동원해서 느끼지 않으면 안 된다. 그들이 확실히 그곳에 살았었다는 실제 느낌이 고스란히 전해져왔다.

나는 너무 놀라워서 거의 기절 직전이었다. 모든 것을 높은 곳에서 내려다봄으로써 인간의 본질을 이토록 생생하게 그려낼 수 있다니!

아주 오래전부터 반복되어온 일과 오직 그 사람에게만 일어날 수 있는 일이 혼연일체가 되어 있다. 서로 다른 일인 것 같은데도 보편성을 띠고 있다. 상반되는 사건이 동시에 일어나는 것처럼 느껴지게 하는 마르케스의 재간에 그 비밀을 알고 싶어서 거짓말 하나 보태지 않고 100번은 읽었던 것 같다.

마르케스는 "이 소설에는 어릴 때 경험해보지 않은 것이나 본 적 없는 것이 하나도 없다"라는 말을 했다. 마콘도에서 일어난 수많은 초자연적인 현상조차 그저 일어난 사건을 있는 그대로 적었다고 한다.

그 신화적 문체를 '매직 리얼리즘'이라고 부르는데, 그 작품 속에는 노골적인 인간 자체가 그려져 있다. 선하지도 악하지도 않은 인간의 원초적 모습이 있는 그대로 생생하게 그려져 있으니 어찌 재미있지 않을 수 있을까.

무엇보다 아르헨티나에서 정치적인 이유로 망명해온 시인들에게는 이 『백년의 고독』이 또 다른 의미를 가졌으리라. 굶주린 레베카가 흙담을 떼어내서 먹는 장면 역시, 그들에게는 소설적인 비유가 아니라 자기 자신의 경험이자 기억이었다.

현실을 돌파하는 힘, 교양

파솔리니 이야기를 조금 더 하고자 한다.

나는 그의 작품 중에서도 「마태복음」이라는 작품을 특히 좋아하는데, 마리아의 수태고지부터 예수의 부활까지, 사복음서 중 하나인 「마태복음」을 충실하게 그린 영화다.

성경을 기본으로 했음에도 마치 강요하듯 밀어붙이는 종교적 색채는 전혀 묻어나지 않는다. 그저 그 시대에 일어났던 어떤 사건들 중 하나로서 담담하게 받아들이는 자세다. 모노톤 영상은 어떤 의미에서 다큐멘터리처럼 보이기도 하지만, 회화적이면서 솔직담백한 구도를 채택해서 시적인 아름다움까지 담아냈다.

파솔리니는 마리아 칼라스 같은 저명한 인사들을 장면 곳곳에 등장시키는 재주가 있었다. 이 영화에서도 나이든 마리아 역할을 파솔리니의 모친이 연기하는 등 대부분의 역할을 프로 배우가 아닌 일반 사람들이 맡아 연기했다.

너무도 적재적소에 등장하는 사람들을 보고 있자면 '아, 이 인물은 이런 얼굴을 하고 있었구나' 하는 생각이 들 정도다. 예를 들어 유다의 모습이 딱 그랬다. 그 설정이 너무도 절묘해서 배우의 얼굴이 이미 그 작품의 스토리를 포함하고 있다는 생각까지 들었다. 얼굴 표정이 다양하고 다채로워서 저절로 그림을 그리고 싶어질 정도다. 파솔리니의 영화를 보면 늘 이렇게 사람을 그리고 싶어진다.

그는 가톨릭 국가에 태어났으면서도 기독교를 어느 한 시대를 살다간 시장 사람들의 이야기쯤으로, 즉 전혀 다른 견해로 보여줬다. 나는 그렇게 객관적인 시각을 가진 사람에게 끌리는 모양이다.

인간의 삶을 담담하면서도 노골적으로 그려나가는 보편성이 실재적인 감각으로 다가온다. 그야말로 삶에 대한 성숙함이 없으면 불가능한 일 아닐까.

나도『플리니우스』를 그릴 때 파솔리니처럼 해보고 싶었다.

1화 베수비오 화산이 분화하는 장면의 경우 그다음 날이 플리니우스가 죽음을 맞이하는 그의 생애에서 가장 중요한 날인데도, 나는 사전에 설명하거나 전혀 예고하지 않았다. 플리니우스는 오히려 폰포니아누스와 한가롭게 목욕을 즐긴다. 물론 그럴 의도는 전혀 없었지만 어떤 의미에서 독자들에겐 당황스럽고 언짢은 일이었을 것이다.

가르시아 마르케스의『백년의 고독』은 '많은 세월이 지난 뒤, 총살형 집행 대원들 앞에 선 아우렐리아노 부엔디아 대령은……'이라는 뜬금없는 구절로 시작한다. 독자는 도무지 무슨 이야기인지 알지 못한다. 그저 계속 읽어나가는 수밖에 없다.

『플리니우스』를 작업할 때 기본적으로 토리 미키 씨가 배경을 그리고 나는 인물 위주로 묘사했는데, 파솔리니가 영상으로 다원적 세계관을 그려냈듯, 이 작품에서는 회화에 가까운 차원의 만화를 그리고 싶었다.

최대한 정밀하게 그림으로써 허구 세계를 얼마나 실제처럼 느끼게 할 수 있는지, 어디까지 상상력을 불러일으킬 수 있는지 승부를 걸어보고 싶었다.

파솔리니와 플리니우스 모두 수많은 정치적 알력 속에서 살았기 때문에, 거기에 질식되지 않기 위해 현실을 철저하게 씹고 삼킬 수 있는 튼튼한 위장을 갖고 있었던 것 같다.

그들의 방대한 지식은 가히 놀랄 만하다. 그러나 그들에게 교양이란 단순히 자랑삼아 내걸어놓은 장식품이 아니라, 현실을 돌파하기 위한 구체적인 힘, 앞으로 나아갈 길을 열어젖히기 위한 도구 같은 것이다.

지식을 그 정도 수준까지 단련하려면 당연히 자기 혼자 품고 있어서는 안 된다. 늘 겉으로 표출하고 사람들과 소통을 해야 한다.

나는 이 사실을 이탈리아에서 통감했다. 교양을 쌓는다는 것은 '나는 책을 많이 읽었으니까 자신 있어'라는 차원이 아니다. 보고 읽고 깨달았다면 그다음에는 그것을 말로 전환해야 한다. 이야말로 일본 사람들이 가장 자신 없어 하는 부분이 아닐까.

　다양한 국적과 문화, 배경을 가진 사람들이 함께 생활하는 곳에서는 '말하지 않아도 알겠지'라는 융통성이 허용되지 않는다. 유럽 사회에서는 '자기 생각 표현하기'가 필수 능력으로 여겨질 정도다.

　그것은 단순한 논의나 토론과는 다르다. 자기주장만 하면서 상대를 압도한다거나, 우열과 승부를 다투는 것이 아니다. 자신의 생각을 표현하면서 교양으로서의 경험을 쌓고, 그 교양을 더욱 멋들어지게 손질하고 깊이를 더해가는 작업이다.

　일본에도 60년대까지는 이런 유형의 지식인들이 있었을 것 같기는 하지만…… 지금은 찾아보기 힘든 것이 현실이다.

인간의 부조리를
그려보고 싶었다

무언가가 마음을 울렸다면 그것은 당시 자신의 상황과 밀접하게 연관되어 있기 때문일 것이다.

피렌체에서 최악의 삶을 살던 시절, 나에게는 츠게 요시하루 선생의 만화가 오히려 낯익고 평범하게 느껴졌다. 호화롭고 멋스러운 이탈리아에 살고 있으면서 정작 마음은 '츠게 요시하루'에게 가 있다니. 최악의 상황이 아니었다면 그렇게까지 그에게 빠질 수 있었을까.

그때는 시마오 도시오의 소설 『죽음의 가시』에도 한창 심취했었다. 츠게 요시하루와 시마오 도시오가 삶의 표준이라니, 그 시절의 내가 얼마나 인간에 대한 실망과 실의로 가득 차 있었는지 짐작이 가는 대목이다.

츠게 요시하루의 만화와 『죽음의 가시』 모두, 당시 피렌체에 유학을 와 있던 나보다 한창 연상인 일본인 여성이 추천해줬다.

츠게 선생의 책을 다시 읽어보면 작품의 일부가 여전히 내 안에 있음을 느낀다. 오랜 세월이 흘렀으니 전부 소화되어 없어져 버리지 않았을까 싶지만 그렇지 않다. 그것은 그것대로 또 하나의 세계관이 되어 내 안에 남았다. 여전히 나는 좋다. 인간의 부조리와 그 오염된 공간이.

『플리니우스』를 그릴 때 귀족인 주인공을 강도가 득실거리고 시체가 굴러다니는 로마에서도 가장 어둡고 처참한 곳에 사는 인간으로 설정한 것도 그 때문인지 모른다. 플리니우스는 작품 속에서 '나는 이것이 가장 인간다운 모습이라고 생각한다. 이런 인간의 존재를 인정하고 그런 삶을 선택해서 살아가고 있다'고 말한다. 내가 이런 대사를 쓴 이유는 내 안에도 충분히 그런 요소가 있기 때문이다.

이탈리아에서 힘겹게 살던 시절, 츠게 요시하루의 에세이를 읽고 또 읽었다. 『무능한 사람』 같은 비교적 신작에서부터 『겐

센칸 주인』이나『초하치 여관』등 초기 작품도 즐겨 읽었다.

『산추어』는 물속에 사는 도룡뇽 이야기다. 어느 날 산추어가 사는 곳으로 한 아기가 버려진 체 흘러온다. 도룡뇽은 순간 눈이 휘둥그레지며 넋이 빠지기 일보 직전이었지만, 그렇게 감정에 치우치지는 않는다. 이 작품처럼 특히 초기에 펜으로만 그린 작품들은 검은 배경이 두드러지기 때문에, 인물이 등장하지 않아도 공간과 재료의 질감만으로도 '아아' 하고 스토리가 전해진다.

그러다 보니『나사식』처럼 초현실적이고 몽환적인 작품도 좋아하지만, 외딴 온천 여인숙에서 홀로 여행을 즐기는 스토리에도 가슴이 아리곤 했다.

우연히 알게 된 만화가 미야케 란죠 씨와 함께 츠게 선생의 만화에 나오는 온천들 가운데 도후쿠 지방에 있는 온천을 모조리 훑어봤다.『테르마이 로마이』에 츠게 요시하루도 쓴 바 있는 하치만타이의 '온돌 오두막'이 등장하는 것도 그 때문이다.

츠게 선생이 묘사한 쇼와 시절의 가난한 일상은 나에게 낯선 세계가 아니다. 함석지붕의 판잣집이나 부모가 무슨 일을 하는

지도 모르고 학교에 가지 않고 빈둥거리는 아이들, 돌이켜보면 근처 어디에나 있던 '그저 평범하고 낯익은' 일상일 뿐이다.

츠게 요시하루가 그리는 세계가 퇴폐적으로 보이지만, 저 검게 칠해진 그림 속에 오히려 세상의 실체가 적나라하게 묘사되어 있는 듯 느껴지는 이유도 그 때문이다. 저토록 처참하고 빈곤하게 살면서도 절대로 삶을 포기하지 않는 사람들이 가득한 만화.

그렇기 때문에 깊은 나락으로 떨어져 있던 내가, 더 이상 사는 게 무의미한 상황에서도 '아, 알겠다, 살아간다는 건 이런 거로군' 하면서 읽어내려 갈 수 있었다.

츠게 선생은 물론이고 훗날 미즈키 시게루 선생도 작품 속 배경을 통해 주제를 표현했다.

『미즈키 시게루의 라바울 전기』에서는 미즈키 선생이 직접 배경을 그렸는데, 츠게 요시하루와는 또 다른 섬세함으로 멋진 작품을 만들어냈다. 미즈키 선생은 어릴 때부터 천재적인 그림 실력으로 주목을 받았을 뿐 아니라 츠게 선생의 스승이다. 사람 하나를 1분이면 뚝딱 그려낸다. 그런데 정작 배경을 그릴 때는 엄청난 시간과 노력을 기울였다. 따라서 츠게 요시하루 역시 검은 배경의 만화가일 수밖에 없다. 시커먼 어둠으로 이야기를 풀어나가는 사람.

배경과 그림 전체로 이야기를 하는 그 정신은 고스란히 『플리니우스』로 이어진다. 그 작품은 더욱 그렇게 해보고 싶어서 토리 미키 씨와 둘이서 작업했다. 혼자였다면 '절대로'라고는 말할 수 없겠지만, 그 정도까지 몰입할 수 없었으리라.

플리니우스가 어떤 인물이었는지 캐릭터를 묘사하기보다, 그를 통해서 로마의 어두운 부분, 인간의 부조리를 그려보고 싶었다. 그렇기에 그림 실력이 좋다고 해서 무조건 공동 작업을 할 수 있는 건 아니었다. 인간의 부조리와 추악한 어둠을 간파할 수 있는 인간을 경멸하는 사람이어야 했다.

나는 피렌체에서 '이대로 죽는 건 아닐까, 죽는 편이 낫지 않을까' 하는 인생의 가장 밑바닥을 봤다. 토리 미키 씨가 평소에도 그런 생각으로 작품을 그렸는지 아닌지는 모르겠지만, 나는 그에게서 나와 비슷한 점을 느낄 수 있었다.

내 안에는 무시무시한 나락으로 떨어져본 사람만이 느낄 수 있는 양면성이 존재한다. '아아, 달이 너무 아름답다'는 말 한마디로 삶의 기쁨을 느낄 수 있는 나와 '차라리 죽는 편이 낫겠어' 하면서 부조리한 어둠의 구석을 꿰뚫는 나.

한쪽이 있기 때문에 다른 한쪽도 깊이 있게 맛볼 수 있는 것이리라.

✦ 꿈과 희망을 심어줬던 SF 작품들

지난여름 같이 만화 합작을 하고 있는 토리 미키 씨의 권유로 세타가야 문학관에서 개최된 '일본 SF 전'에 다녀왔다.

일본 SF의 아버지로 불리는 운노 주자를 비롯하여 호시 신이치, 고마츠 사쿄, 데즈카 오사무, 츠츠이 야스타카 등등 소위 1세대 SF 작가들을 중심으로 일본 SF의 역사와 발자취를 거슬러 올라가는 전시회였다. 특별히 SF를 좋아한다고는 생각하지 않았는데 막상 둘러보니 전시된 책 가운데 꽤 여러 권을 읽었다.

"아, 이 책, 도서관에서 빌린 적 있는데……. 그렇구나, 이것도 저것도, 뭐야, 그러고 보니 전부 SF잖아. 내가 이렇게 SF를 좋아했었나."

전혀 의식해보지 않아서 현기증이 날 정도였다.

생각해보니 호시 신이치 작품은 정말 많이 읽었다. 표지 그림은 물론이고 옅은 녹색의 뒤표지까지 떠오를 정도다. 심지어 호시 신이치 풍의 단편을 썼던 적도 있다.

'노크 소리가 났다'로 시작하는 「노크 소리가」와 평범한 가족의 일상에 갑자기 공룡이 나타나는 「오후의 공룡」 등. 유연한 발상과 사물의 본질을 적확하게 꿰뚫는 시점으로 전혀 뜻하지 않은 결말을 보여주는 쇼트쇼트스토리(단편소설보다도 더 짧은 소설의 한 형식 -옮긴이 주)는 나를 사로잡기에 충분했다.

물론 쓰쓰이 야스타카 씨의 『시간을 달리는 소녀』나 마유무라 다쿠의 『표적이 된 학원』처럼 활자가 아닌 영상이 먼저 들어오는 작품도 있었다. 70년대에는 '주브나일(juvenile)'이라고 해서 소년, 소녀를 대상으로 하는 소설 장르가 있었는데, 사춘기 특유의 고독감을 공상과학적 기법으로 그려낸 걸작들이 다수 탄생하면서 드라마나 영화의 원작으로 자리 잡았다.

츠부라야 프로덕션이 「울트라Q」를 제작하면서 울트라 시리즈가 시작된 것이 1966년. 「울트라맨」, 「가면라이더」, 「고지라」,

「도라에몽」 등 영화와 애니메이션 모두 SF 일색이었다. 내가 1967년생이니까 태어나면서부터 그 속에서 자랐다고 해도 과언이 아니다.

외국 작품의 경우 로봇을 주제로 수많은 SF 소설을 써낸 아이작 아시모프, 『2001 스페이스 오디세이』의 아서 C. 클라크 등의 소설은 SF에 흥미가 없는 사람도 읽었을 정도다. 그 당시 아주 난해한 작품이었지만 동시대 사람들이 즐겨 읽었던 기억이 난다.

갑자기 토리 미키 씨가 한 말이 생각났다.

"시간을 역행하는 그 끝이 미래든 고대 로마든 관계없어요. 『테르마이 로마이』도 카테고리로 보면 분명히 SF니까요."

되살아나는 수많은 기억을 느끼면서 과연 SF의 영향력이 크구나, 절로 감탄이 나올 지경이었다. 나 자신을 한 번도 SF 마니아라고 생각해본 적이 없는데, 오히려 절대적인 영향을 받고 있었다는 것을 인정하지 않을 수 없게 된 것이다.

『주간 소년 챔피언』의 애독자였던 나는 미츠세 류의 소설『백

억의 낮과 천억의 밤』을 하기오 모토가 영화로 만들었다는 것도 기억하고 있다. 철학자 플라톤과 예수, 부처가 함께 모여서 미륵 구출 작전을 펼치는 장대한 규모의 작품에 매료된 전국의 중고생들이 미친 듯이 달려들어 읽었다. 이런 나라가 또 어디에 있을까.

일본의 SF는 원래 운노 주사가 해저 도시나 화성 탐사 등을 테마로 그린 아동문학으로 출발했다. 어린이 도서 코너를 돌면서 그 시절에 리얼한 터치로 그려졌던 로켓이나 우주기지 삽화를 감상하며 묘한 감동을 받았다.

뜻하지 않게 아득한 시절의 그리움이 묻어나는 전시품들을 만나는 동안, 나는 까마득히 잊고 있던 기억이 연신 되살아나는 것을 느꼈기 때문이다.

6장

남들처럼
살지 않아도
괜찮아

"식물은 비료나 물만 줘서는 자라지 않아.
이렇게 흘린 땀만큼 예쁜 꽃이 핀다고."

— 「짱구는 못말려」 중에서

위기의 순간,
만화가가 되기로 결심하다

　인간 사회에서 살아간다는 것은 정말이지 대단한 일이다. 세상 곳곳에서 부딪치지 않아도 될 일로 부딪치며, 상처 주고 상처 입으며 살아가는 사람들.

　하지만 나는 아이를 낳은 후 180도 바뀔 수 있었다. 그때까지 너무 괴롭고 힘들어서 죽고만 싶었던 내가, 어떻게든 살아야 한다는 생각을 했다.

　'자, 지금부터 다시 시작이다!'

　보란 듯이 이 자본주의 사회를 헤쳐나가 이 아이를 잘 키워보리라.

　무슨 일이든 할 수 있을 것 같았다.

'그래, 그림을 그리자.'

아이가 없었다면 그림 따위는 다시 생각하지 않았으리라.

지난 10년 동안, 그림으로 먹고살기가 얼마나 힘든지 온몸으로 배웠다. 하지만 일본에서는 아직 그림으로 먹고살 수 있지 않을까 하는 생각이 들었다.

아는 사람을 통해 닥치는 대로 일본 잡지를 구해 읽다가, 마침 공고가 난 고단샤의 소녀만화잡지 『미미』의 신인만화상에 응모했다. 그게 운좋게 노력상에 입선을 했다. 상금도 10만 엔 탔다. 그 돈으로 비행기 표를 산 나는 드디어 아들과 함께 일본으로 돌아올 수 있었다.

나에게 노력상을 안겨준 『그녀의 보사노바』는 말 그대로 난생처음 그려본 만화였다. 습작 한번 해본 적 없기 때문에 그야말로 처녀작이라고나 할까. 그 시절 사용하던 필명인 '야마자키 하루'의 '하루'는, 아베 코보의 소설 『불타버린 지도』에서 마지막에 주인공인 탐정이 실종되자 수색 신청서를 낸 임신 중인 아내 이름에서 따왔다.

『그녀의 보사노바』의 무대는 브라질로 일본 사람은 한 명도 등장하지 않는다. 그것만으로도 일본 작가의 소녀만화로는 이색적이었음을 알 수 있으리라.

주인공은 싱글맘으로 자신의 집에 세 들어 사는 작곡가 남성과 사랑에 빠진다. 작곡가는 그녀와 함께 있으면서 강렬한 영감을 받아 여러 곡을 쓴다. 그런데 그에게 곡을 받은 유명 가수가 "당신이 없으면 나는 끝이에요" 하면서 강제로 그를 끌고 가버린다.

홀로 남겨진 여인은 온종일 라디오를 켜놓고 그의 노래가 흘러나오면 그와 함께 있는 것 같은 느낌에 빠져든다……는 스토리다. 마지막 장면은 해피엔딩이다. 어느 날 그녀가 빨래를 개고 있는데 기타 소리가 나서 뒤를 돌아보니 그가 돌아와 있었다.

지금 생각하면 해피엔딩으로 마무리한 이유는 나 자신이 구원의 손길을 갈구했기 때문인 듯하다. 하지만 꼭 러브스토리를 그리고 싶었던 건 아니였다.

『그녀의 보사노바』에 대사가 거의 없고 심하리만치 자연을 묘사한 장면이 많았던 것을 보면, 사실 인간보다는 브라질의 자연을 담고 싶었던 것 같다.

예를 들면 작곡가 남성이 해먹에서 잠을 자고 있는 장면에서도 중심은 인간이 아니다. 주변을 에워싸고 있는 식물이나 나비, 하늘과 빛을 표현하고 싶었다.

원래 소녀만화보다 소년만화를 좋아하고 『주간 소년 챔피언』을 구독하며 자란 탓인지, 선남선녀의 애틋한 사랑 이야기를 그리겠다는 마음은 처음부터 없었다. 그런데 그런 장르가 낯설었던 편이 차라리 잘된 일이었는지도 모른다.

소녀만화의 특징이나 구조 자체를 몰랐기 때문에, 한 번도 시도해본 적이 없으면서 무모하게 만화가가 되겠다는 꿈을 키우며 승부를 걸 수 있었다. 그리고 결국에는 내 스타일의 만화를 시작하게 되었다.

스크린 톤(출판 만화의 회색조 명암이나 무늬, 패턴을 나타내기 위해 사용하는 도구 — 옮긴이)도 이탈리아에서는 구할 수가 없어서 건축용 대용품을 사용했다. 그런데 이 녀석이 한번 붙으면 떨어지지를 않았다. 실패해도 덧붙이는 것 이외에는 방법이 없어서, 원고 분량이 어마어마하게 두꺼워지기 일쑤였다.

하지만 부지런히 손을 움직여서 울창한 나무숲을 완성하고 나면 그렇게 행복할 수가 없었다.

그즈음, 내가 살던 피렌체는 르네상스 건축물이 형형색색으로 수놓인 아름다운 마을이었지만 정작 자연은 거의 없었다. 매일 빚에 쪼들리고 끼니 걱정을 해가며 시인인 남자 친구와 싸움만 일삼는 일상도 일상이지만, 빼곡히 들어선 석조 건물에 둘러싸여 있다 보면 저절로 숨이 막혀서 '피렌체는 정말 지긋지긋해!' 하는 생각이 떠나질 않았다. 르네상스 자체도 싫어져서 "돌덩어리를 쌓고 그 위에 흙을 덮어놓은 게 무슨 인간지상주의야!" 하면서 독설을 퍼부었다.

그래서 그 시절에는 정말 홋카이도가 그리웠다. 산을 볼 수 있다면, 숲속만 갈 수 있다면, 늘 그런 생각뿐이었던 것 같다. 홋카이도의 대자연을 내달리던 야성의 아이, 바로 그것이 나의 원점이다.

돌아가고 싶었다, 정말 돌아가고 싶었다, 줄곧. 잠시라도 좋으니까, 아주 잠깐만이라도 좋으니까 돌아가고 싶었다.

돈도 없으면서 쿠바로 날아갔던 것도, 자원봉사를 구실삼아 숨 막히는 피렌체를 벗어나 드넓은 하늘과 푸른 바다 가득한 곳으로 가고 싶었기 때문이다. 태어나서 처음으로 그린 만화 『그녀의 보사노바』에 유난히 자연을 묘사한 장면이 많이 등장하는 이유는 이러한 당시의 심경이 담겼기 때문이다.

자연이 넘쳐나고 음악이 흐르는, 그런 곳을 나는 알고 있다. 돌아가자, 일본으로, 그래서 한 치의 망설임도 없었다

새들이 바람을 읽고 물고기들이 잔물결을 읽어내리듯, 사람도 언젠가는 알게 되리라. 거대한 인생의 굽이굽이가 한눈에 들어올 때가 반드시 온다.

나에게는 데르수를 낳은 스물일곱 살이 바로 그때였다. 내가 무엇을 해야 하는지 그토록 선명하게 다가올 날이 내 남은 생애에 또 있을까. 바로 그날로부터 내 인생은 또다시 새로운 여정을 향한 큰 전환점을 돌았다.

내가 걸어온 인생이
내 그림이다

이탈리아에서 결혼도 하지 않은 처녀의 몸으로 아이를 낳아 귀국한 나에게 엄마가 말씀하셨다.

"할 수 없지, 손주까지는 내 책임이니까."

스물아홉 살, 일본에서 일을 해본 경험 전무. 만화가로 데뷔는 했지만 아직도 갈 길이 먼 신인. 새로운 삶의 시작은 너무나도 초조하고 불안하기만 했다. 그런 때 나와 같은 싱글맘이 바로 내 곁에 있다는 건 정말 든든하고 다행스러운 일이었다.

1996년 마침 일본은 이탈리아 열풍이 일고 있었다.

"이탈리아어를 배우고 싶어요. 맛있는 이탈리아 요리를 소개해주세요."

연거푸 일거리가 들어오는 덕분에, 딱히 구직활동을 하지 않아도 짚신 열 켤레가 모자랄 만큼 발이 닳도록 뛰어다닐 수 있었다.

만화를 주업으로 하면서 지역신문에 에세이도 쓰고, 홋카이도대학과 삿포로대학 등에서 이탈리아어 강의도 했다. 모처럼 학생들이 모여들었는데 어학 강의만 하기에는 조금 아쉬워서 르네상스나 이탈리아 영화 강의도 개설했다. 힘들기도 했지만 강의 준비가 정말 즐거웠던 기억이 난다.

홋카이도 일이협회에서 사무직을 담당하고 있었을 때는, '이탈리아에서 귀국한 재미있는 싱글맘이 있다'는 소식을 접하고 홋카이도 신문사에서 취재를 오기도 했다.

그러던 어느 날, 사람들과 이탈리안 식당으로 식사를 하러 갔다.

"보나세라!"

점원도 손님도 모두 일본 사람뿐인데 오고 가는 유창한 이탈리아어.

잠시 후 낯익은 음식이 담긴 일품 접시가 나왔다.

이탈리아 요리 붐이 일고 있는 일본에서 '알리오 올리오 페페론치노'라는 이름으로 정성스레 차려져 나온 음식. 그건 바로 내가 피렌체 갈레리아 우푸파에서 활동하며 거의 매일 먹다시피 했던 '소금, 후추 파스타'였다! 더구나 이 메뉴가 무려 1,500엔이라니!

나에게는 이탈리아에서의 극빈생활을 상징하던 일품요리가 여기서는 고급 음식이었다. 너무 놀라서 아무 생각 없이 "이 음식 재료값, 100엔도 안 들어요"라고 했더니, 함께 자리했던 삿포로 TV 프로듀서가 "정말 재미있네요! 우리 프로에서 한번 꼭 만들어주세요" 했다.

이런 사연으로 TV 프로그램에서 '알리오 올리오 만드는 법'을 소개하게 됐다. 하지만 나는 그림 그리는 사람이지 프로 요리연구가가 아니지 않은가. 마늘을 다져서 다른 그릇에 담아놓는 것이 아니라 도마에서 곧바로 프라이팬으로 투하. 허둥지둥 주방 곳곳으로 튀어버린 마늘을 주워서 다시 프라이팬에 담는 나를 보며 진행자가 묻는다.

"야마자키 씨, 바닥에 떨어졌던 그 마늘을 다시 프라이팬에 넣는 겁니까?"

"괜찮아요, 기름에 볶을 건데요, 뭐~"라며 꿋꿋하게 요리를
진행해나간다.

이것이 바로 '야마자키의 주말은 이탈리안으로'라는 코너의
시작이었으니, 지금 생각하면 인생이란 정말 알다가도 모를 일
투성이다.

맛집과 여행지를 안내하는 프로그램도 진행했다. 온천에 몸
을 담그고 "정말 물이 너무 좋네요!"라며 행복한 표정을 짓는
리포터도 되어봤다. 설마 내가 이런 일까지 하리라고는 상상도
못했지만, 아들 녀석을 키우려면 무슨 일이든 할 수 있었다.

더군다나 그 프로그램 협찬사가 JR이었던 덕분에 홋카이도
와 도후쿠 지역의 온천은 하나도 빼놓지 않고 섭렵한 것 같다.
비탕秘湯이라고 해서, 일반인에게는 거의 알려지지 않은 온천
도 가봤다. 아오모리나 아키타 지역은 가히 비탕의 보물창고라
고 할 만하다.

논문을 채점하는데 한 학생이 "어제 TV를 켰는데 교수님이
온천에 가서 목욕을 하고 있는 장면이 나왔습니다"라고 메모

해둔 것을 봤다.

'으악, 맨 얼굴이었는데!'

하지만 그런 경험이 훗날 『테르마이 로마이』로 이어졌으니 정말 신기할 따름이다.

그 만화는 억지로 머리를 쥐어짜내며 그리지 않았다. 그때까지 내가 걸어온 인생에서 저절로 우러나왔다. 피렌체에서의 누드 데생도, 로마 역사를 공부한 것도, 설마 했던 온천 여행 리포터조차도 내게는 큰 도움이 됐다.

바다 건너편에서 힘겨운 삶에 지쳐 '아, 뜨거운 온천물에 들어가고 싶다, 그러고 보면 일본 목욕탕은 정말 대단해!'라는 소감을 느껴보지 못했다면, 과연 『테르마이 로마이』라는 만화가 탄생할 수 있었을까.

✦ 엄마의 사랑,
기쿠오 씨

기억이란 참 불가사의하다.

최근 이탈리아에서 귀국한 날 밤, 아들 데르수가 "영화 보러 가요"라고 했다. 지금 막 도착해서 기진맥진해 있는데 "엄마한 테 꼭 보여주고 싶은 영화가 있어요. 나는 벌써 봤지만 저 영화 는 엄마가 꼭 봐야 해요" 한다.

「추억의 마니」 원작은 영국의 조앤 G. 로빈슨의 아동문학.

왜 데르수가 내게 이 영화를 보여주고 싶어했는지 이내 알아 차릴 수 있었다.

만화영화의 무대는 내가 어린 시절을 보낸 홋카이도의 쿠시 로 습지다. 엄마도 "꼭 한번 보고 싶다"고 했고 세 사람 모두 지브리 스튜디오의 영화를 좋아했기 때문에 3대가 함께 보기로 했다.

영화가 끝난 후 "와, 정말 재미있네. 스토리가 정말 좋구나" 엄마의 감격에 겨운 탄성이 흘러나왔다.

짐작컨대 바이올린을 배우던 시절, 쿠시로 습지를 폭주하던 시절이 떠올라서 그러는 건가 생각했는데 그건 아니다.

"와, 새삼 내가 양옥집에 살았던 때가 생각나네."

"네?"

대체 그게 언제적 이야기예요? 엄마 왈, 어릴 때 오다와라로 피난을 간 적이 있는데, 바로 그곳이 영국인 할머니가 살던 양옥집이었다는 것이다. 엄마와 여동생을 할머니가 보살펴준다는 조건으로 함께 지냈었다고 한다.

엄마에게 옛날이야기는 많이 들었지만 그 이야기는 금시초문이었다. 한 번도 들어본 적 없는 추억을 떠올릴 만큼 충격적인 영화였나 싶은 마음에 깜짝 놀랐다.

그 영국인 할머니는 계속 일본에서 살다가 영국으로 돌아가지 못하고 세상을 떠났는데, 엄마가 그녀의 마지막을 모두 지켜봤다고 했다.

"이 영화, 정말 그때 느낌이 나네."

아득한 기억을 떠올리듯 멍하니 되뇌는 엄마의 추억 속으로 허구와 현실의 경계선이 녹아드는 것 같았다. 조금 전까지, 현대병을 앓고 있는 소녀를 주인공으로 한 환상적인 허구 세계라고 여겼던 작품을 설마 나의 엄마가 실제로 체험했을 줄이야!

그 후로도 그런 일은 자주 있었다.

1940년대나 50년대 고전 영화를 함께 보고 있으면 "아, 이거 봤어" 하는 경우가 종종 있다.

"봤어, 봤어. 틀림없어. 기쿠오 씨랑 같이 본 거야."

또 나왔네, 기쿠오 씨 이야기. 너무 귀에 익은 이름이라 이제는 그러려니 한다. 엄마에게 전쟁 이후의 시대는 그저 '기쿠오 씨가 살았던 시대'일 뿐이다.

엄마는 러시아 문학, 특히 도스토옙스키를 사랑한다. 지금도 『카라마조프가의 형제들』 등장인물들을 줄줄 외울 정도다. 제라르 필립을 무척 좋아하고 프랑스 영화에도 정통한 엄마의 취향은 '기쿠오 씨가 살았던 시대' 덕분에 탄생한 산물이라고 해도 과언이 아니다.

젊디젊던 엄마는 히토츠바시대학에 다니는 문학청년 기쿠오 씨를 사랑했다. 도스토옙스키도 프랑스 영화도 모두 그를 통해 배웠고 깊은 감화를 받았다.

호강에 겨워 곱게 자란 엄마에게는 신선하고 자극적인 체험이 아닐 수 없었다. 소설이나 영화는 그것을 받아들이는 사람의 경험치를 급상승시키며 고무적으로 작용한다.

좀 더 드라마틱하게 살고 싶다. 좀 더 과감하게 살고 싶다.

전쟁이라는 지금 당장 죽어도 어쩔 수 없는 시대를 헤쳐 나오면서, 엄마의 그런 열망과 꿈은 한층 강하고 깊어졌다. 엄마는 바야흐로 그런 시대에 기쿠오 씨를 사랑하게 된 것이다.

오키나와에서 겪은
신기한 체험

『테르마이 로마이』 연재를 시작했을 즈음, 오키나와에 한 달 정도 머문 적이 있다.

처음에는 파푸아뉴기니로 가고 싶었는데 남편이 싫다고 했다. 그는 전형적인 유럽 사람이라 파푸아뉴기니나 아마존 같은 토착적 분위기를 별로 좋아하지 않았다.

'이 인간지상주의 합리주의자야!' 하고 내심 야유를 보내고 있는데 "오키나와로 가자. 역사도 깊고 치안도 좋은 편이니까"라고 이유를 둘러댄다.

하긴 파푸아뉴기니는 치안이 불안하기 짝이 없다. 오키나와로 가기로 결정하고 월세로 집을 얻기 위해 전화를 걸었더니 관리회사 직원이 "사실은 저희 회사에서 오래된 민가를 개조하여 제공하고 있습니다. 월세보다 임대료도 훨씬 저렴한데 어떠세요?"라고 권유했다.

월세 건물이 없는 것도 아닌데 왜 굳이 다른 집을 소개하는 건지 의아했지만 그러기로 하고 미국에서 들어오는 남편과 나 하에서 합류해서 자가용으로 이동했다.

오래된 민가라고 했지만 1950년대쯤 지어진 보통 민가였다. 입구에 사자상이 있고 그 사자상 밑에 글자가 적힌 긴 종이가 붙어 있었다.

남편 베피노가 "오, 예쁘네"라고 감탄을 하기에 "아니야. 주문 같은 글씨가 씌어 있는 것을 보니 부적인 것 같아"라고 알려 줬다. 오키나와에는 그런 풍습이 있어서 별다르게 신경을 쓰지는 않았지만, 달그락거리는 문을 열고 안으로 들어가자 다다미 방과 부엌이 있고 또 긴 종이가 붙어 있었다.

"오, 여기도 예쁜 종이가 붙어 있네."

"그게 아니라니까. 이 집에 뭔가 있는 것 같아. 그러니까 집 안 곳곳에 이런 종이가 붙어 있지."

내가 그렇게 말하자 베피노는 "마리, 또 시작이네. 당신은 무슨 일이든 이상하게 생각하는 버릇이 있어."

'아니야, 분명히 뭔가 있어' 생각했지만, 이제 와서 계약을 취소할 수도 없어서 그냥 신경 쓰지 말자고 마음을 다잡았다. 하지만 다른 방문을 열어보니 그곳에도 역시 종이가 붙어 있다.

도대체 왜 이렇게 많이 붙여놨지? 마음이 편치 않았지만 이곳에 단 한 사람, 그런 것을 전혀 개의치 않는 이가 있으니 나도 마음 쓰지 말자, 개의치 않기로 했다.

그런데 이번에는 휴대전화가 잘 터지지 않는다. 여기저기 위치를 옮겨가며 시도했지만 안 된다. 오카나와 식 시커먼 찬장이 있고 속이 비어 있는 것을 보니 분명히 불단의 흔적이다. 그 시커먼 찬장 앞에서만 전화 통화가 됐다.

상황이 이런데도 남편은 밤 10시가 되자 어김없이 "마리, 잘 자요" 하고 잠자리에 든다.

전기도 잘 들어오지 않고 형광등밖에 없다. 주변에 다른 집도 없이 한적한 이 집 앞으로 강이 흐르고 뒤로는 산이 버티고 있다. 커다란 가재처럼 생긴 게가 집 앞을 기어가고 있다. 그 모습을 지켜보며 전화기를 만지작거리는데 좀처럼 잠이 오지를 않는다.

다음 날 오전에는 제법 선선해서 『테르마이 로마이』 1권의 「온돌 오두막」 편을 작업하고 있는데, 베피노가 바다에 가자고 한다. 설상가상으로 "사람이 많이 가는 해변은 싫어"라고 하더니 구글 검색으로 찾아서는 "엄청나게 큰 산호초가 있는 멋진 곳이래. 일부러 갈 시간은 안 되니까 이번 기회에 가보자. 여기는 사람이 거의 안 올 거야" 하면서 좋아한다. 오후 3시쯤 집을 나섰다.

정말이지 그곳은 아무도 찾지 않는 마치 개인 해변 같았다.

매일 그곳으로 가서 수영을 하고 집으로 돌아와 저녁을 먹고 나면 기진맥진 남편은 드르렁드르렁 잘도 자는데 나는 여전히 잠을 이루지 못한다. 어쩔 수 없이 TV를 켰더니 8월의 여름 날, 전쟁 종료 특집방송을 하고 있다.

재미없는 프로그램을 보면서 잠도 제대로 못 자는데, 신기하게도 기분은 한껏 들떴고 수면부족으로 힘들거나 하지도 않았다. 눈만 조금 충혈됐을 뿐 반짝반짝 빛나는 모양새가 공포영화「샤이닝」의 한 장면 같다.

분명히 뭔가 있다. 한 번도 그런 적 없었는데 화장실에 가기가 무서울 정도다. 술렁술렁 야릇한 분위기가 감돈다. 하지만 그 정체가 뭔지 도무지 알 수가 없었다.

2주 후, 집주인이 "어떠십니까?" 하며 음식을 들고 찾아왔다. 그러더니 내 얼굴을 보고는 "아무 일도 없으셨습니까?" 하는 게 아닌가.

아무 일도 없으셨습니까? 그게 무슨…….

솔직히 그 종이 부적에 대해 묻고 싶었지만 이내 마음을 접었다. "아무 일도 없으셨습니까?"라고 묻는다는 건 분명히 뭔가 있다는 증거다. 이제 괜찮아, 도망갈 수도 없고 그냥 버티는 수밖에 없어.

"마리, 참 바보야. 아직도 신경을 쓰고 있다니."

이런 소리나 하고 있는 우리 남편도 그냥 두는 수밖에 없다.

어느 날 뒷산에 가자는 이야기가 나와서 집주인에게 말했더니 "왜 가시려고요?" 한다.

"벚꽃이 피는 계절이라면 몰라도 지금은 아무것도 없어요."

근처 이발소 아저씨한테 "뒷산에 뭐가 있나요?" 하고 물으니 "아무것도 없어요" 한다.

남편은 하지 말라고 하면 더 하고 싶어지는 사람이라 결국 우리 둘은 뒷산에 가보기로 했다. 저녁 무렵의 뒷산에는 커다란 박쥐들이 날아다녔고, 수영을 하고 난 후라 다리가 휘청거렸다. 간신히 정상까지 올라가보니 갑자기 관음상이 나타나고 그 옆으로 비석이 보였다. 학도병 동원으로 죽어간 사람들의 위령탑이었다.

탄약을 옮기는 도중에 폭탄이 떨어져서 모두 사망했다는 내용이 적혀 있었다. 그들 모두 아들 데르수와 비슷한 열네 살, 열다섯 살의 어린 영혼들이었다.

가엾어라. 이렇게 낯선 곳에서 얼마나 무섭고 두려웠을까.

나도 남편도 패닉 상태가 되어 발길을 돌리려는데 길을 잃고 말았다. 한참을 헤매다가 이상한 사잇길이 나타나서 그쪽으로 갔더니 방공호가 있었다. 방공호로 사용한 동굴에는 '옥쇄지'라는 글자가 씌어 있었다. 나중에 알게 되었는데 그곳에서 상륙 전쟁이 있었다고 한다.

남편은 그날도 집으로 돌아오자마자 곯아떨어졌지만 나는 잠을 이루지 못했다.

나고 시 서점에 들러 오키나와 전쟁에 관한 책을 사서 읽어봤더니 불과 3, 4일 만에 이 지역 주민들이 전멸해버렸다고 한다. 더 이상 무섭지는 않았다. 오키나와 중에서도 다른 곳이 아닌 바로 이곳에 오게 된 건 이 때문이었던 걸까. 우리 아들과 똑같은 나이에 이렇게 아름다운 섬에서 태어나 마냥 행복하게 즐겨야 했을 아이들이 왜 이런 처참한 죽음을 맞아야 했을까. 그런 생각을 하니 눈물이 솟구쳤다.

『플리니우스』를 합작하고 있는 토리 미키 씨가 "미야자키 씨는 가끔 무녀 같을 때가 있어요"라는 말을 한 적이 있다. 그럴 리야 없지만, 다만 나와 뭔가가 잘 통해서 공명을 느낀 순간부터는 그 소리에 귀를 기울이게 되고, 그것을 그림으로 표현하는 것인지도 모른다는 생각을 했다.

언젠가는 오키나와에 대해, 그들의 죽음에 대해 그리겠지. 아니, 그리지 않으면 안 된다는 약속을 마음속에 새겨본다.

생각하면 정말 신기하다. 일본에서 가장 오래된 신화인 『고지키』에 나오는 '이자나기와 이자나미' 이야기와 그리스 신화의 오르페우스는 어쩌면 그렇게 똑같을까.

시간과 공간을 넘어 무언가가 이어져 있다. 올려다보니 밤하늘에 별이 빛나고 있다. 저 빛은 수천 년 전에서 온 것이라고 한다. 지금 여기 있는 나와 수천 년 전부터 이어져 오고 있다는 느낌이 든다. 시공을 초월한다는 것은 비단 SF에 국한된 이야기가 아니다.

일상 속에서 시간이란 무엇일까, 생명이란 무엇일까, 고민하고 사색하는 순간이 쌓이면 내가 그리고 싶은 이야기도 그 안에 깃들게 되리라.

인간의 목숨이 덧없다고 하지만, 사람이 살아가면서 뿜어낸 뭔가는 시공을 넘어 우리에게 다다른다. 2,000년 전 고대 로마인들의 창작품이 지금 이 시간을 살고 있는 나에게 온 것처럼, 지금 내가 만들고 뿜어낸 뭔가도 언젠가는 시간과 공간을 넘어 누군가에게 도달하리라.

그러고 보니 사람도 별 같은 존재인가 보다. 저마다 빛을 발하면서 빛난다. 살아 있는 동안에 도달하지 못한 빛도 죽은 후에는 멀리 있는 누군가에게 다다를지 모른다.

　우주에는 눈에 보이는 별, 보이지 않는 별 등 무수한 별이 빛나고 있다. 수천 년 전의 아득한 빛도, 지금 이 순간의 찬란한 빛도 혼돈으로 뒤섞여 이곳에 머문다.

✦ 폐쇄감을 느낀다면
우선 이동해보라

　데즈카 오사무의 만화 가운데 당시 가장 좋아했던 작품은 「밀림의 왕자 레오」였다. 유소년 시절 TV에서 애니메이션을 방영했는데, 장대한 오프닝 테마곡이 흘러나오기 시작하면 그 순간부터 흥분돼서 어쩔 줄 몰랐다. 토미다 이사오의 음악이었는데 그렇게 멋있을 수가 없었다.

　상상력을 총동원해서 '내가 동물이면 얼마나 좋을까', 늘 이런 생각을 했다. 치타나 영양처럼 발이 빠른 동물을 좋아해서, 녀석들과 함께 사바나를 내달리는 상상을 하며 행복에 겨워했다. 하늘과 땅만 있는 곳에서 그저 평범한 생명체로 살 수 있다면 얼마나 좋을까.

내가 하도 '아프리카에 가서 살고 싶다'라는 말을 입에 달고 사는 바람에, 엄마가 '마리는 언젠가 아프리카 사람이랑 결혼해서 아프리카에서 살 것 같아'라고 생각했을 정도다.

「밀림의 왕자 레오」도 『닐스의 모험』과 마찬가지로 인간을 멋지게 그리지는 않는다. 인간이 최고는 아니니까. 「불새」, 「키리히토 찬가」, 「바다의 트리톤」 등 데즈카의 작품은 인간이 얼마나 이기적이고 어리석으며 악한 생물인지를 여과 없이 그려낸다. 인간은 원래 제대로 된 존재가 아니야, 그렇게 시작하는 이야기들이다. 그러나 바로 그 사실 때문에 작품을 신뢰할 수 있다. '인간이라는 사실만으로 충분하다고 생각하지 말라.'

딱히 인간을 혐오하지는 않지만 디즈니 같은 인간 예찬론자나, 기독교적 윤리관에 입각한 영원한 세계를 다룬 작품 등은 도무지 취향에 맞지 않는다고 해야 할까, 익숙해지지 않는다.

요즘 세상을 둘러봐도 성선설보다 성악설을 가르치는 것이 올바른 교육이 아닐까 하는 생각마저 든다. 시리아라는 나라를 한번 살펴보자. 강제로 총을 받아들고 전사가 될 수밖에 없는 수많은 아이들. 사람을 귀신이나 악마로 여기는 환경에서 살아가는 그들을 떠올리면 역시 인간은 아름답고 나약한 생물만은 아니라는 생각이 든다. 일단 틀을 깨버리면 윤리라고는 찾아볼 수 없는 무법천지에서 아메바처럼 떠돌 수밖에 없는 생물체라고나 할까. 직접 전쟁을 경험하지 않아도 인터넷 검색 몇 번만으로도 누구나 일상적으로 느끼는 현실이리라. 익명의 타인이 되는 순간, 사람이 사람에게 얼마나 잔인해질 수 있는지.

『테르마이 로마이』나 『플리니우스』 같은 고대 로마를 무대로 한 만화를 그리면서 '인간의 윤리는 자연발생적이다'라는 생각이 들었다.

예를 들면 콜로세움에서 인간들끼리 서로 죽이는 광경에 수많은 대중이 열광한다. 이 모습을 지켜본 카이사르 시대의 군인이자 박물학자 플리니우스는 편지에서 '저 광경은 정말 싫다', '서로 죽고 죽이는 모습은 보고 싶지 않다'는 고백을 한다.

고대 로마 시대에는 기독교 역시 아직은 신흥종교 가운데 하나에 불과했기 때문에, 인정이나 사랑이라는 개념을 종교적인 규범이 가르쳐줬다고 볼 수는 없다. 결국 그러한 개념은 원래 인간의 마음과 정신 속에 존재하고 있었던 것이다.

기독교가 '사랑이란 이런 것이다', '죄란 이런 것이다'라고 종교적인 윤리관을 규정하기 전부터 인간은 정해진 본질을 깨닫고 있었으며, 그 때문에 나 역시 그 시대에 이끌리지 않았을까 싶다.

고대 로마 시대까지 거슬러 올라가면, 인간의 윤리관은 자신도 미처 모르는 사이에 종교나 문화, 역사 등 다양한 가치관에 영향을 받는다는 사실을 알 수 있다.

그런데도 지금까지 고대 로마라고 하면 영화 「칼리굴라」처럼 피와 육체와 섹스 등 인간이 가진 야만성만 강조되어왔다. 나는 그 사실이 의심스러워서 『테르마이 로마이』를 그렸다. 그 만화는 기존의 상식에 대한 부정이기도 하다. '그것이 로마의 전부는 아니야'라고 말하고 싶었다.

고대 로마 사람들은 인간의 어리석음과 잔혹함도 익히 알고 있었지만, 자신들의 지혜를 끝없이 펼치며 살아가려 하지 않았을까. 적어도 나는 그렇게 확신하며, 인간의 그런 가능성을 그리고 싶었다.

박물학자인 플리니우스는 지구상의 삼라만상에 끝없는 흥미를 품었다. 그의 저서 『박물지』를 읽어보면, 그만의 독특한 감성이 고스란히 전해진다.

영화 「백 투 더 퓨처」까지는 아니더라도, 어떤 의미에서는 타임 슬립이라고 할 수도 있겠다. 『테르마이 로마이』의 주인공 루시우스가 넓적한 얼굴을 한 종족(현대의 일본인)을 만나서 여러가지 사실을 알게 된 것처럼, 나도 고대 로마인을 더듬으며 많은 것에 눈을 떴다.

어쩌면 우리는 언젠가부터 좁디좁은 틀 안에 갇혀 있다는 사실도 모른 채, 편향된 가치관 속에서 전전긍긍하며 살고 있는 건 아닐까. 이 폐쇄감의 정체는 무엇일까. 그것을 간파하려면 일단 틀 밖으로 나갈 수밖에 없다.

거위 모르텐과 드넓은 하늘로 날아오른 닐스는, 발아래 펼쳐진 바둑판 모양의 세계에 눈이 휘둥그레진다. 늘 보던 세상인데 전혀 다르게 보였다. 자신이 살고 있던 목장과 밭들이 점점 아득히 멀어지면서, '아아, 내가 있던 세상이 저런 곳이었구나' 생각한다.

그때까지 제멋대로만 굴던 개구쟁이 아이는 틀 밖으로 나오고 나서야 비로소 '나는 누구인가, 인간은 어떤 존재인가'를 생각한다. 『닐스의 모험』에는 이렇듯 시공간의 이동과 더불어 다이나믹한 시점의 변화가 가져다주는 환희와 새로운 발견이 응축되어 있다.

답답하고 갇혀 있는 느낌이 든다면 우선은 이동해보라. 여행을 나서보자. 이 방법은 우리 삶에도 매우 유효하다. 어딘가로 나선다 해서 지금 품은 문제가 무조건 해결되리라고는 생각하지 않지만, 자신이 어떤 문제에 사로잡혀 있는지는 깨달을 수 있다.

살아가는 동안은 장벽과 경계가 없는 편이 좋다고 할 수도 있지만, 처음부터 '벽'이 없었다면 생각과 사고 자체도 불가능하지 않았을까. 앞에 '장벽'과 '경계'가 있기 때문에 '이 장벽을, 이 경계를 넘어야 한다'는 개념도 생겨난다. 애초에 '벽' 같은 건 없다고 말하는 사람은 자신이 우물 안 개구리라는 사실 자체도 모르기 마련이다.

일단은 보이지 않는 벽을 깨부수는 작업부터 시작해보자.

그런 다음 틀 밖으로 나가면 분명히 깨닫는 바가 있으리라.

'지금까지 내가 살아온 공간이 이런 곳이었구나, 세상이 이렇게나 넓구나' 하고 말이다.

정해진 길을 벗어나
내 맘대로

    고등학교 시절, 질서나 규정을 어떻게 하면 무너뜨려볼까 이런저런 궁리를 했었다. 정해진 레일에서 벗어나보면 재미있지 않을까.

    그래서 학생수첩에 '머리는 어깨에 닿을 정도가 되면 반드시 땋을 것'이라고 적혀 있는 걸 보고, "어쨌든 땋기만 하면 되니까"라며 가늘게 땋은 머리를 여러 묶음으로 만들었다. 레게 스타일처럼.

    여동생이 "헤어스타일은 얼굴의 틀 같은 거야"라며 잔소리를 하면 이번에는 "틀 같은 건 필요 없어!" 하고 삭발을 단행해버렸다.

사람들이 눈이 동그래져서 뚫어져라 쳐다봐도 아무렇지 않았다. 그보다는 오히려 '나는 당신들과 달라!'라는 자기 과시와 '됐어!'라는 성취감으로 즐겁기만 했다.

마치 『생활의 수첩』의 하나모리 야스지가 남자도 스커트를 입을 수 있다는 것을 보여줬을 때의 그 쾌감이랄까. 익살맞은 코미디도 아니고 패러디도 아니다. 기존 관념을 무너뜨리려는 발상 자체가 좋았을 뿐이다.

『생활의 수첩』의 편집 철학은 모든 것을 하나씩 보여주며 '이건 어때요?' 하고 물어보면서, 처음부터 새롭게 정의해나가는 데 있다. 그런 잡지를 읽고 자란 나로서는 근본적인 곳까지 거슬러 올라가서 이의 신청을 하는 게 너무나 당연했다.

그 외에 내가 즐겨 읽던 잡지로 독자 투고를 중심으로 이루어지는 서브컬처 잡지 『빅쿠리 하우스』도 있다(빅쿠리는 깜짝 놀란다는 뜻—옮긴이). 그 잡지 역시 기괴하고 도발적인 성향을 띠고 있었다. 『테르마이 로마이』에서 주인공인 루시우스가 요즘 사람들은 당연하게 사용하는 샴푸용 모자를 보고 "정말 신기하지 않아요?" 하면서 호들갑을 떠는 장면은, 바로 그즈음 푹 빠져 있던 『빅쿠리 하우스』의 폭소 코너 덕분에 나온 것이다.

　이탈리아로 떠나기 전 1년 정도 '아테네 프랑세'에 다니면서 도쿄 오차노미즈에 있는 '빈'이라는 음악다방에서 아르바이트를 했다. 그때도 꼼데 가르송의 구멍이 퐁퐁 뚫린 티셔츠라든가 기발한 디자인의 패션을 하고 있었던 기억이 난다.

　직접 옷을 만들어 입기도 했다. 꼼데 가르송 풍의 검은색 천을 사와서 뉴웨이브 느낌의 헐렁한 원피스를 만들어 입었다. 삭발한 머리에 헐렁한 원피스, 그 위에 앞치마를 두르고 "어서 오세요!" 하면서 서빙을 했으니 얼마나 눈에 띄었을까.

　심지어 함께 아르바이트를 하던 남자 직원 하나는, 내 영향으로 어느 날인가부터 갑자기 복장이 요상해졌다. 마침 7인조 밴드 '더 체커즈'가 한창 인기몰이를 하고 있을 때였는데, 처음에는 전혀 그렇지 않더니 점점 체커즈 같은 분위기로 변해갔다.

　그는 늘 주오대학 남학생과 함께 다녔는데 '참 친한 친구네'라고 생각하다가 언젠가부터는 같이 사는 것처럼 보였다. 지금은 없어졌지만 '빈' 다방은 벽돌로 지어진 유서 깊은 음악다방으로, 개업 당시 그대로 영업을 이어왔기 때문에 모든 것이 고색창연했다. 계단은 나선 모양이고 벨벳 소파도 오래된 탓에 앉으면 30센티 정도 푹 가라앉는다.

그곳을 찾는 손님은 대부분이 단골이었던 것 같다. 뉴스캐스터였던 타와라 코타로도 자주 들렀는데, 그가 오는 날이면 서로 서빙을 하려고 가위바위보를 할 정도였다.

아르바이트생 중에는 배우 지망생이 두 명 있었는데, 한 사람은 드라마에 엑스트라로 출연하는 날이면 "이 드라마에 내가 나오니까 꼭 보세요" 하고 거창하게 자랑했다. 하지만 얼굴이 나오는 건 고작 1초에 불과했다. 또 한 명은 예술대학을 졸업했지만 마땅히 취직할 곳이 없어서 음악다방에 나와 설거지를 하고 있는 아저씨.

그 사람들에 비하면 나는 이탈리아에 가기 전부터 '빈'처럼 시간이 멈춰버린 곳에 있었기 때문에, 일본에 있었어도 전혀 거품을 일으킬 만한 일을 하지 않았다.

거품을 일으킬 만한 일이란 예를 들면 허풍쟁이 아저씨가 "이 우산으로 말할 것 같으면 베네치아에서 사온 거야" 하고 여대생에게 건네는 행동? 어쨌든 그런 느낌이다.

이탈리아로 떠나기 전 1년 동안은 계속 '빈'에만 왔다 갔다 했다. 그곳은 나를 위해 만들어진 공간이 아닐까 할 만큼 시간이 멈춘 듯한 장소였고, 이상한 사람들이 모여들었다.

내가 1960년대의 일본에 유독 마음이 가는 건 괜한 고집이 아니다. 그 시대를 고스란히 내 몸으로 겪어온 것 같은 느낌 때문이다. 거품도 허풍도 아닌 실제로 체험한 듯한 기분이 든다.

집에는 『생활의 수첩』이 빼곡하게 들어차 있고, '빈' 음악다방에 모여든 사람들은 하나같이 초현실주의 영화 감독 테라야마 슈지처럼 전위예술가들이다. 이탈리아로 건너가니 이번에는 언제 풀릴지 모르는 보안체제에 항거하는 학생운동이 한창이었고, 친구들 집에는 체 게바라 포스터가 붙어 있었다. 이탈리아에 있으며 아베 코보와 미시마 유키오의 소설도 열심히 음미했다.

그렇기에 만화 『자코모 포스카리』에서 이탈리아의 게릴라 유격대 시대와 일본의 안보 시대를 비교하는 건 내 입장에서 볼 때 어떤 의미로는 당연하다.

내가 유학 중이던 80년대 초반의 이탈리아는 학생운동이 대세였는데, 일본의 60년대 안보 시대가 이런 느낌이 아니었을까 싶을 정도였다. 본의 아니게 바다를 건너와서까지 안보 시대를 다시 한번 체험하듯 청춘시절을 보낸 것 같다. 더군다나 일본 전체가 격하게 갈등했던 시대를 살아온 두 작가의 소설을 동시에 만날 줄이야……

내가 1967년생이니까 전혀 동떨어진 시대도 아니었고, 아베 코보가 감독한 실험영화 음악을 「밀림의 왕자 레오」 테마곡을 작곡한 토미타 이사오가 작업하는 등 어린 시절의 기억과 연결고리가 의외로 많았다. 그 밖에 NHK의 「신新 일본기행」 테마곡도 참 좋아했다. 생각해보면 토미타 이사오의 음악은 나의 어린 시절 가운데 상당 부분을 차지한다.

태어난 해를 잘못 알고 있나 할 정도로 강하게 끌렸던 것은 바로 그 때문이다.

우리는 지구인으로서
어떻게 살아야 할까?

언젠가 고마츠 사쿄 선생과 친분이 있던 토리 미키 씨와 대담을 나눌 기회가 있었는데, 감지덕지하게도 '여자 고마츠 사쿄'라는 비유를 들었다. 가끔씩 미키 씨가 "고마츠 선생이 살아 있었다면 마리 씨를 꼭 만나고 싶어했을 겁니다"라는 말을 했고, 고마츠 선생의 자제 분을 만났을 때도 "아, 정말 아쉽네요. 제 생각에도 마리 씨와 아버지는 이야기가 잘 통했을 것 같아요"라고 했다.

이쯤 되면 나로서도 그토록 위대한 작가와 내가 어떤 공통점이 있을까, 궁금해지기 마련이다.

고마츠 사쿄 선생은 교토대학 문학부에서 이탈리아 문학을 전공했다. 그것도 내가 가장 사랑하는 이탈리아 작가인 루이지 피란델로에 관한 논문을 썼다고 한다. 피란델로는 일본에서도 모르는 사람이 거의 없다고 해도 과언이 아니지 않을까.

타비아니 형제가 영화로 제작한 「카오스 시칠리아 이야기」 는 일본에서 1985년에 처음 개봉됐다. 『산고양이』를 쓴 이탈리아 작가 쥬세페 토마시 디 람페두사도 그렇지만, 시칠리아 작가들은 감성이 독특하다. 연신 침략을 받아온 역사 때문인지 직진이 없다. 늘 왜곡한다. 반드시 뭔가 이상한 일이 벌어지고 철학적인 내용의 소설이 많다.

예를 들면 피란델로의 대표작 중 하나인 『나는 고故 마티아 파스칼이오』라는 단편이 있는데 내용은 이렇다.

이탈리아 외진 시골에 사는 지주의 아들 마티아 파스칼은 무능함과 가난으로 가족의 신뢰를 잃고 고향에서 자취를 감춰버린다. 몬테카를로에서 도박으로 큰돈을 번 그는 어느 날 신문 기사를 통해 자신이 고향에서 변사체로 발견되어 죽은 사람이 됐다는 사실을 알게 된다. 그러나 그 변사체는 다른 사람으로 자신의 아내가 다른 남자와 결혼하기 위해 꾸민 일이었다.

이제 고향으로 돌아가지 않아도 된다. 자유의 몸이 된 파스칼은 홀가분한 마음으로 다른 곳에서 새로운 삶을 시작한다. 그러나 사랑하는 여인과 가정을 꾸리려고 해도 호적이 없지 않은가. 하는 수 없이 파스칼은 고향으로 돌아가지만 아내는 이미 재혼을 해버린 후다.

호적도 잃고 돌아갈 곳도 가야 할 곳도 없이 떠돌아야 하는 인생.『나는 고 마티아 파스칼이오』는 귀속할 곳을 잃은 사람의 불안함을 그린 작품이다. 피란델로는 독특한 어조로 부조리한 현실과 삶을 묘사한 작가로 유명하다.

고마츠 사쿄 역시 상하권 합쳐서 400만 부가 팔린 공전의 베스트셀러『일본 침몰』에서 나라를 잃은 국민이 어떻게 살아가야 할지를 그리려고 노력했다. 이 소설이 간행된 것은 1973년. 마침 아사마산이 분화하고 네무 반도에서 지진이 일어나는 등 소설에 쓰인 징조가 현실에서 일어나자 독자들은 전율했다.

방대한 스케일과 수많은 기법을 자랑하는 이 작품은 단순히 사회적 혼란을 묘사한 소설이 아니다. 일본 국민이 유랑민이 되면 어떻게 할 것인가를 아주 사실적으로 시뮬레이션해 보인 실험소설인 동시에 철학소설이다. 간혹 SF 장르의 표현 형식을 빌리지만, 대부분의 내용은 학술서적이라고 해도 무방할 만큼 치밀한 최첨단 학설을 검증하는 데 할애된다.

SF를 표현 형식으로 선택한 사람들은 공통적으로 학자나 연구자의 냉정한 심미안과 함께 인간을 내려다보며 생물학적으로 관찰하려는 자세를 지닌다.

얼마 전, 데즈카 오사무 선생의 따님인 데즈카 루미코 씨와 대담을 나눈 적이 있는데, "데츠카 오사무 선생은 인간으로서의 여인보다 오히려 동물들에게 관능적인 느낌을 강하게 받지 않나요? 예를 들면 고양이가 만들어내는 곡선이랄까"라고 말했었다.

인간을 그린다고 해서 인간만 바라보며 그 안에 갇혀버리는 것이 아니라, 우주인이 인간을 관찰하는 것처럼 객관적으로 즐긴다고나 할까.

유소년기를 만주에서 보내고 전쟁 직후 고국으로 돌아온 아베 코보처럼, 전쟁을 체험하면 자신이 주변인이 되는 것 같은 느낌을 실감하게 된다. 데즈카 오사무도 아베 코보도 갈 곳을 잃고 경계 밖으로 밀려났을 때, 인간은 전혀 다른 모습이 된다는 것을 실제 체험으로 깨달은 이들이다.

나는 만화를 그릴 때 동영상 사이트에서 낭독 동영상을 찾아서 그걸 틀어놓고 작업하기를 좋아한다. 대부분은 시대소설 낭독이나 만담을 들으면서 작업하는데, 언젠가 우연히 고마츠 사쿄 선생의 단편 『스쳐가는 길』 낭독이 있어서 들어봤더니 그렇게 좋을 수가 없었다.

『스쳐가는 길』에서는 분세이 시대에 고개를 넘던 등조가 갑자기 식중독에 걸려서 애를 먹다가 지나가는 남자에게 도움을 받는 장면이 나온다.

"좋은 분이네. 그런데 좀 이상한 사람이야."

이유인즉 그 사람의 차림새가 정말 특이했기 때문이다.

가늘고 좁은 소매에 면도 명주도 아닌 낯선 작물로 만든 옷을 입고, 발은 검은 천주머니에 감싸서 더 좁고 가볍게 만든 것을 신고 있더라는 것이다.

가만히 들어보니 등조가 좀 이상하다고 여긴 그 사람은 아무 래도 양복을 입고 모자를 쓴 현대인이 아닐까, 그런 속설이 전해져온다.

재미있는 것은 이 등조라는 인물이 그 사내가 자기와는 다른 시대, 백 수십 년 후의 미래에서 온 사람이라는 것을 알고도 크게 놀라지 않았다는 점이다. 어느 시대에서 왔든 등조에게는 그저 지나가는 나에게 친절을 베푼 사람에 불과했다.

시공을 초월한 만남을 그리고 있지만, 어쩌면 우리가 살아가는 일상 이상으로 마음이 통하는 커뮤니케이션이 이루어졌는지도 모른다.

그 작품을 들으면서 문득 「아시아에서 꽃 피워라! 아름다운 그녀, 패랭이꽃들이여」라는 NHK 프로그램에서 만난 어느 일본 여성이 떠올랐다. 나는 그녀를 만나기 위해 베트남으로 날아갔다.

남베트남의 가난한 농촌 지대를 다시 일으켜 세우기 위해 그녀는 아이가모 농법이라고 해서 집오리와 청둥오리를 교잡한 새로운 품종의 오리를 사용한 농사법에 도전하고 있었다.

영리를 목적으로 하기에는 너무도 메마르고 가난하기 짝이 없는 곳이었다. 그녀는 그토록 빈곤한 마을에 잘 녹아들었고, 마을 사람들 역시 그녀에게 한없는 감사의 마음을 가졌다.

"알아버렸잖아요. 알게 된 이상 모르는 척할 수가 없었어요." 그녀는 말한다.

인간과 인간으로 관계를 맺은 상대가 어려움에 처해 있는데 도저히 지나쳐버릴 수 없었노라고. 그야말로 고마츠 사쿄가 말하는 「스쳐가는 길」의 세계가 아닌가!

일본 사람이니까, 베트남 사람이니까, 하는 문제는 이미 초월해 있었다. 속한 나라를 넘어 자그마한 마을이지만 성심성의껏, 온몸과 마음으로 살아가는 그녀를 보았다. 그녀는 일본이라는 한정된 장소를 떠나 완전히 새로운 곳에 속했지만, 어떤 두려움이나 불안함도 찾아볼 수가 없었다.

영화 「그래비티」에서 산드라 블록이 연기하는 우주비행사는 끝없는 우주 공간으로 홀로 떨어져 버린다. 어떻게 해서든 귀환을 하려는 그녀. 그 순간 그녀의 머릿속에는 어떤 생각이 떠 올랐을까?

'다른 별은 너무 위험해. 지구로 돌아가야 해. 지구라면 어디 라도 괜찮아! 제발 어디든 좋으니 지구로만 데려다줘!'

끝 간 데 없이 펼쳐진 우주 앞에서는 '미국이 좋아', '뉴욕이 아니면 안 돼' 같은 자질구레한 소망 따위가 자리 잡을 수 없다.

영화 마지막 장면에 '첨벙!' 하면서 바다에 착륙하는 순간, "아아, 다행이다! 드디어 지구다"라는 산드라 블록의 대사는 참 으로 상징적이라고 하겠다.

나는 종종 '만약 우주인들이 우리를 보면 어떻게 생각할까' 하고 상상해보곤 하는데, 결국 우리는 모두가 지구인이고, 생물 학적으로 보면 누구랄 것도 없이 인간이라는 종에 불과하다.

마음 한구석에 '지구인으로서 어떻게 살아야 할 것인가'라는 감각을 갖고 살 수 있다면 얼마나 좋을까.

시시하게 살지 않겠습니다

초판 1쇄 인쇄 2017년 8월 7일
초판 1쇄 발행 2017년 8월 14일

지은이 야마자키 마리 | **옮긴이** 김윤희 | **펴낸이** 김종길 | **펴낸 곳** 글담출판사
책임편집 김진희 | **편집** 박성연, 이은지, 이경숙, 김진희, 임경단, 김보라, 안아람
디자인 정현주, 박경은, 이유진, 손지원 | **마케팅** 박용철, 임우열 | **홍보** 윤수연 | **관리** 김유리

출판등록 1998년 12월 30일 제2013-000314호
주소 (121-840) 서울시 마포구 양화로 12길 8-6(서교동) 대륭빌딩 4층
전화 (02)998-7030 | **팩스** (02)998-7924
페이스북 www.facebook.com/geuldam4u | **인스타그램** geuldam

ISBN 979-11-5935-019-1 (03830)
책값은 뒤표지에 있습니다.

잘못된 책은 바꾸어 드립니다.

이 도서의 국립중앙도서관 출판시도서목록(CIP)은 e-CIP홈페이지(http://www.
nl.go.kr/ecip)와 국가자료공동목록시스템(http://www.nl.go.kr/kolisnet)에서 이용
하실 수 있습니다. (CIP 제어번호 : 2017016075)

글담출판에서는 참신한 발상, 따뜻한 시선을 가진 원고를 기다리고 있습니다. 원
고는 글담출판 블로그와 이메일을 이용해 보내주세요. 여러분의 소중한 경험과 지
식을 나누세요.
블로그 http://blog.naver.com/geuldam4u   **이메일** geuldam4u@naver.com

그래서 라디오

ON AIR

그래서 라디오

남효민 지음

| AM | |
| FM | |

indıgo
Story and mate

차례

 ## 어쩌다 보니 매일 쓰고 있습니다

그래서 라디오

20년째 라디오 작가

우리가 좋아하는 그 이름 라디오

영화 〈스테이션 에이전트〉의 얘기를
원고로 쓴 적이 있어요.

소인증으로 태어난 주인공은
"넌 키가 왜 이렇게 작니?"라고 묻는 사람과는
절대 친구가 될 수 없다고 생각해요.

"넌 이름이 뭐야?"
이렇게 물어주는 사람이랑만
단번에 친구가 됩니다.

당연하죠.
이름을 아는 것부터가
관계의 시작일 테니까요.

ON AIR

저는 그간 만났던
수많은 청취자들의 이름을 알지 못해요.
청취자들 역시 제 이름을 모르는 건 당연하고요.

서로의 이름을 물은 적도 없는데
신기하게도 우리 관계는 누구보다 끈끈해요.
서로의 이름은 몰라도,
우리가 좋아하는 그 이름 때문이겠죠.
라디오.

라디오를 좋아하신다면,
이 책의 어느 한 줄쯤
오래된 친구 만난 것처럼 반가우셨으면 좋겠어요.
딱 그만큼만 욕심낼게요.

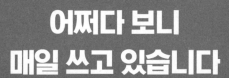

ON AIR

어쩌다 보니
매일 쓰고 있습니다

어떻게 매일 글을 써요?

"어떻게 매일 글을 써요?"

라디오 작가로 일을 하면서 가장 많이 듣는 질문 중의 하나다. 사실 나는 이 질문이 좀 웃기다고 생각했다. 내가 직장에 다니는 어떤 사람에게 "어떻게 매일 회사에서 보고서를 쓰고, 회의를 하죠? 어떻게 매일 그런 일을 해요?"라고 묻는다면 뭐라고 답할까? 늘 좋은 글을 쓰는 작가를 찾고, 어떤 책을 출판할까를 고민하고, 더 잘 팔리는 제목을 찾기 위해 고민하는 출판사 편집자에게 "어떻게 매일 그런 일을 해요?"라고 물으면, 또 어떤 대답을 할까?

이런 이유들로 처음엔 이 질문이 웃기다고 생각했지만 지금은 그렇지 않다. 다른 일로 알게 된 사람들도, 이 책을 출간하기 위해 만난 출판사의 편집자님도, 심지어 내 친한 친구들까지도, '어떻게 매일 글을 쓰느냐'고 묻는 걸 보면, 어쩌면 내가 당연하다고 생각하는 일이 누군가에게는 호기심을 일으킬 수도 있겠다고 생각한다.

그리고 또 생각해 봤다. 내가 나 스스로에게 한 번도 궁금해하지 않았던 이 질문. 어떻게 매일 글을 쓰지? 어쩌다 보니 좋아하는 일이 글을 쓰는 일이었고, 어쩌다 보니 그 좋아하는 일을 매일 하게 됐다는 답보다 조금 더 그럴듯한 답은 없을까?

〈잠깐만〉이란 MBC 캠페인을 오랫동안 담당하면서 진짜로 매일 '글'을 쓰는 작가들과 인터뷰할 기회가 몇 번 있었다. 그들의 대부분은 '매일 글을 쓴다'고 했다. 진짜는 거기에 있다고 생각했다. 말이 아닌, 진짜로 글을 쓰는 사람들이니까.

사실 방송 원고는 작가의 글이지만 디제이의 말이기도 하다. 디제이의 말이지만 작가의 글이기도 하다. 글이지만 말이기 때문에, 다시 말해서 말을 글로 쓰는 것이기 때문에 어쩌면 가능한 일인지도 모르겠다. 글을 매일 쓸 수 있는 사람은 흔하지 않지만, 사람은 누구나 매일 말을 하니까.

예전의 라디오는 글이 더 중요했다고 들었다. 하지만 조금 더 버라이어티를 추구하게 된 요즘 라디오의 경우, 명백하게 말해 의미심장한 방송의 오프닝이나 몇몇 에세이 코너들을 제외하고는 '글'의 개념보다는 '말'의 개념으로 접근하는 게 맞다고 생각한다. 앞서 말했듯, 디제이가 할 말을 글로 써주는 거니까. 디제이와 많은 얘기를 나누고, 디제이의 캐릭터가 정확할 때 더 쉽게 글을 쓸 수 있었다. 그가 할 법한 얘기들을 상상하는 것 자체가 쉬워지니까 말이다.

그래서 매일 글을 쓰기 위해 나는, '우리 디제이가 오늘은 사람들에게 어떻게 말을 걸까?'를 생각한다. 오늘은 바람이 좋으니까 그 얘길 할까? 점심 먹을 때 있었다던 재미난 에피소드를 얘기할까? 조금 멋 부려서 오늘은 누군가의 명언을 인용해볼까? 디제이가 어제 봤다던 영화 얘기는 어디쯤에서 어떻게 하면 좋을까?

2006년 10월 16일의 오프닝

유도, 합기도, 레슬링, 인라인스케이트 등등등!
모든 운동의 기본은 '낙법'입니다.
떨어지는 것부터 잘~~ 배워둬야,
금메달도 따고, 1등도 할 수 있는 겁니다.

이렇게, 잘 떨어지는 것이 기본이고!
또, 뭐든지 위에서 아래로 떨어지는 것이
당연한 자연의 법칙인데 말이죠.

근데, 성적!
닭집 매출!
박명수 인기!
그건 좀, 안 떨어졌으면 좋겠네요.

모든 것이 다 떨어질 때
청취율, 참여율 급상승을 꿈꾸는 펀펀 래디오!

ON AIR 어떻게 매일 글을 써요?

모든 것이 다 떨어질 때
성적의 급상승을 꿈꾸는 바로 당신!

정말 우리, 찰떡궁합이네요. 그렇죠?

2011년 11월 21일의 오프닝

아직 미처 떨어지지 못한 낙엽들이,
앙상한 가지에 대롱대롱 매달려 있고
기온은 영하로 떨어졌습니다.

그럼에도 불구하고, 우리는 지금을,
'겨울'이라고 부를 수, 있는 걸까요?

겨울은 언제부터 시~작!
누가 딱 정해주지 않아도, 언제부터가 겨울인지,
답은 나와 있죠.

버스 뒷자리 어디쯤에서, 종아리를 데워주는
후끈한 바람이 나오고,
리어카에 누워 있는 붕어빵 냄새가, 우리 코를 자극할 때-
버스 정류장에 학생들의 더플코트가 바글대기 시작하고,
편의점에서, 호빵 기계를 창문 앞에 내놓을 때

그러니까, 사람들의 입에서 "아우~ 춥다."
이 말이, 제일 많이 나왔던 오늘
겨울이, 시작됐습니다.

겨울의 첫날-
여기는, 윤하의 별이 빛나는 밤에.

2017년 8월 10일의 오프닝

여기는 사람이 살 곳이 아니다.
바나나나 망고라면 모를까.

ON AIR 어떻게 매일 글을 써요?

아무래도 태양은

우리가 감자나 옥수순 줄 아는 거 같다.

이대로 다 쪄 버릴 모양이다.

폭염경보 문자가 하루도 끊이지 않던 얼마간,

사람들이 농담처럼 하던 말들인데요.

근데 참 신기하죠?

요 며칠 공기가 달라진 거, 다들 느끼세요?

어젯밤에도, 오늘 아침에도

제법 바람이 선선하게 불기 시작했고

하늘도 구름도, 결이 달라졌어요.

지금 한 번, 살짝 올려다보시겠어요?

이러다 금방, 가을 오겠죠?

오늘 아침 정지영입니다.

디제이의 말을 쓰는 거라고 말했지만, 디제이를 빌려 나 역시 사람들에게 말을 거는 일이라고 생각한다.

'오늘은 무슨 말을 할까?'

너무 오래되고 지겨운 관계라서 더는 할 말이 없기 때문에 '무슨 말을 할까' 고민하는 게 아니라는 것쯤은 말하지 않아도 알 것이다.

어떤 말을 하면 좋아할까, 어떤 얘기로 시작하면 더 재밌어 할까, 어떤 얘기를 오늘은 듣고 싶어할까? 오늘은 웃고 싶을까? 아니면 위로가 필요할까? 이런 고민이라면 매일 해도 지겹지 않은 게 당연하고 그래서 나는 매일 글을 쓸 수 있는 게 아닐까.

AM
FM

내일 오프닝엔 무슨 얘길 할까?

어떻게 매일 글을 쓰느냐는 질문을 조금 더 디테일하게 하는 사람은 이렇게 질문하기도 한다.

"매일 쓸 내용이 있어요?"

이런 질문을 받을 때는 '듣고 보는 모든 게 다 소재'라고 답하는데, 이건 절대 성의 없는 대답이 아니라 있는 그대로의 사실이다.

어느 가을 낮, 디제이와 점심을 먹으러 가는 길에 온 거리를 도배한 은행잎들을 보고 나눈 얘기는 다음 날 아침 오프닝의 소재가 되기도 한다. 소개팅에서 만났던 상대와의 대화를 에세이의 소재로 쓰기도 하고, 엄마랑 전화로 싸운 얘기도 방송의 소재가 된다. 전문용어로 '제 살 깎아 먹기'.

2016년 11월 4일의 오프닝

보고 있으면 너무 예뻐서
그 길을 꼭 한 번은 걷고 싶지만,
막상 걷자니, 냄새가 너무 고약합니다.
은행나무, 얘기예요.

어떤 종들이 멸종을 거듭할 때도,
1억 년을 버텨오면서,
'살아 있는 화석식물'로 불리게 된 이유가
바로 그 특유의 냄새 덕분이었다죠.

은행나무가 번성하던 시대에,
눈에 보이는 식물을 닥치는 대로 먹어치우던
초식공룡들의 공격을 피하기 위해서
그렇게 고약한 냄새를 갖게 됐다더라.
그걸 이해하더라도,
역시 은행의 냄새는, 용서가 잘, 안 되죠?

'그 사람한테도 어떤 사정이 있겠지.
 그러는덴 다 이유가 있겠지.'
그렇게 생각하려고 해도,
도저히 용서는 잘 안 되고,
가까이 다가갈 수 없는, 그런 사람 같기도 하네요.

2009년 2월 3일의 〈내 얘기, 듣고 있나요?〉

그를 만난 지 딱 10분이 되던 순간부터,
그녀는 계속, 시계만 쳐다보고 있었다.

딱 1시간만 버티리라–
그러니까 이제, 50분 남았다.
아니, 이제. 49분 남았다.

아까부터 그녀가 계속
시계만 쳐다보고 있다는 것도 모르고,

그는, 자기 말에 취해서, 쉬지도 않고 열변을 토하고 있다.

주가 변동이 어쩌구 무역적자가 어쩌구.
한참을 떠들어대더니, 목이 마른지,
생크림을 소복하게 얹어서 계핏가루까지 뿌린 커피를
벌컥벌컥– 찬물 마시듯, 들이킨다.

방금 전에, 그가 열변을 토할 때
새끼손톱만 한 파편이, 그의 커피잔 속으로 첨벙!
튀어 들어가는 걸 본 그녀는,
그에게 주기로 했던 시간에서 10분을 더 뺏는다.

그러니 이제,
그와 마주 보고 있어야 할 시간은, 45분 남았다.
아니 44분 남았다.

입술에 허옇게 묻은 생크림을,
냅킨도 아니고 손등으로 쓱– 문지르더니,

그는 다시 그녀에게, 경제학 강의를 시작한다.

눈은 시계로 고정한 채
고개를 성의 없이 끄덕이며 그녀는 생각한다.

이 남자야. 나는
펀드의 F자도 모르는 나는
오늘 너한테, 경제학 강의를 들으러
나온 게 아니란 말이다.

남자의 얘기를 듣는 척하면서,
유리컵에 담긴 각설탕을 꺼내 테이블 위에 쌓고-
냅킨을 펼쳐서, 비행기처럼 접었다가,
다시 또 펼쳐서 조각조각 찢었다가-
별짓을 다 하는데도, 눈치 없는 남자는
자기 할 말만 계속해서 한다.

그녀가 남자에게 할애해 주기로 마음먹은 시간은 이제

20분 남았다.

하지만 단 1초라도, 더는 참을 수 없었던 그녀는

남자의 입에서, '미네르바'라는 단어가 나오자마자,

반색을 표하며 남자의 말을 끊었다.

"어머- 미네르바요? 그거, 우리 동네에 있는

카페 이름인데- 거기 아세요?"

당황과 실망이 역력한 남자의 표정. 작전은 성공했다.

그녀가 미네르바 카페를 언급한 지 10분이 채 안 되어,

남자는 다음에 또 만나게 되길 바란다고,

입에 침도 바르지 않은 채로 거짓말을 하고,

서둘러 자리에서 일어났다.

소개팅을 주선해 준 친구는, 다신 자기한테

외롭단 얘기 입 밖에도 꺼내지 말라며,

그녀에게 엄포를 놓았다.

꼭 친구의 얘기가 아니어도, 왠지 알 것 같았다.

돈 잘 버는 회사원은, 틀에 박혀서 싫고-
글 좀 쓴다는 소설가 지망생은, 비전 없어서 싫고-
잘나가는 펀드매니저는, 너무 계산해서 싫고-
아직도 그런 이유를 따지는 걸 보면
덜 외로운 모양이라고.
그녀도 그렇게 생각했다.

우리가 아직도 혼자인 이유.

현실적인 조건을 따져서가 아니라
눈이 높아서가 아니라
아직은 외로워도 견딜 만해서.

내 얘기, 듣고 있나요?

2018년 12월 5일의 〈열 시 십 분의 풍경〉

엘리베이터에 오른 여자는
신경질적으로 1층 버튼을 누르고
더 신경질적으로 휴대폰의 통화 버튼을 누른다.

아파트 입구에 나가보니,
아까 통화할 때 택시에서 내렸다던 엄마는,
아직도 짐을 한참 내리는 중이다.
종류별로 보이는 김치통만 해도 다섯 개가 넘는다.
그중 양손에 두 통을 들어 올리며
다짜고짜 여자는, 엄마에게 짜증부터 낸다.

"뭐하러 이걸 다 가지고 와-
먹지도 않는다고 했지?
보낼 거면 그냥 택배로 보내라니까!"

맘이 상했는지 어쩐지

둘째가 기다리니, 그냥 가겠다는 엄마에게
이렇게 갈 거면 또 뭐하러 왔느냐,
다시 한 번 짜증을 내면서도,
여자의 마음은 무겁고 복잡하다.

모르겠다. 고마운 마음도 분명 있는데-
걱정스런 마음도 엄청 드는데-
왜 이런 미련한 엄마의 모습에
겉으론 짜증만 나는 건지, 정말 모르겠다.

택배가 훨씬 편리한 걸, 엄마인들 모를까-
그 많은 김치며 밑반찬들,
다 먹지 못할 거라는 거, 엄마라고 모를까-
그런데도 휘어진 허리로, 성치 않은 무릎으로
양손 가득 짐을 싸 들고
굳이 자식의 집을 찾는 엄마의 마음을-
자식 눈치 보곤, 너 피곤하니 난 이만 가겠다며
일찌감치 물러서는 엄마의 마음을.

도대체 언제쯤이면, 우리는
그 큰마음을 다 받아들일 수 있을까.

카피라이터 김민철의 이 글에서
우리네 어머니들의 모습이 떠오른다.

'손에 잡히지 않아서, 이해할 수 없어서,
다 이해되지 않아서
그래서 아름다운 것들이 세상엔 있다.
효율로만 평가하려고 하는 이 세상에
비효율로 남아서 고마운 것들.
우리를 간신히 인간답게 만드는 것은
사실 그런 비효율들이다.'

당신 창고는 다 비어도, 내 창고는 그득히 채워주는 사람,
당신은 다 손해보더라도, 나만 좋으면 그걸로 전부인 사람,
당신 마음 부서져도, 내 마음 안 다치면 그만인 사람.

세상 단 하나뿐인 그것이다.

우리를 간신히 인간답게 만드는, 아름다운 비효율.

영화를 볼 때, 책을 읽을 때도 '이건 비 안 올 때 오프닝으로 쓰면 좋겠다'는 생각을 할 때도 있고, SNS에서 어떤 내용을 보면 '이건 나중에 타블로랑 방송할 때 오프닝해야지' 하고 메모해 둘 때도 있다. 제발 책을 책으로 읽을 수 있었으면 좋겠다는 얘기를 농담처럼 한 적도 있을 만큼 눈으로 보는 모든 활자들, 귀로 듣는 어떤 얘기들도 작가들은 방송의 소재로 쓴다. 모든 것이 오프닝의 소재다.

'프리랜서라서 좋겠다'는 얘기를 종종 듣는다. 정해진 출퇴근 시간 없이 내 시간을 내 맘대로 쓸 수 있으니 부럽다고들 한다. 하지만 작가들끼리는 그런다. 우리는 24시간 일하는 직업이라고. 눈을 뜨면서부터 잠이 드는 순간까지, '내일 오프닝에선 무슨 얘길 하면 좋을까'를 고민하고 미용실에서 파마를 하는 중에 잠깐 보는 잡지 책에서도 소스를 찾는다. 이 사람의 인터뷰를 인용하면 좋은 소재가 나오겠군. 이 사람은 방송에 나오면 좋겠는데? 이 에디터가 쓴 연애 심리 얘기는 이번 주 사랑 코너에서 써먹으면 좋겠다. 이 아이템은 다음에 코너 아이템으로 변형해서 써도 좋겠는데? 이런 식이다. 많은 사람들이 머리를 식히기 위해 보는 TV 예능 프로그램을 볼 때도 마찬가지다. 저 연예인이 어떤 코너에 나오면 좋겠다, 저 사람은 왜 아직 라디오에 한 번도 안 나왔지? 딱 라디오용 게스트인데!! 등등…….

이렇게 하루에 마주치는 일상의 모든 것이 방송의 소재가 되기 때문에 스마트폰의 발달은 참 많은 도움이 되기도 했다. 특히 사진 촬영 기능이 좋아지면서부터는 '이거다' 싶은 소재가 있으면 바로 촬영을 해두지만 그러지 않았던 수년 전만 해도 좋은 '꺼리'가 있으면 항상 메모를 했다. 그래서 작가들의 가방엔 손만 뻗으면 잡을 수 있는 곳에 메모지와 펜이 있었다.

한때 내 책꽂이에는 각종 코너 아이디어들과 언젠가는 써먹고 싶었던 오프닝의 소재들이 적힌 수첩이 수십 권 있었다.

때로 원고가 잘 안 써지거나 하는 날엔 어김없이 지나간 수첩들을 꺼내놓고 메모들을 들춰보곤 했다. 어떨 땐 수년 전에 해둔 메모가 그날의 오프닝에 어울리기도 하고, 뒤적이다 또 새로운 생각이 들면 거기에 또 메모를 하곤 했다.

새로운 프로그램을 런칭해야 할 때면 밤에 누워 잠자는 동안에도 코너 아이디어를 계속해서 생각하게 되는데, 좋은 코너 아이템이 떠오르지 않을 때도 메모 수첩은 아주 유용했다. 언젠가 적어둔 어느 신문의 한 구절이 코너 아이템이 되기도 하고, 아무 의미 없이 적어둔 한 단어가 코너의 제목이 될 때도 있었다. '언젠간 써야지'라는 생각으로 적어둔 메모들은 꼭 그때가 아니어도 정말 '언젠가' 써먹을 때가 오곤 했었다.

그런데 스마트폰이 점점 발달하면서 나는 더는 수첩에 메모를 하지 않게 됐다. 메모지에 적는 대신 스마트폰으로 촬영을 해두고, SNS에 좋아요를 눌러두고, 메모장에 적어둔다. 언제 써먹을지 모르는 방대한 자료들을 수집하는 양은 직접 손으로 메모하던 시절에 비해 훨씬 많아졌다.

ON AIR 내일 오프닝엔 무슨 얘길 할까?

수첩을 뒤적이는 것과 스마트폰을 터치하는 것이 아날로그와 디지털의 차이만큼이나 큰 차이가 난다고 하면, 너무 오래 일한 티가 날까? 그래도 어쩔 수 없다. 메모하는 양보다 스마트폰에 저장하는 양이 더 많아진 건 사실이지만, 라디오에 어울리는 방식은 수첩에 적은 메모라는 생각에는 변함이 없다. 수첩에 적힌 어느 날의 뉴스나 어떤 단상들은 흐른 시간만큼 익은 생각으로 꺼내지기도 하니까. 그래서 또 어느 날의 오프닝이 되기도 하니까.

내일이 기다려지는 디제이의 끝인사

유희열의 '행복하세요.'
타블로의 '좋은 꿈 꾸세요.'
그리고 성시경의 '잘 자요.'

　라디오를 잘 모르는 사람들 사이에도 유명한 디제이들의
끝인사다. 어느 순간부터였는지 모르겠는데 라디오 프로그램
에서 디제이들의 끝인사는 그 프로그램의 성격을 규정하는 시
그니처 같은 것이 되었다. 그 한마디를 듣기 위해 2시간을 기
다린다고 얘기하는 청취자들도 있을 정도였다. 그러다 보니
프로그램을 런칭하고 시작할 때 다양한 코너와 내용들에 관한
고민과 함께 끝인사에 대한 고민도 해야 했다.

　대부분은 방송을 시작하고 처음 하루 이틀, 길게는 일주일
까지 청취자들에게 의견을 받곤 한다. 제작진들이 프로그램에

적응하느라 바쁜 사이, 청취자들은 어느새 디제이를 파악하고 앞으로 매일 만나게 될 디제이와 어울리는 끝인사를 함께 고민해 주기 때문이다. 디제이가 절대로 못 할 것 같은 인사로 당황스럽게 만들기도 하지만, 대부분의 경우 청취자들이 정해 준 끝인사가 가장 좋았던 걸로 기억한다.

끝인사를 정하기 가장 어려웠던 프로그램은 〈푸른 밤〉이었다. 〈푸른 밤〉의 1대 디제이였던 성시경의 끝인사 '잘 자요'가 워낙 임팩트 있었기 때문에 그 뒤를 이어 디제이가 된 알렉스는 어떤 말로 끝인사를 해야 할지 정말 오랫동안 고민했던 기억이 난다.

그리고 역시나 청취자들에게 공모해 결정된 끝인사는 '푸른 밤 되세요'였는데 사실 나는 개인적으로 마음에 들지 않았다. 평범한데 추상적인 말이라고 생각했고, 따뜻하게 들리지 않아서였다. 그런데 매일 듣다 보니, 팔이 안으로 굽어서인지는 모르겠지만 이 말이 참 넓은 뜻을 가진 말이라는 걸 알게 됐다. 〈푸른 밤〉이라는 프로그램의 이름이 그러하듯, 듣는 사람에 따라 나에게 필요한 의미로 해석될 수도 있겠다고 생각한 것이다. 그리고 무엇보다 무심한 듯 따뜻하고, 시크한 듯 자상한 알렉스라는 디제이를 잘 드러내는 인사였다. 너무 오글거리지 않으면서 툭 던지는 츤데레 같은 한마디.

정말 난감했던 끝인사는 소녀시대 써니의 〈FM 데이트〉였다. 써니의 클로징 멘트는 '내일도 여기서 기다릴게요' 였다. 내일 또 만나고 싶다는, 내가 먼저 와서 기다리겠다는, 그 설레는 끝인사. 매일 들어도 좋았고, 매일 들어도 설렜는데 문제는 써니가 마지막 방송을 하던 날이었다. 내일은 여기서 못 기다릴 텐데…… 내일은 다른 디제이가 이 자리에 있을 텐데…… 같이 난감해하고 어떻게 할까 고민했던 기억은 나는데, 그래서 그날 써니가 어떻게 끝인사를 했는지는 기억이 나질 않는다. 그러고 보면 우리는, 디제이 써니가 내일은 여기서 기다리지 못하는 날이 오지 않을 거라고 굳게 믿었던 모양이다. 그래서 아무렇지 않게 그런 끝인사를 정했던 거겠지.

끝인사가 왜 필요할까, 매일 다르게 인사해도 되지 않을까 생각했던 적도 있다. 고작 몇 음절의 인사를 청취자들은 왜 그렇게 기다리고 때로는 열광하기도 하는 건지 궁금했다. 그래도, 한 번도 끝인사를 정하지 않았던 적은 또 없었다. 왜냐하면 어쩌면 디제이들의 클로징 멘트는 데이트를 하고 헤어지는 길목에서 나누는 연인들의 인사 같은 거라고 생각했기 때문이다. 오늘이 얼마나 좋았는지 그 긴 얘기를 다 담고 있으면서 내일도 꼭 만났으면 좋겠다는 기대도 조심스럽게 담아내야 하는 것. 그래서 더 쉽게 정할 수 없었던 게 아닐까. 그래서 청취자들은 가슴이 터질 듯, 그 짧은 한마디를 좋아했었던 거고.

시작도 물론 중요하지만, 어떻게 마무리하는지도 그만큼 중요하다는 뜻으로 해석해도 될까. 디제이의 인사가 그렇듯, 사람과 사람 사이의 관계도, 일을 마무리하는 태도에서도 말이다. 프로그램을 시작할 때 이미 끝인사를 정하듯, 어떤 인연들의 끝을, 어떤 일의 끝맺음을 미리 준비해야 어떤 마지막 순간들을 조금은 단단하게 받아들일 수 있을 테니까. 그렇더라도 세상에 쉬운 마지막이란 건 없을 테지만 말이다.

비슷한 사연, 전혀 다른 반응

아침 9시 프로그램 청취자들 중에는 주부들이 많았다. 물론 물밑에서 듣기만 하는 또 다른 청취층이 분명히 있었을 거라 생각하지만 겉으로 드러나는 청취층은 그랬다. 아이들을 어린이집이나 학교에 보내놓고, 남편을 출근시키고 집안을 정리하면서 혹은 혼자 늦은 아침을 먹으면서 라디오를 듣는 주부들. 수면 위에서 같이 소통하는 청취층은 대부분 그랬다.

밤이나 오후 시간대와는 또 다른 느낌이었다. 아침 프로그램의 작가를 맡게 된 뒤 그 느낌을 처음 받은 건 〈열 시 십 분의 풍경〉이란 코너에서 짝사랑에 관한 에세이를 쓴 어느 날이었다.

가끔 여자는, 오해를 한다.

같이 영화를 보고 나오는 길에,

"(남) 어때? 재밌었어?" 물어 봐줄 때-

"(남) 뭐 먹을까? 너 또 순댓국 먹을 거지?"

여자가 좋아하는 음식을 기억할 때-

"(남) 버스 정류장까지 데려다줄까?"

여자가 혼자 돌아가는 길을 걱정해 줄 때-

그리고 가끔 여자는, 현실을 깨닫는다.

같이 영화를 보러 갔는데,

남자의 손에 콜라 두 잔이 들려 있을 때-

같이 순댓국을 먹으러 간 게 열 번도 넘는데,

여자가 순대만 먹는다는 걸 기억하지 못할 때-

정류장에 바래다주긴 하지만,

절대 여자와 같은 버스에 오르지는 않을 때-

친구들은 모두 여자에게 마음을 멈추라고 한다.

"(여/친구) 그 남자 그냥 어장관리야. 너 마음 접어."

하지만, 여자는 이해할 수 없다.

왜 모두, 여자에게만 마음을 접으라고 하는 걸까?

남자에게, 마음을 돌리라고 하면 큰일이라도 나는 걸까?

알고는 있다, 안 되는 일이라는 걸.

하지만 짝사랑이 쉽지 않듯,

짝사랑을 접는 일은 더 어렵다.

마리오 바르가스의 소설 〈나쁜 소녀의 짓궂음〉은,

나쁜 소녀를 짝사랑하는 착한 소년의 이야기다.

삶의 고비마다, 나쁜 소녀를 다시 만나

소년은 어김없이 사랑에 빠지면서

그렇게 자그마치 40년 동안이나, 소녀를 짝사랑한다.

그녀가 병들어 죽어갈 때까지

소년의 머리에, 백발이 성성할 때까지

그래서 착한 소년은 결국, 나쁜 소녀의 마음을 얻었을까?

어떤 학자들은 짝사랑의 원인이

'돋보기 증후군' 때문이라고 분석하기도 한다.

그 사람의 좋은 점만, 돋보기처럼 크게 보이기 때문이라고.

사람의 마음이란 게, 이론으로 설명될 순 없는 거지만

만약 이 이론이 맞다면,

돋보기를 통해 햇살을 받은 종이가,

어떻게 됐었는지를 기억해 보자.

기다리기엔 오지 않을 것 같고,

다가가기엔 싫어할 것 같고

포기하기엔 너무 좋아서―

접을 수도, 돌릴 수도 없는 그 마음. 짝사랑.

할 수 있다면 그때,

할 수 있는 만큼 차라리, 불태워버리자.

내 모든 초점을 그에게 맞추고,

흐린 내 마음과 상관없는, 햇살 같은 그 웃음에

모든 것을 집중하다 보면,

어느새 뜨겁던 마음도 다 불타버릴 때가 올 테니까.

이 에세이가 방송되고 난 뒤 청취자들의 반응은 뜨거웠다.

다만 내가 생각했던 것과 전혀 다른 방향으로 뜨거워서 문제였다.

에세이에 등장한 남자에 대한 온갖 욕은 물론이고, 심지어는 짝사랑하는 여자를 대상으로 한 좋지 않은 반응도 있었다. 남자가 싫다는데 왜 그렇게 따라다니느냐 등, 그건 집착이라는 둥. 사실 나는 이런 반응이 좀 당혹스러웠다.

심야 프로그램의 에세이 코너 같은 경우 '사랑'에 관한 내용이 대부분이었고, 그중에서도 '짝사랑'은 빼놓을 수 없는 주제였다. 많은 사람들이 공감하고 마치 자기가 그 에세이의 주인공이라도 되는 것처럼 같이 힘들어하기도 하고 같이 아파하기도 했었다.

아무래도 가을을 타는 것 같다며, 얼굴이나 보자고
그녀에게 먼저 전화를 한 건, 그였다.

늘 가던 학교 앞 술집 말고, 분위기도 바꿔 볼 겸,

시내에 있는 대형 서점에서 만나자고 한 것도 그였다.

한 시간이 넘도록, 책은 보는 둥 마는 둥.

한자리에 앉아서 지나가는 사람들을

뚫어져라 쳐다보기만 하다가

다리가 아프니 이제 그만 나가자고 한 것도 그였다.

밖으로 나와선, 찬바람이 부니, 커피 냄새가 좋아진다며,

평소엔 마시지 않던 진한 커피를 마시러 가자고

먼저 얘기를 꺼낸 것도 그였다.

열렸다 닫히기를 반복하는 카페 문에서

잠시도 눈을 떼지 못하다가는,

바람은 좀 차도, 햇볕이 좋으니,

산책이나 하러 가자고 제안한 것도 그였다.

30분쯤 말없이 걸었을까.

그의 휴대폰으로 문자가 하나 도착했고,

문자를 확인한 후, 입가에 환한 미소를 띠며,

이제 그만 돌아가자고 얘기한 것도, 그였다.

이번에 그녀는, 그의 말을 따르지 않았다.

혼자서 조금 더 걷다 가겠다고 했다.

급한 일 생긴 거면 먼저 가라고, 그녀가 그에게 말했다.

그게 그녀가, 그에게 할 수 있었던, 유일한 반항이었다.

그에게 전화가 왔을 때, 그녀는 알았다.

그의 여자친구가, 또 속을 썩이는 모양이구나.

서점에 가서야, 그녀는 알았다.

그의 여자친구, 서점을 자주 찾는 모양이구나.

진한 커피를 마시다가, 그녀는 알았다.

여기가 바로, 둘이 자주 오는 카페구나.

산책을 하다가, 그녀는 알았다.

지금 이 남자 옆에, 나는 없구나.

그런데도 나는 지금.

이 남자 손을, 잡고 싶어 하는구나.

문자를 보고 그가 웃었을 때, 그녀는 알았다.

넌 또, 이렇게 가겠구나.

그가 간 후에 그녀는, 혼자서 걸으며 결심한다.

다시는, 전화 와도 만나지 말아야지.

두 번 다시, 그 투정, 받아주지 말아야지.

그 순간, 그에게서 문자가 왔다.

"역시, 내 얘기 들어주는 사람은 너밖에 없다. 고마워.
 쌀쌀하니까, 조금만 더 걷다가 들어가렴. 감기 조심."

그가 보낸 문자를 보고 또 보다가,

그녀는, 조금 전의 결심을, 잊었다.

아직은 때가 아닐 뿐, 기다리면 언젠간 그가 올 것이다.

스스로 위안하며, 그리고 다시 웃으며 답장을 보낸다.

언제든 힘들 때 전화하라고. 난 널 위한 24시간 대기조라고.

그가 눈치채지 못하도록, 진짜 마음을 실없는 농담 속에

살짝 숨긴 채.

역시 십수 년 전 방송됐던 한 여자의 짝사랑 얘기. 그때의 청취자들은 여자를 위로하고 힘내라고 응원하고 사랑이 이루어지길 바란다고, 나도 그런 적 있노라고, 이루어지지 않더라도 당신은 최선을 다한 거니 힘들어하지 않았으면 좋겠다고, 얼마나 따뜻한 반응을 보냈던가.

그런데 똑같은 여자의 짝사랑 얘기에 상반되는 반응이라니, 정말 생소했다.

심야 프로그램의 경우 상대가 있는 사람을 짝사랑하는 얘기도 종종 등장했는데, 아침 프로그램에는 그런 내용이 나오면 그야말로 게시판이 난리였다. 상대가 있는 사람을 왜 좋아하냐는 거였다. 도대체 이해할 수 없다는 거였다. 얼굴이 빨개질 만큼 심한 욕을 하는 청취자도 있었다. 처음엔 이런 상반된 반응이 당혹스러웠지만 나중엔 조금 재밌기도 하고 점점 궁금해지기도 했다.

실은 여전히 답은 잘 모르겠다. 내가 심야 프로그램에서 사랑 에세이를 쓰던 때가 30대였고, 그때 청취자들은 10대 후반에서 나와 비슷한 또래까지였다고 생각한다. 그 후로 아침 프로그램을 할 때 40대의 작가가 되었으니, 그들도 나만큼 나이를 먹었겠지. 나이를 먹으면서 생각이 달라지는 것도 분명 있으니 이것도 그런 맥락에서 이해하면 되는 걸까?

내가 이런 얘길 했을 때 이미 결혼한 친구들이 답 비슷한 걸 추측해 주기도 했다. 한 친구는 '홍상수와 김민희의 열애설 같은 거 아닐까?'라고 얘기했다. 결혼을 하고 보니 '예를 들어' 홍상수 감독을 내 남편에 대입하게 된다는 것이다.

그럴 수도 있겠다는 생각이 들며 다시 한 번 궁금해졌다. 라디오의 매력은 도대체 뭘까? 그게 뭐기에 라디오에서 들리는 타인의 얘기에 자꾸 나를 대입시켜 보게 되는 걸까? 그 대입의 주체가 내 삶의 변화에 따라 달라지는 건 또 왜일까? 한때는 나도 누군가를 짝사랑했던 사람인데, 왜 어느 순간부터 짝사랑을 이해하지 못하는 사람이 된 걸까? 여전히 그 답을 찾지 못하면 나는 아침 프로그램의 청취자들을 이해할 수 없는 작가로 남는 걸까? 만약 비혼의 내가 결혼을 하게 된다면 발끈하는 청취자들의 마음을 이해할 수 있게 될까? 짝사랑 얘기로 게시판이 초토화되었던 그날 아침의 충격이 너무 커서 별생각까지 다 들었던 것 같다.

어떤 프로그램을 하게 되든 그 프로그램의 타깃이 되는 청취층을 이해하려고 노력하고 공감하려고 애쓴다. 사람 사는 얘기들이기 때문에 노력하거나 애쓰지 않아도 공감하게 되지만 그래도 더 공감해 보려고 한다. 오히려 어떤 피디는 너무 많이 공감한다는 것이 내 장점이자 단점이라고 얘기한 적도 있다. 그런데 20년 라디오 작가 생활 중 유일하게 여전히 이해 불가능한 일이 바로 이거다.

한때 아픈 사랑 얘기에 울고 웃던 청취자들은 왜 너무 아픈 사랑은 사랑이 아니라고 말하는 건지 궁금하다. 이렇게 묻고 싶을 만큼.

"어떻게 사랑이 변하니?"

AM
FM

쓰기 어려운 날은 없나요?

다른 작가들과 얘기하다 보면 종종 비슷한 꿈을 꾼다는 얘기를 듣는다.

방송 시간은 다가오는데 원고를 한 글자도 못 쓰는 꿈, 원고를 다 쓰고 '인쇄'를 눌렀는데 프린터기에 잼이 걸려서 원고가 나오지 않는 꿈, 생방송 중에 디제이의 원고가 모두 섞여버려서 당황하는 디제이를 보며 식은땀을 흘리는 꿈, 게스트가 출연하는 요일을 헷갈려서 전혀 생뚱맞은 원고를 쓰는 꿈.

정신 분석이나 꿈의 해석처럼 거창한 걸 갖다 붙이지 않더라도 이런 꿈을 꾸는 게 원고를 쓰는 일에 대한 스트레스 때문이라는 건 안다. 매일 쓰지만, 쓰기 어려운 날은 물론 있으니까. 소재가 잘 찾아지지 않을 때도 있고, 몸의 컨디션에 따라 잘 안 써지는 날도 있고, 결론을 내리기 어려운 원고도 있다.

매일 다른 얘기를 어떻게 쓰는지도 궁금해하는 사람들이 있다. 정작 매일 다른 얘기를 쓰는 나는 단 한 번도 궁금해하지 않았던 질문을 듣게 되면 그제야 한 번쯤 생각해 본다. 나는 어떻게 매일 다른 얘기를 쓸 수 있었을까.

라디오 원고의 분량은 프로그램에 따라서 다른데 대략 10장에서 30장 정도다. 어떤 디제이는 오프닝과 프로그램의 주요 코너인 에세이 정도의 원고만 있으면 다른 시간을 채우기도 하지만, 대부분의 디제이들은 초대석이면 초대석, 요일별 코너면 코너, 원고가 필요하다. 원고 안에서 디제이가 하는 애드립의 분량도 디제이마다 다르다.

어쨌든 작가가 매일 써야 하는 대본은 적어도 10장 이상은 된다. 아마 그중에서 분량을 떠나 가장 큰 비중을 차지하는 건 오프닝일 것이다. 두 번째 질문, '매일 어떻게 다른 얘기를 쓸 수 있느냐'는 대답을 오프닝에서 찾는다. 매일 같은 시간에 디제이가 건네는 첫인사.

매일 만나는 사람들끼리의 인사는 사실 정해져 있긴 하다. 잘 잤는지, 밥은 먹었는지, 그새 무슨 일은 없었는지 등등. 오프닝을 쓸 때 가장 먼저 생각하는 건 '오늘은 디제이가 어떤 얘기를 건네면 좋을까'이다. 그날 이슈가 있으면 그 얘기를 디제이의 캐릭터에 맞게 쓴다. 사람들이 디제이의 따뜻함을 좋아하면 따뜻하게, 시크한 걸 좋아하면 좀 비꼬아서 시크하게, 디제이가 개그맨일 땐 피식이라도 웃을 수 있게.

오프닝의 소재 중에서 가장 쉽고도 어려운 건 날씨 얘기를 할 때다. 날씨 얘기를 뻔하고 흔하지 않게 쓰는 일은 어렵기 때문에 웬만하면 소재로 선택하지 않으려고 하지만, 정말 꼭 해야 할 날씨 얘기 같은 것도 있다. 태풍이 왔을 때, 비가 오랫동안 오지 않을 때, 폭설이 내렸을 때, 너무 더울 때, 미세먼지가 심할 때. '날씨가 이러니 조심하시라'는 얘기 대신 조금 더 특별하게 날씨 얘기를 전하기 위해 고민한다.

박명수와 프로그램을 할 때였다. 무척 더운 여름날이었다. 불쾌지수가 굉장히 높아서 누가 손끝만 대도 짜증이 날 것 같은 하루를 보냈을 게 분명한데, 또 불쾌지수 얘기를 하자니 불난 데 부채질하는 것 같고, 그날 사람들이 가장 많이 느꼈을 감정이기도 할 텐데 얘기를 안 하자니 어쩐지 서운했다. 그래서 그날은 '지수'라는 이름을 가진 연예인들에 대한 얘기로 오프닝을 시작했다.

2006년 7월 6일의 오프닝

'지수' 참 예쁜 이름입니다.
인터넷 포털사이트에,
'지수'라고 치면 나오는 이미지들 한 번 보세요.
다들 예쁘고 귀엽게 생겼습니다.

지금은 남의 연인이 되긴 했지만,
영화배우 김지수 씨 얼마나 예쁩니까?
또, 요즘 모 드라마에 출연 중인
탤런트 신지수 씨도, 한 미모 하죠.

이렇게 세상의 모든 '지수'들이 다 예쁘고 좋은데 말이죠.
딱 하나 불쾌지수!
요 녀석은, 하는 짓이 왜 이렇게 미운 겁니까, 예?

오늘의 불쾌지수가 무려 70퍼센트나 됐다니,
엄청 높았던 거죠.
미운 지수! 던져버리고 싶은 지수 때문에,
다들, 고생 많으셨습니다.
끕끕-하고 불쾌했던 마음을,
상쾌하게 바꿔 줄 노래로, 펀펀 라디오, 시작해 보겠습니다.

또 다른 디제이와 프로그램을 할 때였다. 다른 프로그램들
보다도 더 '음악 프로그램'이라는 정체성을 강조하던 방송이
었다. 미세먼지가 심했던 어떤 날 〈먼지가 되어〉라는 노래의
가사를 이용하기도 했다. 이 노래가 나왔던 당시에도 미세먼
지가 있었다면 '먼지가 되어 당신 곁으로 날아가리'라는 아름
다운 가사는 나오지 않았을 것이라는 내용이었다.

ON AIR   쓰기 어려운 날은 없나요?

날씨에 관한 얘기가 오프닝의 전부는 아니다. 다만 어떤 소재를 가지고 얘기하든 그 디제이만 할 수 있는 화법으로, 사람들이 그 디제이에게 원하는 방식으로 얘기를 전달하려고 한다는 뜻이다.

내가 좋아하는 프로그램의 익숙한 시그널이 울리고 그 위로 디제이가 건네는 첫인사. 좋아하는 사람을 만날 때 어떤 얘기를 할지 많이 생각하는 것과 같은 게 아닐까. 어떻게 얘기하면 좋아할까, 어떤 얘기를 재밌어할까, 어떤 얘기를 듣고 싶어할까. 그렇게 생각하는 것이 매일 글을 쓸 수 있는 비결이라면 비결일 수도 있겠다. 내가 하고 싶은 얘기만 하는 것이 아니라 상대방이 더 좋아할 것 같은 얘기 말이다.

그래도 정말 쓰기 어려운 날은 오늘 사람들이 가장 궁금해할 만한 얘기가 우리 디제이와 어울리지 않는 얘기이거나, 사회적으로 국가적으로 안 좋은 일이 일어난 날이다. 돌이켜보면 원고를 쓰기 가장 어려웠던 날은 말을 꺼내는 것조차 벌써 힘겨운, 그날의 얘기다. 2014년 4월 16일.

그날은 디제이의 스케줄 때문에 방송을 미리 녹음해 뒀었다. 그런데 아침, 세월호 침몰 소식이 보도되기 시작했다. 피디와 긴급하게 연락을 주고받으며 일단 사태를 지켜보기로 했다. '전원 구조'라는 우리 모두가 분노하는 오보가 났을 땐 '다시 녹음하지 않아도 되겠다'는 얘기를 나누기도 했다. 하지만 시간이 지나고 속보가 하나둘씩 날아들기 시작하면서 다른 스케줄을 소화하던 디제이를 불러 다시 녹음하지 않을 수 없었다.

하필 그날 녹음에 쓴 오프닝은 '봄바람이 너무 좋아 집에 들어가기 싫은 저녁'이라는 내용의 얘기였다. 절대로 그대로 나가서는 안 되는 얘기였기에 다시 오프닝을 쓰기 위해 컴퓨터 앞에 앉았지만 한 글자도 쓸 수가 없었다. 실은 너무 마음이 아파서 기사 한 줄도 볼 수가 없었는데도 방송을 위해서 봐야만 했다. 알아야 쓸 수 있으니까.

앉아서 몇 시간 동안 울기만 했다. 어떤 얘기를 하는 것조차 무의미하다는 생각이 들었다. 어떤 말도 위로가 되지 않을 거고, 어떤 말도 우리가 받은 충격을 그 이전으로 돌이킬 순 없을 테니까.

그날부터 한동안 대부분의 라디오는 모든 코너들을 없애고 음악만 트는 방송을 했다. 그래도 디제이가 할 얘기는 필요했고 우리는 원고를 써야 했다. 그 시간이 쉬웠던 작가는 단 한 사람도 없었을 것이다. 혹시 내가 지금 쓰는 얘기가 차라리 안 하는 게 나은 얘기는 아닐까. 고민에 고민을 하며 다시 쓰기를 반복했을 것이다. 그래도 쓰기 위해 가슴 아픈 기사들을 클릭하며 수도 없이 눈물을 참았을 것이다.

이후로도 매년 4월 16일이 되면, 나는 디제이가 누구였든 그날에 관한 얘기를 썼다. 그 단어를 쓰는 것조차 우리 모두 지금까지도 매우 힘겨워하므로 직접적인 언급은 하지 않더라도 '잊지 않아야 하는 것들'에 대해서 각기 다른 방식으로 얘기했었다. 아마도 내년 그날에도, 또 그다음 해에도 내가 오프닝을 쓰는 작가로 남아 있는 날까지 나는 그날의 얘기를 쓸 것이다. 잊지 않아야 하니까. 잊지 않기 위해서.

2016년 4월 16일의 오프닝

결혼을 앞둔 한 남자가,
오래된 카세트테이프 하나를 발견해요.
그리곤 약혼자에게 편지를 한 통 남겨 두고,
과거를 찾아 여행을 떠나죠.

백혈병에 걸린 소녀와,
그녀를 사랑하는 소년의 첫사랑 이야기,
〈세상의 중심에서 사랑을 외치다〉
이 영화엔, 이런 대사가 나옵니다.

"산다는 게 그랬다.
잊어야 할 것은 잊지 못하고,
잊지 말아야 할 것은, 오히려 잊었다."

하늘은 좀 흐린 토요일 아침-
오늘까지 마음 복잡하긴 싫으실 테니

ON AIR 쓰기 어려운 날은 없나요?

오늘은 이거 하나만, 생각해 보죠.

혹시 내가 잊지 않고 있는 거-
그거, 빨리 잊어버려야 더 좋은 건, 아닌가요?

반대로 우리가 잊고 사는 것들 중에,
절대 잊지 말아야 했던 건, 없었을까요?

2018년 4월 16일의 오프닝

치유와 회복을 뜻하는 말이죠, 힐링.
이 말이 유행하기 시작한 지,
벌써 몇 년이나 됐을까요?
힐링 뮤직, 힐링 영화, 힐링 요리.

모두가 '안녕'하길 바라는 마음에서
누군가 만들어내고 어디선가 시작된 이 말이,

지금도 여전히 여기저기서 들린다는 건,
우리는 늘, 치유가 필요한 삶을 산다는 것,
아직 치유되지 않은 마음들이 있다는 거겠죠.

어쩌면 영원히 치유되기 힘든,
우리 모두의 기억에도 불구하고,
거짓말처럼 바다는 조용합니다.

오늘 아침 정지영입니다.

2020년 4월 16일의 오프닝

공.사.일.육.
우리 모두가 고유명사처럼 마음에 깊이 새긴 숫잡니다.

21대 총선의 결과가 나오는 날이 오늘이라서!
더 잘 해야 된다고 생각했어요.

ON AIR   쓰기 어려운 날은 없나요?

6년 전 져버린 꿈들에게 부끄럽고 싶지 않았습니다.

끝나지 않았습니다.
이제 시작입니다.
진실은 침몰하지 않았고
이제 최선을 다해서 그 진실을 밝혀야 합니다.

여기는 순수 음악방송
아닌 밤중에 주진우입니다.

다시 한 번 말하지만 쓰기 어려운 날은 물론 있다. 하지만
쓴다. 다시 생각해 보니 '써야 하니까'라는 답은 아무것도 쓸
수 없었던 날들에도 써야만 했던 나 자신에 대한 위로의 말인
지도 모르겠다.

AM

FM

내 얘기, 듣고 있나요?

〈열 시 십 분의 풍경〉은 〈오늘 아침 정지영입니다〉라는 프로그램을 통해 방송한 에세이다. 때로는 청취자들이 보낸 사연을 토대로, 또 때로는 상상 속의 청취자들을 떠올리며 그들에게 보내는 디제이의 얘기 같은 거였다.

어느 날 도착한 사연은, 1년여 전 친정엄마를 하늘로 떠나보낸 한 청취자의 얘기였다. 엄마를 잃은 슬픔이 어느 정도 가셨다고 생각할 무렵, 냉장고를 정리하던 그녀는 구석에 묵혀둔 김치통 하나를 발견했다. 친정엄마가 마지막으로 담가준 김치였다. 통을 열어보니 군내가 날 정도로 오래된 김치. 오래전 김치를 먹기 위해 김치통을 연 적이 있지만 그녀는 차마 그 김치를 먹을 수가 없었다. 버리지도, 먹지도 못하는, 엄마의 마지막 김치.

그녀의 얘기를 〈열 시 십 분의 풍경〉에 쓰기로 결정하고는 디제이의 입을 통해 어떤 얘기를 들려줄지에 대한 당연한 고민이 시작됐다. 그리고 보르네오 섬의 한 시골 마을, 오랑우탄 모녀의 얘기를 그녀를 위해 꺼냈다.

남편과 두 아이가 휩쓸고 간 자리,
한참 정리를 하다 보니,
여자도 슬슬, 허기가 진다.

밥상을 다시 차리기엔 좀 귀찮고,
간단하게 김치부침개나 해 먹을까.
냉장고 문을 연다.

묵은김치가 어딨더라.
냉장고 제일 아래 칸, 낡은 김치통을 꺼내는 순간,
여자는 멈칫한다.

김치통을 열어본다.

훅- 코로 느껴지는 쉰 냄새.

얼마나 오래됐는지, 거품이 보글보글 끓는다.

여자는 김치 한 쪽을 쭉 찢어 입에 넣는다.

사각사각, 김치를 씹는데,

여자의 눈에선, 눈물이 뚝, 떨어진다.

여자는 눈물을 닦으며

김치통을 다시, 냉장고에 넣는다.

이걸 먹어버리고 나면,

더 이상 이 세상엔, 엄마의 흔적이 남지 않는다.

친정엄마가 해주신, 마지막 김치였다.

보르네오 섬의 한 시골 마을,

오랑우탄 모녀가 강물에 빠졌다.

죽을 위기에 처한 엄마 오랑우탄은,

딸의 몸에 물이 닿지 않도록,

두 팔을 쭉 뻗어, 딸을 물 위로 들어 올렸다.

그렇게 몇 시간이 지났을까.
구조대가 도착해 오랑우탄을 구했지만,
이미 폐에 물이 찬 엄마는, 잠시 후, 세상을 떠났다.

구조된 후에, 죽은 엄마를 붙들고 울던 딸의 사진은,
SNS를 통해 전 세계로 퍼져나갔다.

어떤 말로, 설명할 수 있을까.
시간이 지나도, 결코 바래는 법이 없는-
세상의 모든 것들 중, 가장 따뜻한 마음.
나를 만난 이후부터, 모든 순간이 진짜였던-
내 모든 것을 다 좋아해 주던, 단 한 사람.

어떤 표현으로도 부족해,
이렇게밖에 부를 수가 없다.
엄마.

ON AIR 내 얘기, 듣고 있나요?

엄마의 마지막 김치통을 붙들고 하염없이 울었다던 그녀에
게 그때도 지금도 나는 어설픈 위로를 건넬 자신이 없다. 그래
서 그녀가 그 김치통을 정리해 버렸는지, 시어빠진 김치를 다
먹어버렸을지, 아직도 냉장고에 그대로 남겨 두었을지는 알지
못한다.

그렇더라도 그날 아침 그녀 역시 수많은 다른 청취자들이
그랬던 것처럼 "엄마"라고, 다시 한 번 그 이름을 입 밖으로 꺼
내봤기를 바란다. 부르고 싶어도 사라져버려 부를 수 없던 이
름을 불러 보는 것만으로 그녀의 슬픔의 100만분의 일이라도
닦아낼 수 있었기를. 차라리 많이 울었기를. 그래서 시간이 조
금 더 지난 지금은 혹여 김치통을 꺼낼 때마다 심장이 저릿한
통증이 조금이나마 줄어들기를. 그 통증의 크기가 약해진다는
것이 엄마에 대한 사랑이나 기억이 흐릿해지거나 무뎌지는 게
아니라는 것을 부디 알기를.

엄마의 김치통을 붙들고 울던 청취자의 얘기를 하다가 생
각난 또 한 분의 청취자는 결혼을 앞둔 예비 신부였다. 어머니

를 일찍 여읜 청취자가 결혼준비를 하던 중 생긴 일을 사연으로 보내주셨다. 마침 예비 신랑도 일이 바빠 혼자서 그릇을 보러 갔던 그녀가 그릇가게 점원의 한마디에 무너지고 말았던 날의 이야기를 〈열 시 십 분의 풍경〉에 담았다.

씩씩하게 잘해 왔다.
웨딩드레스도 예쁜 걸로 골랐고,
가전제품도 똑똑하게 잘 샀고,
어려움이 있었지만 같이 살 집도,
준비가 다 끝났다.

이제 곧 남편이 될 남자와는
결혼을 준비하면서도,
단 한 번도 싸우지도 않았고,
속상한 일이 몇 개 있긴 했지만,
울지도 않았다. 그런데……

ON AIR 내 얘기, 듣고 있나요?

"(점원) 신혼 그릇 사는데 혼자 오셨어요?
 보통은 엄마랑 같이 오시는데……."

알고야 그랬겠냐마는
몰라서 그랬겠지마는
무심한 그 한마디에,
참는지도 모르고 참아왔던
눈물이 흐르고 말았다.

그랬을 거다.
엄마가 살아계셨다면 틀림없이
튼튼하고 예쁜 그릇을, 해주셨을 거다.
틀림없이.

어쩌면 아직도
눈물을 그치지 않았을 여자에게

그 어떤 위로의 말로도,

그 어떤 격려의 말로도
그 눈물을 그칠 수 없음을 알기에

그녀에게 나선미의 시
〈너를 모르는 너에게〉 한 구절을 들려주고 싶다.

네 훌쩍이는 소리가
네 어머니 귀에는 천둥소리라 하더라
그녀를 닮은 얼굴로 서럽게 울지 마라
네가, 어떤 딸인데 그러니

꼭 기억했으면 좋겠다.
내가 어떤 딸인지를,
그러니 서럽게 울지 마라.
그녀를 꼭 빼닮은 얼굴로.

어떤 위로도 위로가 되지 않을 때가 분명 있다. 괜찮다는 말

ON AIR   내 얘기, 듣고 있나요?

을 들어도 하나도 괜찮지가 않고, 힘내라는 말을 들으면 오히려 힘이 빠지고, 좋아질 거라는 얘기가 헛되게 들릴 때.

그녀의 〈열 시 십 분의 풍경〉을 읽은 날 우리 디제이도, 또 방송을 듣던 수많은 청취자들도 함께 울었다. 답 안 나오는 뻔한 위로보다 함께 울어주는 사람이 곁에 있을 때 더 큰 위로라 믿는다. 그날 얼굴도 알지 못하는 수많은 사람들이 함께 흘려준 눈물이 그녀에게 힘이 되었기를.

얼마 전 선배 작가와 통화를 할 일이 있었다. 함께 일한 적도 없고 같이 밥을 먹거나 차를 마시면서 따로 얘기를 나눈 적은 없어도 참 존경하는 선배였다. 웃기면 웃긴 원고, 감성적이면 감성적인 원고 다 잘 쓰고, 디제이나 함께 일하는 작가, 피디를 아우르는 능력도 뛰어나다고 항상 생각했었다.

가끔 정말 뜬금없이 지나치던 복도에서 마주쳐 툭 고민을 꺼내놔도 웃으면서 대답해 주던 언니였다. 그런데 언니가 라디오 작가를 그만두셨단 얘기를 듣고 물었다. "왜요?" 언니의 대답이 참 오랫동안 생각났다.

"이제 남의 글 그만 쓰고 내 글 쓰려고."

실제로 언니는 그동안 쓰던 원고와는 전혀 다른 색깔의 책을 출간했다. 이전에도 여러 권의 책을 냈지만 방송 원고들을 묶어서 낸 책이거나 방송의 뒷얘기들을 모아놓은 얘기였는데 이번엔 달랐다.

언니의 얘기를 듣고, 언니가 쓴 책을 보고 '글을 쓴다는 것'에 대해서 또 한 번 생각해 보게 됐다. 누군가 라디오 작가에 대해 물으면 '라디오 작가는 '글'이 아니라 '말'을 쓰는 직업'이라고 얘기하곤 했다. 아이러니하게도 디제이에 따라 매번 다른 '말'을 '글'로 쓰면서도 이 직업이 '글 쓰는 직업'이 아니란 생각을 해본 적이 없던 것 같다.

한 프로그램 내에서 디제이가 바뀔 때, 프로그램을 옮겨 다른 디제이와 일하게 될 때마다 제일 먼저 중요하게 하는 일은 디제이의 캐릭터를 파악하는 일이었다. 예능 같은 방송에서 활발하게 활동을 하는 디제이일 경우엔 이미 잡혀 있는 캐릭터가 있기에 그 캐릭터를 최대한 라디오화해서 살려주는 것이 제작진들의 몫이다.

혹 그런 캐릭터가 없다면 라디오 청취자들과 잘 통할 수 있는 캐릭터를 만들어주기도 한다. 캐릭터가 잡히면 방송의 모든 원고는 디제이화된다. 아무리 뛰어난 글이라도 디제이와 맞지 않거나 디제이가 제대로 소화하지 못하면 제대로 전달될 리 만무하기 때문에 어투부터 내용까지 디제이에게 맞춘 원고를 써야만 한다. 내 생각이 설사 다르더라도 디제이가 그렇게 생각한다면 그렇게 써야 한다. 그래서 경험상 디제이와 얘기하는 시간이 많을수록 좋은 원고가 나왔던 것 같다.

지난 디제이들을 떠올리기 위해, 몇몇 지난 프로그램들의 원고를 들춰봤다.

매일 다른 소재로 원고를 쓰려고 하지만 어쩔 수 없이 같은 소재로 써야 하는 경우가 있다. 매년 돌아오는 국경일이 그렇고, 실은 날씨도 그렇다. 실제로 원고를 쓸 때는 날씨 얘기를 주로 피하려고 노력하지만 날씨야말로 일상과 가장 맞닿아 있기에 피해갈 수 없을 때가 있다. 예를 들어 폭염이나 장마, 태풍처럼 우리의 일상에 영향을 주는 예보라면 방송 시간 중 어느 때고 언급을 안 할 수가 없다.

큰 피해가 없는 선에서 폭설이 내렸다고 치자. 사람에 따라 혹은 상황에 따라 폭설을 받아들이는 정도는 분명히 다를 것이다. 내 경우 눈이 내리면 아무도 밟지 않은 눈을 그냥 보는 걸 즐기지만 그건 내 생각일 뿐, 디제이들이 전하는 눈 소식은 당연히 달라진다.

차분하고 정갈한 캐릭터인 문지애 아나운서와 일할 때는 조심스럽게 눈이 많이 온다는 '팩트'를 전달하되, 심야방송에 맞게 감성적으로 풀 순 없는지를 고민했다.

2010년 3월 10일의 오프닝

육각형의 결정으로 이루어진 눈의 입자와 입자 사이엔
셀 수 없이 많은 틈들이 벌어져 있습니다.
그 틈 안에는 공기가 가득 들어차 있는데,
시끄러운 소리가 그 공기 안으로 들어가면,
소리 에너지는, 열에너지로 바뀌어서,
소리는 사라져 버린다고 합니다.

얼핏, 어렵게 들리는 이 얘기를, 쉽게 말하자면 이렇습니다.

눈에는, 소리를 빨아들이는 기능이 있어서,
지금처럼 눈이 많이 오는 날엔,
평소보다 소음이 적게 들린다는 겁니다.

쉴 새 없이 눈이 내리던 어젯밤을 떠올려보니,
평소보다는 훨씬, 조용했던 것 같습니다.

3월에 전국적으로 느닷없이 폭설이 내린 이유는
봄철의 습한 공기와 시베리아의 한기가
만났기 때문이라고 합니다.

그것도 그렇겠지만,
마음 둘 곳도 없을 만큼 시끌벅적한 지금
세상의 소리들을 다 덮어버리고 싶어서,
이만큼이나 눈이 내렸는지도 모릅니다.

푸른 밤, 문지애입니다.

오글거리는 걸 싫어하고 은근 질투가 많은 캐릭터였던 디제이 윤하에겐 눈의 낭만 뒤에 숨은 위험에 대해 얘기하되 '별밤'이 주는 낭만으로 결론에 반전을 주기도 했다.

2012년 1월 3일의 오프닝

그냥 보고 있으면, 예쁘기만 합니다.
소리도 없이, 조용조용하기만 하고,
나쁜 일이라곤 전혀 모르는 것처럼, 색깔도 순백색.

아! 거기도 지금, 눈 오나요?

무게라고는, 1그램도 느껴지지 않을 것처럼,
사뿐사뿐, 가볍게 내리는 것 같은데요,
저 눈이 쌓이면, 그 무게가 엄청나다고 하죠?

하긴 나무 위에 쌓여서,

나뭇가지를 부러뜨리는 풍경을 본 적도 있고,
눈 때문에, 차 지붕이 내려앉았다는 얘기나,
어느 집의 지붕이 폭싹 무너졌단 얘기도, 들은 적 있습니다.

겨울철 낭만의 대표주자인데도 불구하고,
일단 내렸다 하면,
빙판길 주의, 안전운전 같은 얘기부터 먼저 들어야 하니,
눈은, 억울할까요?
아니면, '니들 다 나한테 속는 거야' 하면서,
고소해할까요?

맞습니다. 눈뿐만 아니라, '낭만'은, 위험한 겁니다.
그 뒤에, 어떤 위험이 숨어 있는지,
볼 수 없게 만들어버리니까.

큰일이네요. 벌써 42년 동안, 제목부터 낭만적인.
여기는, 윤하의, 별이 빛나는 밤에.

정지영 아나운서와 함께 할 땐, 다정한 뉘앙스를 유지하되 정보를 필요로 하는 아침 시간임을 고려한 오프닝이 필요하다고 생각했다.

2018년 1월 11일의 오프닝

나는 그냥 가만히 있었을 뿐인데
누군가 갑자기 나를 해코지하거나
안 좋은 일이 한꺼번에 몰려올 때ㅡ
우리 그럴 때 하는 말 있잖아요
"나한테 왜 이러세요?"
〈눈, 비, 한파, 강풍, 한꺼번에 온다〉
이 뉴스의 헤드라인을 보는 순간,
딱 그 생각이 들었어요.
"우리한테, 왜 이러세요?"

하지만 지금은, 그걸 따지고 있을 때가 아니죠.

버스를 기다리는 1분이 1시간보다 길고,
여기가 북극일지도 모르겠다고 착각할 만큼의 체감온도.

수돗물 똑똑 떨어질 만큼은 열어두시고,
보일러 터지지 않게 뭐라도 덮어두시고,
무엇보다 내 손, 내 발, 내 귀
떨어져 나가지 않게, 잘 감싸주세요.

오늘 아침 정지영입니다.

다시 생각해 보니 '디제이가 바뀔 때마다 내 생각이 달라진
다'는 말은 틀렸다. 내 생각은 변함없지만 그 생각을 전하는 방
식이 달라졌을 뿐이다. 때로는 정직하게, 가끔은 장난스럽게,
어느 날은 고집스럽게 청취자들이 디제이에게 바라는 딱 그만
큼의 표현으로 얘기를 건넨다.

때에 따라 디제이도 바뀌고 그럴 때마다 내 생각을 쓰는 방

식은 달라지지만 라디오에서 변하지 않는 것 하나는 바로 청취자에 대한 믿음이다.

같은 시간에 라디오를 듣고 있는 청취자가 몇 명이나 되는지는 알 수 없다. 물론 문자를 보내거나 어플에 접속한 사람들의 수는 집계되지만 그 숫자가 전부는 아니니까. 모든 경우를 모두 만족시키는 표현은 없다는 것도 안다. 실은 그래서 모든 얘기가 조심스러울 수밖에 없다. 자칫 내 글이 디제이의 말로 나갈 때 누군가에게 상처가 되거나 화가 되면 안 되니까.

그렇기 때문에 어떤 얘기를 어떤 방식으로 전하든 이 정도는 청취자들이 받아들여 줄 거라는 믿음은 기본이 될 수밖에 없다. 조금 다르게 표현해도 함께 보낸 시간의 두께만큼 믿음도 쌓였을 거라고 믿으니까. 그 믿음이 없다면 나는 어떤 말도 쓰지 못할 것이다.

푸른 밤 그리고 알렉스입니다

〈푸른 밤〉은 나에게 지금까지도 조금 특별한 프로그램이다. 한 프로그램의 청취자들과 제작진이 따로 만나거나 연락을 주고받는 일은 극히 드물다.

그런데 〈푸른 밤〉의 청취자들과는 방송을 할 당시는 물론이고, 알렉스가 디제이를 그만두게 된 이후에도 꽤 여러 번 만났고 지금까지도 SNS로 종종 안부를 묻는다. 다들 바쁘게 살다 보니 가끔이지만 여전히 따로 만나 수다를 떨기도 한다. 심야 프로그램의 특성 때문이었던 걸까. 아니면 알렉스라는 디제이를 좋아했던 청취자들이 특히 더 따뜻했던 사람들이었기 때문일까.

〈푸른 밤〉은 청취자들과 디제이들 간의 밀당이 가장 재밌었던 프로그램이다. 디제이가 말하면 더 논리적으로 반박하며,

디제이를 놀리는 청취자들도 많았고, 디제이는 또 그런 청취자들을 구박하기도 하고 그랬다.

마음이 힘들 때 위로를 받는 방식은 사람마다 다르다고 생각한다. 누군가와 심하게 싸웠을 때 같이 상대를 욕해 주는 사람에게서 위로를 받는 이도 있고, '다 잊어버리고 맛있는 거나 먹자' 하며 아무렇지 않게 넘겨줄 때 거기서 위로를 받기도 한다. 그런데 〈푸른 밤〉의 청취자들은 디제이의 친근한 타박에 위로를 받곤 했던 것 같다. 물론 그 수위를 디제이가 잘 조절했기 때문이겠지만.

밤 12시 심야 프로그램은 밤에 잠 못 드는 외로운 사람들을 타깃으로 하는 경우가 많고, 대개 2,30대의 솔로 여성들이 많다고 생각했었다. 그러니 비슷한 또래의 청취자들은 알렉스를 잠 안 오는 밤, 같이 수다 떨 수 있는 이성 친구처럼 생각했던 것 같다. 고민을 털어놓으면 타박하는 말투 속에 위로를 숨겨 두는 친한 오빠, 연애하는 친구에겐 질투를 가장한 축하를 털어놓는 따뜻한 이성 친구, 연인과 이별한 사람에겐 '앞으로 두 번 다시 연애 못 하겠다'는 저주를 빙자해 격려와 위로를 던지는 친한 동생.

알렉스는 시크한 것 같은데 장난꾸러기 같은 디제이였다. 쿨한 것 같은데 질척거리기도 했다. 딱 잘라서 말하는 것 같은데 많이 배려하는 따뜻한 디제이였다.

청취자들과 티격태격, 방송에서 제작진들과도 티격태격. 장난꾸러기 같은 디제이다 보니 오프닝에서도 종종, 외로운 청취자들을 많이 놀렸다. '비용문제가 해결된다면, 세계 어디로 여행하고 싶은가'라는, 케임브리지 대학의 면접에서 던진 질문을 청취자들에게 묻는 오프닝을 쓴 적이 있다. 아마 다른 디제이였다면, 이 질문을 던지고 상상해 보는 것에서 끝날 수도 있었을 거다. 하지만 〈푸른 밤〉에선 달랐다. 알렉스니까. 질문에 조건을 하나 달았는데, 그건 바로 '내가 진짜 싫어하는 사람과 가야 한다'는 거였다. 어디든 갈 수 있다는 말로 청취자들의 상상력을 한껏 넓혀놓고 다시 가기 싫어지는 조건을 다는 '밀당'. 그래놓고는 '내 돈 들어가는 것도 아닌데 남 잘되는 건 여전히 배 아프다, 특히 커플 문제에 있어서는······' 이라는 말로 마무리를 했었는데, 이런 짓궂은 장난을 칠 수 있었던 것도, '알렉스'라는 디제이가 가진 캐릭터 덕분이었다.

사실 라디오 안에서의 알렉스는 외로움을 잘 타는 청취자들과 많이 닮은 사람이었다. 그 외로움을 어떻게 극복하면 되는지, 혹은 때로 극복하지 않아도 괜찮은지를 잘 알고 있는 디제이였다. 청취자들도 그걸 잘 알고 있었고, 그래서 외로운 사람끼리 서로의 처지를 토닥거려주는 따뜻한 프로그램일 수 있었던 것 같다. "커플이 뭔가요? 먹는 건가요?"라는 말은 커플에 관련된 사연이 도착하면 알렉스가 늘 하는 코멘트였다. 외로운 사람들끼리, 말이라도 서로 위로하면서, 그렇게 티격태격, 그리고 토닥토닥.

어쩌면 우리가 그런 시간을 즐길 수 있었던 것은 그 시간이 짧다는 것을 알았기 때문에 더 마음껏 즐기려고 그랬던 것 같기도 하다. 그렇게 커플을 놀려대던 알렉스도 커플이 되었고, 결혼을 했고, 함께 그 외로운 밤을 즐기던 수많은 청취자들도 이제는 어떤 식으로든 "커플"이 되어 있겠지. 가끔 우리가 함께 외로워하던 그 밤들을 떠올리며 따뜻하시기를. 그때 우리가 그대로도 행복했듯, 지금 그대로 행복하시기를.

옹달샘과 꿈꾸는 라디오

개그맨 박명수와 〈펀펀 라디오〉라는 프로그램을 하면서 '두 번 다시 이렇게 방송 중에 벌떡 일어나 물개박수 치는 방송은 만나기 어려울 것'이라는 얘기를 한 적이 있다. 그런데 운 좋게도 몇 년 후에, 나는 그런 프로그램을 다시 만났다. 〈꿈꾸는 라디오〉가 그랬다.

이전에 방송을 하던 디제이가 개인 사정으로 하차하게 되면서 제작진은 새로운 디제이를 찾아야 했다. 여러 사람들을 컨택했지만 쉽진 않았다. 〈꿈꾸는 라디오〉의 첫 번째 디제이는 에픽하이의 타블로였고, 그 뒤로 이 프로그램을 진행한 디제이들은 어느 정도 자리잡힌 프로그램과 잘 어울리는 캐릭터를 가진 디제이들이었다. 우리 역시 그 비슷한 후보들이 있었지만 몇 번의 시도 끝에 피디는 아예 방향을 180도 바꿔버렸다. 전혀 새로운 캐릭터의 디제이를 찾기 시작한 거였다. 그렇게 만난 디제이가 개그맨 장동민, 유세윤, 유상무. '옹달샘'이라 불리는 개그 3인방이었다. '옹달샘'과 〈꿈꾸는 라디오〉라니. 열이면 열 다 물음표를 던졌다.

솔직히 말해 나 역시 그들이 방송을 하기로 결정하고 가진 첫 미팅에서 굉장히 강렬한 인상을 받았었다. 나중에야 그들끼리 워낙 친하고 개그맨들 사이에서 알게 모르게 있다는 웃음 경쟁 때문에 서로 센 개그를 치는 사이, 우정이 깊어질수록 개그 수위는 더 세지는 그런 사이라는 걸 알게 됐지만, 그때는 그런 그들의 자극적인 개그를 감당할 자신이 없었다. 어떻게 방송을 만들어야 하는지 감이 1도 오지 않았다.

미팅이 끝난 후 나는 피디에게 얘기했다. 못하겠다고, 죄송하다고. 그때 피디가 나한테 했던 얘기는 나도 잘 몰랐던 작가로서의 내 정체성을 어느 정도 깨닫게 해준 얘기였다. 당시 〈꿈꾸는 라디오〉를 함께하기로 했던 피디는 아이디어에 있어선 타의 추종을 불허하던 사람이었다. 누구도 시도하지 않았던 코너들을 만들어 낸 적도 많았다. 너무 뛰어난 아이디어를 피디가 제안하다 보니 작가들 사이에선 그 피디가 "점심 뭐 먹을까?" 이렇게 묻기만 해도 왠지 아이디어를 내야 할 것 같다는 농담을 하기도 했다.

자신 없어하는 나에게 피디는 '디제이도 거칠고 피디도 거치니까, 프로그램을 안정적으로 눌러 줄 작가가 필요하다, 니가 그런 역할을 할 수 있다'고 했다. 전에 그 피디는 나에게 '평균 85점 정도의 작가'라는 얘기를 한 적이 있다. 애정이 있고 친하기 때문에 한 얘기지 나쁜 의도의 평가는 아니었다. 작가일을 하는 동안 아주 오래 이 얘기는 나한테 고민거리였는데, 아무튼 방송 원고의 컨디션 자체가 고저 없이 흔들림 없이 늘 안정적이라는 좋은 뜻이었을 거라고 마음대로 생각해 버리기로 했다. 85점이 뭐, 나쁜 점수는 아니니까.

옹달샘 친구들을 만나고 난 후 피디가 한 얘기도 이 얘기와 같은 맥락이다. 때로 지나치게 터무니없는 아이디어를 내더라도, 디제이들이 때로 수위 300정도 되는 얘기를 하더라도, 혹은 그들의 얘기가 밑바닥을 헤엄치더라도, 평균적으로 안정을 찾아주는 작가의 역할을 내가 할 수 있을 거라는 얘기였다.

사실 나는 핑곗거리가 필요했는지도 모른다. 나처럼 평범한 작가가 비범한 피디와 뛰어난 개그맨들이 만족할 만한 원고를 쓸 수 없을지도 모른다는 두려움이 가장 컸던 것 같다. '내 실력이 부족해요'라는 솔직한 말 대신 '그들이 너무 세요'라는 핑계로 도망가고 싶었던 거다. 그러면서도 한편으론 '이게 아니면 일을 쉬어야 한다'는 두려움이 더 컸을 거다.

힘들게 시작한 프로그램은 비교할 수 없이 재미있었다. 기존의 라디오와는 전혀 다른 새로운 코너들은 한계가 없는 옹달샘 디제이들이 우리의 의도보다 훨씬 더 재밌게 잘 소화해 줬고 세 사람의 캐릭터와 매력이 각자 다르다 보니 청취자들도 셋 중 좋아하는 디제이가 다 달랐다. 무엇보다 방송하는 두 시간 내내, 노래를 틀 때도 청취자들의 사연을 읽을 때도 웃음이 끊이지 않았다.

〈옹달샘과 꿈꾸는 라디오〉의 오프닝은 피디와 함께 고민해 만든 형식이었다. 워낙 출중하게 웃기는 개그맨들이다 보니 내가 어떤 얘길 써도 웃기지 않을 거라는 걱정이 있었다. 물론 개그맨들이라고 해서 꼭 웃기는 오프닝을 써야 한다는 법은 없지만, 그래도 사람들이 기대하는 게 있으니 시작부터 실망을 줄 순 없다는 생각이 들었다. 그래서 찾은 방법이 '명언 비틀기'였다. 사람들이 고개를 끄덕이고 공감하고 노트에 적어두고 때로는 외우기까지 하는 훌륭한 명언들을 옹달샘이라면 어떻게 받아들일까. 개성 강하고 자기 주장이 확실한 디제이들. 남의 얘기에 무조건 수긍하지는 않는 캐릭터들. 그래서 오프닝에서는 하나의 명언을 세 명의 디제이들 각각의 캐릭터에 맞춰 비틀어 그들이 '놀 수 있게' 하는 것이 목적이었다.

한 번은 "걱정해도 소용없는 걱정으로부터 자기를 해방시켜라"라는 데일 카네기의 명언으로 오프닝을 쓴 적이 있다. 아직 일어나지 않은 불확실한 미래에 대한 걱정, 그리고 이미 지나가 버린 일에 대한 걱정은 소용이 없다는 이 얘기를 만약 다른 디제이였다면 주어를 당연히 '청취자들'로 정했을 것이다.

그래서 '걱정하지 마세요'라는 얘기가 됐을 가능성이 크다. 하지만 옹달샘에게 '여러분 걱정하지 마세요' 식의 위로는 어울리지 않았다. 그래서 주어를 옹달샘으로 틀었다.

상무   우리 얘기에 종종 등장하는, 백만장자!

데일 카네기가 이런 말을 했어.

"걱정해도 소용없는 걱정"으로부터

자기를 해방시켜라!

그것이 바로, 마음의 평화를 얻는

가장 가까운 길이다.

세윤   설마 "걱정해도 소용없는 걱정"이 뭔지

모르는 건 아니겠지?

있잖아! 두 가지!

아직 일어나지도 않은,

불확실한 미래에 대해서 걱정하는 거!

그리고, 이미 지나가 버린 일에 대해서

걱정하는 거!

동민   일어나지도 않은 일을 미리 걱정하는 건,
      그것 때문에, 오늘 할 일도
      제대로 못하게 되는 거고!
      그리고, 지나간 일에 대해서 걱정하는 일은,
      엎질러진 물을 다시 담아보겠다고
      고민하는 거나 마찬가지야.
      이 두 가지 걱정을 버려라! 그것만이,
      너희를, 평화롭게 하리라~~~

상무   〈옹꾸라〉의 평화를 위해서, 우리는!
      '걱정해도 소용없는 걱정'으로부터의
      독립을 선언한다!
      그러기 위해서 첫째!
      '일어나지 않은 일은 일에 대한 걱정'으로부터
      해방될 것이다!
      우리가 청취자들 너무 안 챙겨서,

혹시 다 떠나면 어쩌나,

그런 고민 절대 안 한다! 우린 모르는 일이다!

세윤   그리고 둘째!

지금부터는 '지나간 일에 대한 걱정'도

하지 않는다!

그동안이라도 청취자들 좀 챙겨줄 걸 그랬나.

이렇게, 지나간 일에 대해서, 후회하지 않는다!

동민   그러니까! 이 말인즉슨!!

지금까지도 잘 안 챙겼지만, 앞으로도

잘 안 챙길 거다~

이런 뜻이야! 다들, 잘 알아들었겠지?

이제 우리는, 모든 걱정으로부터, 해방이다!

우리는 자유! 여기는 옹꾸라 프리덤!

'우리는 니들 걱정 안 한다, 우리가 걱정한다고 뭐 어떻게 달라지는 게 없다'는 조금은 뼈 있는 얘기. 어떻게 보면 차갑고 냉정하게 들릴 수도 있겠지만, 이들은 방송에서 항상 스스로를 '위태위태한 디제이'라고 얘기했다. 그리고 '이렇게 말했다고 잘리면 어떡하지?' 또 그런 걱정을 스스럼없이 내비치기도 하는 디제이들이었다. 실제로도 이 오프닝을 하고 난 후에 '이렇게 말해서 청취자들이 진짜로 싫어하면 어떡하지?' 방송에서 얘기하기도 했다. 이렇게 겉으로 대범한 척하면서 속으론 걱정하고 챙기는 디제이. 그게 옹달샘이었다.

청취자들의 성향은 디제이와 참 많이 닮아 있다. 그렇기 때문에 그 디제이가 방송하는 시간을 군이 찾아와 챙겨 듣는 거라고 생각한다. 옹달샘이 이렇게 얘기하면 우리 청취자들은 한술 더 떴다.

상무형 코 아플까 봐 걱정했는데 쓸데없는 걱정이었군요. 더 이상은 안 할게요. 앞으로도 상무형 땅코 많이 때려주세요. 말 나온 김에 한 대 때리고 시작하세요. 옹달샘 때문에 피디님 양복 입을까 봐 매일 조마조마한 마음으로 듣는데…… 이제 걱정 안 해도 되겠어요.
피디님 잘리든지 말든지.

서로서로 더 대범한 척, 더 센 척, 더 웃긴 척. 그게 〈옹달샘
과 꿈꾸는 라디오〉의 디제이, 그리고 청취자들의 사이였다.

신뢰가 쌓이지 않은 사이에는 농담이 통하지 않는다. 만약
가벼운 농담이라도 상대방이 기분 나빠한다면 해서는 안 될
농담이다.

하지만 옹달샘 디제이들이 어떤 얘길 해도 그 속에 따뜻한
진심이 있다는 걸 알아주던 청취자들이었기에, 옹달샘도 그
안에서 마음껏 자신들이 하고 싶은 얘기들을 할 수 있었던 것
같다.

청취자들은 〈옹달샘과 꿈꾸는 라디오〉에 '100퍼센트 천연
무리수 방송'이라는 별명을 붙여주기도 했는데, 실제로 그랬
다. 시작부터 '무리수'라는 얘기를 많이 들었으니까. 하지만
그 어떤 상황 안에 던져놔도 옹달샘은 그들의 방식대로 재밌

게 풀어나갔던 훌륭한 디제이였다. 청취자들의 사연은 제대로 읽지도 않았고, 가끔 읽어주면서도 '거짓말 아니냐'며 의심하던 디제이, 어떤 내용의 사연이든 결론은 '우리들 얘기'로 귀신같이 바꿔버리던 디제이, 매주 찾아오던 고정 게스트들을 '우리 얘기를 들어주러 온 사람'으로 대했던 디제이. 거기서 얻는 재미가 있고, 그 안에 따뜻한 마음이 숨겨져 있었기에 다른 디제이들과 다른 일탈에도 그들이 지금까지 많은 사랑을 받고 있는 게 아닐까.

앞서 얘기했듯 아이디어가 남다른 피디였기에, 그리고 그게 뭐든 웃겨주던 옹달샘이라는 디제이가 있었기에 〈옹달샘과 꿈꾸는 라디오〉는 나에게 가장 행복한 프로그램으로 남아 있다.

AM
FM

운이 나쁜 여자, 운이 좋은 작가

복권이나 경품 응모에 당첨된 적이 단 한 번도 없다.

연말 송년회같은 자리에서 제비뽑기를 하면 어떤 사람들은 호텔 숙박권, 심지어 TV나 세탁기 같은 가전제품을 타는 사람도 있던데, 나는 항상 꽝이다. 아마 내가 받아본 가장 좋은 경품은 사탕이나 초콜릿, 그런 참가상 정도였다. 적어도 내가 기억하는 한은 그랬다. 꼭 그것 때문만은 아니지만, 나는 '운이 없다'는 얘기를 자주 하곤 했다.

특히 운이 좋은 사람이 있다. 여럿이 식당에 가서 서로 다른 음식을 선택했는데 유독 그 사람이 선택한 음식만 제일 맛있을 때, 길 가다 우연히 이벤트에 응모했는데 떡하니 당첨될 때, 버스나 지하철에 서 있을 때 항상 앞자리가 제일 먼저 비는 사람. 특별히 애쓰지 않는 것 같아 보이는데 술술 일이 잘 풀리는 사람이 있다. 거기에 어떤 노력이 숨어 있을지도 모르겠지만 아무튼 겉으로 보기에 그런 사람이 있지 않은가.

그런데 심지어 나는 식당 운도 없어서 아무 데나 들어가도 맛있다는 맛집 골목엘 가도 나한테는 통하지 않았다. 블로그나 인스타를 뒤지고 뒤져서 맛집엘 찾아가면 하필 휴일이었고, 예전에 맛있었던 기억을 더듬어 찾아간 집은 이전을 했거나 문을 닫기도 했다. 한 번은 후배와 일본 여행을 간 적이 있었다. 나는 '아무 데나 가도 맛있어'라고 말하며 자신 있게 후배를 데리고 걷기 시작했다. 현지 사람들이 가장 줄을 많이 서 있는 식당에 들어갔다. 현지인들이 많이 찾는다는 건 다 그런 이유가 있을 거란 생각이었다. 심지어 가격도 저렴했다. 그런데 꽝! 덮밥류만 파는 허름한 그곳의 음식은 짜고 밥알은 입안에서 날아다녔다. 일본어를 잘하지 못하기에 확인할 순 없었지만 아마 그 식당은 현지의 직장인들이 그저 싸게 한 끼를 해결하기 좋은 식당이었던 것 같다. 다른 식당과는 차별화된 '싼 값'. 그게 그 식당 줄의 비결이었던 거다.

이렇게 운이 좋았다고 느꼈던 기억은 정말 털고 털어봐야

먼지 한 톨만큼 나올 정도라고 생각해 왔다.

그런데 지금 다시 말한다. 나는 운이 좋은 편이었다. 라디오 작가를 처음 시작했을 때는 몰랐는데 시간이 지나면서 조금씩 그렇다는 걸 알게 됐다.

처음 라디오 작가가 되면 막내 작가로 일을 시작한다. 막내 작가가 하는 일 중에 '글 쓰는 일'은 거의 없다고 봐도 무방하다. 그날 온 사연들을 갈무리해 서브 작가나 메인 작가에게 전해 주는 일, 사연을 디제이가 읽기 좋도록 리라이팅하는 일, 출연자들의 사진을 찍고 게시판을 관리하는 일, 선배들이 쓴 원고를 방송 전에 세팅하는 일, 그날 방송의 선물 받을 사람들의 주소를 받고 목록을 정리하는 일. 그 외의 많은 일들이 막내 작가의 몫이다.

하지만 그중에 정말 글 쓰는 일은 없다. 기껏해야 축하 사연을 쓰는 정도. 하지만 그것도 도착한 사연들을 리라이팅하는 것이기 때문에 글을 쓴다는 생각을 할 정도는 아니다. 그래서 막내 작가들은 축하 사연 앞에 쓰는 '리드 멘트'라는 것에 공을 들이기도 한다. "오늘이 누구보다 행복하셨을 분들, 축하합니다" 이런 식의 멘트를 매일 바꿔 쓰는 것, 그게 자기에게 주어진 '글쓰기'라고 생각하는 막내라면 그 두 줄에 엄청난 공을 들이기도 한다.

그런데 나는 수많은 막내들이 거쳐 가는 그 시간을 거치지 않았다. 당시 〈별이 빛나는 밤에〉의 피디들이 다른 팀과 다른 구조로 작가진을 꾸렸기 때문이다. 콩트를 쓰는 작가와 오프닝을 쓰는 작가, 그러니까 메인급의 작가가 두 명이 있었고, 그 둘을 서포트할 작가가 필요했는데 운 좋게도 그 자리에 내가 들어가게 됐고 운 좋게도 막내가 하는 일 대신 나는 원고를 쓸 수 있는 서브 역할을 할 수 있었던 거다.

〈별이 빛나는 밤에〉에서의 6개월 작가 생활을 하고 봄 개편을 맞아 프로그램을 옮기게 됐다. 거기서도 원래는 음악을 선곡하는 작가와 오프닝 등의 주요 코너를 담당할 메인 작가가 있고 나는 그 밑에서 코너 몇 개와 막내가 하는 일을 하기로 되어 있었다.

그런데 개편 준비를 다 마치고 첫 방송을 기다리던 바로 전날 밤, 담당 피디에게 전화가 왔다. 함께하기로 했던 언니들과 일을 못하게 됐으니 내일부터 나보고 오프닝을 비롯한 모든 코너를 다 써야 한다는 거였다. 이유야 어찌 됐든 나는 작가 생활을 시작한 지 6개월 만에 '메인 작가'가 됐다. 소소한 코너들과 막내 역할을 해줄 아르바이트생이 들어오게 되면서 2시간짜리 방송의 원고를 90퍼센트 이상 나 혼자 쓰게 된 거다.

요즘도 라디오에서는 막내 작가가 서브 작가가 되기까지, 또 서브 작가가 메인 작가이 되기까지 엄청난 시간이 걸린다. 최소 3년에서 많게는 5년 이상 막내를 하고, 또 서브가 된 뒤에 메인이 되기까지도 그만큼의 시간이 걸린다. 물론 나도 그 뒤에 다시 서브 작가의 역할을 몇 년간 했지만, 그래도 누구나 쉽게 할 수 없는 경험이었다.

내가 잘해서만은 아니었을 것이다. 나는 운이 없는 편이라고 말했지만 내가 좋아하는 일에 있어서는 복권 1등에 당첨된 것보다 더 큰 행운을 늘 달고 살았던 거였다. 글을 쓰는 라디오 작가가 되고 싶었는데, 긴 기다림 없이 바로 원고를 쓸 수 있게 된 거야말로 행운이었다. 그 뒤로도 몇 번 더, 나는 다른 작가들에게 흔히 오지 않는 운의 힘을 빌려 오랫동안 작가 생활을 할 수 있었다.

다른 일에 유독 운이 없다고 해도 생각해 보면 그런 일들이 나한테 중요한 건 아니다. 따지고 보면 진짜 맛있는 식당에 갈 확률보다 그저 그렇거나 맛없는 식당엘 갈 확률이 더 높을 것이고, 경품이나 복권에 당첨되는 사람들보다 당첨되지 않는 사람들의 숫자가 훨씬 많을 것이다. 그 모든 걸 다 떠나서, 다른 일에 운이 따르는 것이 뭐가 중요하겠는가. 내가 좋아하는 것, 내가 하고 싶어하는 일에 운이 따라준다면 그보다 행복한 일이 없지 않을까.

인생에서 누릴 수 있는 행복의 총량이 정말로 정해져 있는 거라면, 그깟 경품이나 복권 따위, 내가 가는 길마다 신호등이 딱딱 맞춰 바뀌어주는 행운 따위, 들어가는 곳마다 맛집인 기분 좋은 경험 따위에는 내 운을 쓰고 싶은 생각이 없다. 만약 앞으로 나에게 더 남은 행운들이 있다면 그 행운들이 모두 여전히 지금까지처럼만 쓰이기를 바랄 뿐이다.

하지만 그럼에도 불구하고 운은 아무 이유 없이 찾아오지는 않는다는 것을 잘 안다. 뻔하고 흔한 얘기지만 준비되지 않으면 운이 찾아오더라도 잡을 수 없을 게 분명하다. 무엇보다 정말 운이 나쁘다면 그게 운인지조차 알아보지 못한 채 그냥 보내버릴 수도 있다. 운도 실력이라는 말은 그래서 생긴 말이라고 생각한다. 다가오는 행운을 알아채는 능력, 그 행운을 받아들일 수 있게 내 그릇을 키워두는 능력. 무엇보다 운이 찾아올 수 있도록 내 길을 잘 걸어가는 능력. 내 길의 어디어디쯤에 운이 찾아와 주길 은근슬쩍 바라면서, 가야 할 길의 방향과 목표를 설정해 두는 능력.

이제 와 '나는 운이 좋은 편이었다'고 고백하면서 나도 앞으로 얼마나 남았을지 모를 작가 생활의 계획을 세우는 중이다. 이 계획안에 부디 그동안 따라줬던 운이 찾아와 주기를 바라면서 말이다.

AM

FM

나는 내가 쓴 글처럼 살고 있을까?

'내가 쓴 방송 원고대로만 살면 나는 성인이다'는 얘기를 한 적이 있다. 실제로 그 문제를 놓고 심각하게 고민한 적도 있다. 나는 왜 내가 쓴 글처럼 살지 않는가, 혹은 살지 못하는가에 대해서 말이다.

  그래서 가끔은 지난날 내가 쓴 얘기들을 반성하게 되는데, 이 얘기도 그중의 하나다. 어떤 책을 읽다가 '브라질 땅콩 효과'에 대한 얘기를 보고 오프닝으로 쓴 적이 있다.

  '브라질 땅콩 효과'라고,
  혹시 들어보셨습니까?

  여러 종류의 땅콩이 든 캔을 뜯어 보면,
  땅콩 중에 제일 큰, 브라질 땅콩이 맨 위에 올라와 있다.

해서 붙여진 이름이 '브라질 땅콩 효과'라고 하는데요.

이거 뭐…… 쉽게 말하자면 이런 겁니다.

큰 땅콩이랑 작은 땅콩이랑 섞어놓고 막~~ 흔들잖아요?!

그러면, 제일 작은 게 맨 밑으로 가고,

제일 큰 게, 맨 위로 올라온다는 거죠.

얼핏 생각하면 반대일 거 같은데…… 신기하지 않습니까?

근데 이 '브라질 땅콩 효과' 말이죠.

왜 그런지 정확한 이유는 밝혀지지 않았고!

밀도 때문이란 얘기도 있고,

크기 때문에 이런 현상이 생긴단 얘기도 있던데요.

이유야 아무려면 어떻습니까?

우리야 그저…… 요기서 또 힌트 하나 주워 가지고!

큰 고민, 작은 고민, 살살살~ 흔들어서

제일 위로 떠오르는 큰 고민부터 해결하는

삶의 지혜 하나 얻으면 되는 거 아니겠습니까?

ON AIR   나는 내가 쓴 글처럼 살고 있을까?

그러니까 이날 오프닝에서 하고 싶었던 얘기는 'To do list'를 작성해 중요한 일, 반드시 해야 할 일부터 차근차근 해결해 나가듯 고민도 마찬가지라는 거였다. 그런데 고민이란 게 어디 그렇게 땅콩 흔들 듯 살살 흔들어서 크기나 경중을 따질 수 있는 거였던가.

속 썩이는 남자친구를 계속 만날 것인가 말 것인가 하는 고민을 하는 와중에도 바뀐 스케줄 때문에 급하게 쓰게 된 원고를 어떤 내용으로 쓸 것인지에 대한 고민이 끼어들 수도 있는 법. 이 두 가지 고민 중에 나에게 과연 어떤 고민이 더 클까?

물론 급하고 안 급하고의 순서를 정할 수는 있을 것이다. 하지만 경중은? 크기는? 고민이라는 게 땅콩처럼 살살 흔든다고 해서 차곡차곡 정렬될 문제냐 하는 거다. 그럼에도 불구하고 사실 이 오프닝은 대다수의 청취자들에게 '위로가 되었다'는 피드백이 있었다.

그러니까 너무 힘든 사람들은 어쩌면 '뻔한 위로'라도 듣고 싶은 건지도 모른다. 아무것도 정리되지 않는 복잡한 머릿속을 누군가 '말도 안 되는 얘기'로라도 정리해 주길 바라는 것일 수도 있고, 어떤 사람은 자신의 고민을 차곡차곡 정리해 봤을지도 모른다.

서류 언제 고쳐줄 거냐는 부장의 잔소리가 듣기 싫었던 어떤 직장인은 아침부터 머릿속을 어지럽히던 전세금 올려 달라는 주인의 전화에 대한 고민부터 해결하기 위해 어딘가로 전화를 걸었을 것이고, 답 안 나오는 연애 때문에 골치 아파하던 어떤 여인은 더 추워지기 전에 창문에 뽁뽁이를 붙여야 한다는 사실을 깨달았을지도 모른다.

브라질 땅콩 효과. 작은 땅콩은 아래로, 큰 땅콩은 위로 간다는 이 법칙은 라디오를 듣고 있던 사람들 각자에게 가서, 각자의 방식대로 크고 작은 고민들을 정렬하는 데 도움이 됐다면 그걸로 충분하다.

물론 이런 오프닝을 썼던 나는 지금도 여전히 고민의 경중을 따지는 일이 어렵고 일의 앞뒤 순서를 정하지 못하고 갈팡질팡

할 때가 많다. 그날 그날의 To do list를 작성하긴 하지만 그건 건망증 때문이고, 이 책의 프롤로그와 에필로그 격인 '오프닝과 클로징 쓰기'는 벌써 몇 달째 내 To do list의 5, 6번째 항목으로 올라오고 있을 뿐, 아직도 마무리하지 못했음을 고백한다.

어느 날 라디오에서 흘러나오던 디제이의 오프닝을 듣고 그게 무엇이든 작은 결심이라도 하고 실천하며 살고 있는 청취자가 계시다면, 죄송하고도 고마울 뿐이다. 그 글을 쓴 나조차 지키지 못하는 얘기들이니까. 때론 쓰고 잊어버리는 얘기들도 있으니까. 그래도 죄책감은 조금 덜어내려고 한다. 모든 작가들이 자신이 쓴 글처럼 살지는 않을 것이라는 합리화, 그리고 어느 날의 오프닝 덕에 누군가의 발걸음이 조금이라도 나은 방향으로 향했다면 그걸로 그날 오프닝의 역할은 충분한 게 아니었을까?

읽을 때마다 새로운 깨우침을 준다는 책 『어린 왕자』를 나는 솔직히 단 한 번도 정독하지 않았다. 쪽지처럼 돌아다니는 글귀들을 읽었을 뿐이다. 그런 글귀들을 원고에 몇 번 인용한 적도 있고, 지금도 하려고 한다.

　어른들은 숫자를 좋아해서 새로 사귄 친구에 대해서도 어떤 목소리를 가졌니? 어떤 놀이를 좋아하니? 이런 중요한 질문은 하지 않고, 몇 살이니? 형제는 몇 명이니? 아버지는 돈을 얼마나 갖고 있니? 따위의 질문만 한다.

　물론 많은 깨달음을 주는 생텍쥐페리의 생각에 동의하지만, 인생에서 숫자는 중요하다는 걸 우리는 매 순간 느끼면서 산다. 내 한 달 수입은 얼마인지, 통장 잔고가 얼마나 남았는지, 이번 달 실적은 얼마나 되는지, 몇 년 만에 승진했는지, 몇 평짜리 아파트에 사는지, 그 아파트는 얼마인지, 시세가 얼마나 올랐는지. 모두 숫자다. 언제부턴가 우리에게 숫자는 '결과'나 다름없게 되었다.

우리가 아직 어리던 시절에도 그랬다. 중간고사에서 평균 몇 점을 받았는지, 내신은 몇 등급인지, 50명 중에 나는 몇 등인지가 내가 갈 수 있는 대학을 결정했고, 토익은 몇 점인지, 학점은 몇 점인지, 상위 몇 퍼센트의 대학을 나왔는지가 내가 갈 수 있는 회사의 레벨을 결정하기도 했다. 숫자가 우리의 인생을 결정할 순 없어도 적어도 좌지우지할 수 있다는 것을 부정하고 싶진 않다.

라디오는 적어도 TV처럼 매일 시청률이 몇 퍼센트나 나왔는지 결과에 흔들리지 않아도 된다. 다만 라디오에도 숫자가 중요한 역할을 할 때가 있다. 바로 청취율 조사가 그렇다. 청취율 조사 결과에 따라 피디가 바뀌기도 하고, 작가가 교체되기도 하며, 어떤 경우엔 디제이가 계속하느냐 마느냐를 결정하기도 한다. 매 개편 때마다 교체 후보에 올랐던 어떤 디제이는 '이번엔 정말 교체해야 해' 하는 의견들이 지배적일 때면 청취율이 조금 오르고, 또 떨어졌다가 다시 교체설이 나오면 청취율이 조금 오르기를 반복했다. 그럴 때마다 교체설은 나왔다가 쏙 들어가곤 했다. 사실 그 디제이를 대신할 대안이 없는 독보적인 존재였음에도 불구하고 숫자는 디제이의 운명을 쥐락펴락했다.

청취율 조사 기간에는 정말 다양한 이벤트를 한다. 있는 선물 없는 선물을 다 모아 청취자들에게 선물을 주기 위한 퀴즈도 하고, 그즈음 가장 핫한 연예인들을 섭외하기 위해 프로그램마다 경쟁을 하기도 한다. 생방송 중에 실시간으로 커피 쿠폰 같은 선물을 몇 천 명씩 주기도 하고, 대형 가전제품 같은 선물들을 몽땅 풀기도 한다.

〈두 시의 데이트〉를 할 때였다. 청취율 조사 기간에 다른 프로그램엔 잘 나가지 않는 아이돌 그룹을 섭외해 특집을 만들었다. 산악인 엄홍길, 배우 김우빈처럼 당대의 가장 핫한 스타들을 초대하기도 했다. 기사가 많이 나는 것도 청취율에 도움이 된다는 이유였다. 하루에 100명의 청취자에게 선물을 쏜

적도 있다. 그런데 우리가 시도했던 모든 방법의 결과가 다 좋진 않았다. 그래서 제작진들이 허탈해했던 기억도 있다. 할 수 있는 건 다 해본 것 같은데, 도대체 뭘 하면 청취율이 잘 나오는 건지를 도무지 알 수 없었기 때문이다.

청취율이 3퍼센트 정도 나오던 밤 프로그램을 할 때였다. 믿을 수 없겠지만 3퍼센트라면 라디오 청취율로는 상위권에 속한다. 동시간대 타 방송사 프로그램들을 예로 들며 이런 오프닝을 쓴 적이 있다. 'S라디오를 100명 중에 2명이 듣고, K라디오는 0.8명이 듣고, 우리 프로그램은 100명 중에 3명이 듣는다는 건데 그럼 나머지 94.2명은 이 시간에 뭘 할까요?' 그리고 뒤에 한마디 덧붙였다. '그나저나 0.8명은 뭡니까? 사람을 그렇게 계산하는 게 가능해요?' 내 나름 청취율 결과에 대한 반발로 쓴 오프닝이었다. 라디오를, 라디오를 듣는 사람들을 숫자로 재는 것에 대한 불만이었달까. 겉으론 우리 프로그램이 동시간대 1위라는 자랑이 담겨 있기도 했지만 속뜻은 그랬다.

나는 지금도 잘 모르겠다. 라디오가 조금씩 사람들 기억에서 사라지기 시작하면서는 더더욱 청취율의 숫자는 점점 낮아져 간다. 라디오 전체 채널을 통틀어 1위를 하는 프로그램의 청취율이 20퍼센트를 넘지 못한다. 2위부터는 그 숫자가 1위와는 비교도 안 될 만큼 낮다. 1, 0.8, 0.3, 이런 숫자들이 나오는 프로그램도 있고 심지어 청취율이 잡히지 않는 프로그램들도 있다.

이런 결과를 마주할 때마다 사람들은 청취율을 조사하는 방식에 문제가 있다고 얘기한다. 또 어떤 사람들은 청취율 결과는 아무런 의미가 없다고 얘기하기도 한다. 그래도 청취율 조사 기간이 다가오면 제작진들은 또 고민한다. 이번엔 어떤 초대손님을 부르면 좋을까, 어떤 이벤트로 청취자들을 모을 수 있을까, 뭘 하면 사람들이 더 많이 들을까.

어쩌면 '청취율 결과는 아무 의미가 없다'는 말은 우리가 들인 노력의 결과가 허탈하게 나온 것에 대한 자기 위로인지도 모른다. 무의식적인 합리화 같은 것. 그렇게 말을 하면서도 또 청취율의 숫자를 0.1이라도 높이기 위해서 고민하는 걸 보면 말이다. 청취율로밖에는 프로그램의 결과를 말할 수 없다는 것은 아무리 생각해도 속상한 일이다. 라디오와 라디오를 좋아하는 사람들 사이의 관계는 수치로는 절대 표현할 수 없는 건데 말이다.

숫자는 중요한 게 아니지만 중요하다. 여전히 세상의 많은 일들은 숫자로 결과에 대한 책임을 묻기 때문이다. 그래서 청취율에 대해서는 계속 고민할 것이다. 사람과 사람 사이의 관계를 수치로 나타내는 것은 말이 안 된다는 걸 알지만 청취율이 잘 나와야만 내가 하고 있는 프로그램, 디제이, 이 프로그램을 좋아하고 매일 들어주는 사람들을 오래 만날 수 있으니까.

그 사람이라서 좋아요

그동안 함께 했던 디제이들이 몇 명인지를 꼽아봤다. 나의 첫 번째 〈별이 빛나는 밤에〉 디제이 박광현부터, 김채연, 이동건, 이재은, 문희준, 송백경, 옥주현, 은지원, 김상혁, 조정린, 타블로, 박명수, 알렉스, 김범수, 옹달샘, 붐, 윤하, 문지애 아나운서, 소녀시대 써니, 주영훈, 박경림, 홍은희, 정지영, 그리고 지금의 주진우 기자까지. 때로는 한 개의 프로그램에서 여럿의 디제이들을 만나기도 했고, 한 디제이를 각각 다른 프로그램에서 만난 적도 있다.

　어떤 사람들은 '어떤 디제이가 제일 좋았냐' 혹은 '어떤 디제이가 제일 재밌었냐' 이런 질문을 하기도 하는데 참 대답하기 어려운 질문이다. 다시 말하지만 대답하기 '곤란'한 게 아니라 어렵다.

사람과 사람이 함께 일을 할 때 마냥 서로를 다 이해하고 좋을 수만은 없다. 심지어 사랑하는 사이에도 모든 점들이 다 좋으리란 법은 없으니까. 나 역시 그들과 일하던 어느 날은 투덜거리기도 했을 테고, 불평을 말한 적도 분명히 있다. '왜 이걸 이렇게밖에 소화하지 못할까, 왜 이걸 이해하지 못했을까, 왜 거기서 틀렸을까,' 주로 그런 불평들이었을 거다. 모든 사회생활에 존재하는 그런 불만이나 투덜거림 뒤에는 '그래서 다음에는 어떻게 해야 디제이가 잘 소화할까'의 단계가 함께 따라온다. 불만을 거슬러 올라가면 결국 디제이의 입맛에 맞는 원고나 코너를 만들어주지 못했기에 벌어진 결과라는 생각 때문이었다.

이건 프로그램을 함께했던 한 피디에게서 배운 것이기도 하다. 방송이 끝난 후 모여 앉아 투덜거리는 작가들에게 그 피디는 이렇게 묻곤 했었다.

"그래서 내일은 어떻게 할 건데?"

투덜거리던 입을 닫게 하고 생각을 자라게 하던 질문이었다고 생각한다. 이 질문은 라디오 안팎의 인간관계에서도 늘 생각하게 한다. 일이든 인간관계든 어떻게 할 건지에 대한 답을 찾을 때 그만큼 나도 발전하는 것 같다.

라디오라는 일터와 연애하듯 만났다고 말한 적 있다. 각자의 연애사에서, 나를 스쳐갔던 인연들 중에는 때로 나쁘게만 기억되는 인연도 분명 있을 것이다. 아니면 사람에 따라 지나간 인연들의 나쁜 점만을 기억하고 말하는 사람이 있고, 그렇지 않은 사람이 있을 것이다. 적어도 디제이들에 대해서 나는 '그 사람이기에, 그 디제이였기에' 좋았던 점을 더 많이 간직하고 기억한다. 그들의 좋은 점을 살리는 원고를 쓰고, 그런 코너들을 만들어 방송했기 때문에 그런 건지도 모른다. 아니면 내 기억이 왜곡되어 있는지도 모르겠다.

하지만 그렇지 않은가? 어떤 사람과는 함께 밥을 먹을 때의 따뜻한 기운만 기억날 뿐, 그때 나눴던 얘기의 내용은 기억나지 않는다. 어떤 사람의 손끝의 체온은 기억하면서 그 사람이 했던 행동들은 기억나지 않는다.

ON AIR 그 사람이라서 좋아요

소설가 최상희는 『칸트의 집』에서 인간의 기억에 대해 이렇게 말한다.

기억은 실제보다 아름답고 나쁜 기억은 잊히는 법이지만 그걸 감안하더라도 그래, 따뜻했다. 그것만은 분명했다고 나는 기억한다.

기억이 실제보다 아름답다면 다행스러운 일이다. 나를 아프게 했던 기억이 억울하거나 아프게 남지 않고 따뜻하게 남아준다는 건 고마운 일이다. 지난 디제이들의 얘기를 하면서 이렇게 얘기하자니 무슨 슬픈 사연이라도 있는 것같이 느껴지지만 그런 건 절대 아니다. 다만, 실제는 어땠는지 모르나 나에게 남아 있는 디제이들의 따뜻한 기억들을 끄집어내 보는 것뿐이다.

여의도 방송국 거의 옆집에 살았던 은지원은 가끔 잠이 덜 깬 표정과 목소리로 마이크 앞에 앉았지만 엉뚱하고 4차원적인 매력이 좋았다. 외계인의 존재에 대해서 심각하게 믿던 모습이 가끔 생각날 정도로 말이다.

1세대 아이돌답게 문희준은 라디오 스태프들에게도 약간의 신비주의를 고수했지만 방송 센스는 천재적이었다.

겁도 많고 의심도 많고 호기심도 많고 불평불만도 많았던 타블로는 내가 생각했던 것의 열두 배만큼 원고를 살려주는 좋은 디제이였다.

매일 피곤하다고 투덜대던 박명수는 두 말 할 것 없이 내 인생 가장 많은 아드레날린을 분비하게 한 디제이였다.

결혼할 때 연락 안 한 건 괘씸하지만 뜬금없이 연락해도 서로 기분 좋은 농담을 던질 수 있는 알렉스는 여전히 따뜻하고, 최고 걸그룹 멤버인 주제에 '할 일 없으시면 술이나 마시자'고 먼저 번개를 날려 함께 방송했던 스태프들과 게스트들까지 한번에 모으는 소녀시대 써니는 섬세하고 눈치 빠르고 통 큰 의리녀였다.

지금 함께 일하고 있는 주진우 기자는 불의를 보면 못 참는 날카로운 카리스마를 가졌지만 순수 음악방송의 디제이답게 시를 좋아하고 마음이 차분해지는 음악을 사랑하는 수줍은 문학소년 같다.

어떤 작가들은 함께 일했던 디제이들과 오래 연락을 주고받기도 하고, 친구처럼 혹은 친한 언니 동생이나 형 누나 사이로 지내기도 한다.

그런데 나는 어떤 이유에서인지 그런 디제이들을 손에 꼽는다. 같이 일했단 이유로 부담을 주고 싶지 않아서이기도 하고, 그러지 않아야 한다고 배웠기 때문일 수도 있다. 여전히 연락처를 가지고 있지만 각기 다른 이유로 연락하기 어려운 디제이들도 있고, 그럼에도 가끔씩 연락을 주고받으며 종종 만나 사는 얘기를 나누는 디제이도 물론 있긴 있다.

가끔 '나는 그들에게 어떤 작가였을까'가 궁금해지듯, 어느 날에 그들이 혹 '나는 누군가에게 어떤 디제이였을까'를 궁금해한다면, 적어도 나는 이렇게 대답할 수 있을 것 같다. 각자의 이유로, 당신들 모두 내게는 최고의 디제이였다고. 당신이 내 디제이라서 참 좋았다고.

라디오를 만드는 사람들이 고민하는 것들

개편 시즌이 되고 새로운 프로그램을 시작하게 되면 라디오국 곳곳은 뜨겁다. 새로운 디제이와 일을 하게 되든 기존의 디제이와 하게 되든, 프로그램을 새롭게 단장해야 하기 때문이다. 20년 가까이 여러 프로그램을 하는 동안 개편을 하면서 가장 많이 했던 얘기는 아마 이거였을 거다.

"뭐 좀 새로운 거 없을까?"

항상 다른 캐릭터의 디제이와, 다른 느낌의 프로그램을 하지만 긴 시간 고민을 해도 결국 만들어내는 결과물들은 조금의 차이는 있을지언정 비슷비슷했던 것 같다. 물론 같은 코너를 성시경이 하느냐, 박명수가 하느냐, 타블로가 하느냐에 따라 다른 느낌일 순 있다. 하지만 돌아보면 늘 그랬던 것 같다. 사랑 얘기하는 코너 하나, 고민 상담하는 코너 하나, 전문적인 음악 코너 하나, 선물 많이 주는 퀴즈 코너 하나.

매번 비슷비슷하고 그 코너가 그 코너 같다는 생각을 하면서도 만들어놓고 보면 그랬다. 그리고 가끔은 청취자들의 지적도 있었다. '아침부터 밤까지 모든 라디오 프로그램이 비슷한 것 같다'는. 그렇기에 어쩌면 제작진들은 프로그램을 만들 때마다 늘 같은 질문을 던지는지도 모르겠다. '뭐 새로운 거 없을까.'

월요일엔 퀴즈, 화요일엔 음악 코너, 수요일엔 초대석, 목요일엔 고민 상담, 금요일은…… 어쨌든 이렇게 요일별로 포맷이 정해지고 나면, 프로그램을 운영하는 동안 또 가장 많이 하는 말은 이 말인 것 같다.

"뭐 좀 더 재밌는 거 없을까?"

이제 와 생각해 보니 이 모든 질문들은 어쩌면 라디오가 우리의 일상과 꼭 닮아 있기 때문인지도 모르겠다. 매일매일이 똑같고, 비슷비슷하고. 그래서 늘 뭐 좀 재밌는 거, 좀 더 새로운 걸 찾는 우리의 일상 같은 것 말이다.

아침에 눈 뜨자마자 하는 고민과 밤에 잠들기 전 하는 고민은 장르와 무게와 깊이가 모두 다를 테니, 아침 프로그램의 고민 상담 코너와 심야 프로그램의 고민 상담 코너는 당연히 다를 수밖에 없다. '고민 상담'이라는 틀 이외에 같은 건 하나도 없는 거다.

〈별이 빛나는 밤에〉나 〈푸른 밤〉 같은 심야 프로그램의 경우, 잘 안 풀리는 연애라든가, 미래에 대한 불안, 취업에 대한 고민, 친구 관계 같은 고민이 대부분이었다. 그래서 주로 〈연애상담소〉라던가 〈오빠에게 물어봐〉 같은 상담 코너를 만들어 '좀 오래 산 오빠'인 연예인을 게스트로 초대해 조언 정도를 건네는 코너가 많았다.

아침 프로그램이었던 〈오늘 아침 정지영입니다〉는 청취자들이 주로 주부들이다 보니 아무래도 남편이나 시댁과의 문제, 가족들을 먹여 살려야 하는 가장들의 고민들이 더 많았다. 그보다 더 많았던 것은 자녀들에 관한 고민. 그래서 아예 부모들이 걱정하는 아이들의 심리적인 문제에 초점을 맞춰 정신건강 전문의와 함께 상담을 진행하기도 했다.

정답은 아닐지 모르지만, 나는 우리가 그동안 왜 그렇게 새로운 걸 찾고 싶어 했는지에 대한 답을 알 것도 같다. 마라톤 회의를 하고, 새롭다고 만들어놓은 코너들도 지나고 보면 다 비슷비슷하게 느껴졌던 그 이유를 말이다.

라디오를 만드는 사람들에게, 그게 우리 일상이기 때문에 더 이상 고민하지 않아도 될 것 같다고 하면 뭐라고 답할까. 그래도 그들은 또 고민하고 고민하겠지. 좀 더 새롭고, 뭐 좀 재밌는 걸 원하는 것 역시 그들의 일상이니까.

AM
FM

그래도 방송은 계속되어야 하니까요

2014년 8월, 〈써니의 FM데이트〉를 찾은 초대손님은 마왕 신해철이었다. 6년 만에 새 앨범을 발표하고 〈그 사람의 신청곡〉이란 초대석에 홍보 차 출연한 거였다. 새 앨범 얘기, 가정적인 남편이자 아빠로 사는 얘기, 여섯 명의 신해철이 등장하는 독특한 뮤직비디오 얘기 등, 초대석에서 흔히 하는 질문과 대답들이 오고 갔다. 새 앨범의 노래들도 몇 곡 들었고, 청취자들이 신해철에게 하고 싶은 얘기도 함께 소개하며 유쾌한 시간을 보냈다. 그리고 그날 써니의 마지막 질문은 이랬다.

　"활동 계획, 이런 거보다 더 궁금한데요, 신해철 씨의 가장 큰 고민은 뭔가요?"

　코너의 공식 질문이기도 했던 '지금 나의 고민'. 그동안의 출연자들을 돌이켜 생각해 보면 새 앨범을 발표한 가수들은 앨범이 잘 될지를 고민하고, 공연을 앞두고 있으면 무사히 마칠 수 있을지를 고민했다. 그런데 신해철은 아주 명료하고 유쾌하게, 이렇게 대답했다.

"코털이요."
"지금 당장 큰 고민은 없다는 뜻인 거죠?"
"살다 보면 여러 고민이 있을 수 있는데 지금 이 순간 너무 괴로운 게 뭔가를 생각해 보면, 코털처럼 별게 아닌 거예요. 단순하게 살자는 얘기지."

역시 마왕 신해철다운 대답이라고 생각했다. 그가 진행하던 라디오 프로그램들을 기억해 보면 늘 그랬다. 라디오를 통해 그가 농담하듯 가볍게 던지는 말들은 결코 가볍지 않았다. 아니, 가볍게 날지만 중심이 있어 흔들리지 않는다고 해야 할까. 영화 〈포레스트 검프〉의 오프닝 시퀀스에서 바람을 따라 리듬을 타고 날던 깃털처럼 말이다.

유쾌하면서도 시원한 그 만남이 있은 두 달 후. 모두 알다시

피 신해철의 사망 소식이 전해졌다. 두 달 전 같은 자리에서 그를 만난 디제이 써니는 '고 신해철이라고 성함 앞에 붙여야 하는데' 하고는 한참 동안 말을 이어가지 못했다. 청취자들의 애도 문자가 끊임없이 도착했다. 다른 사연을 소개할 여력도 없었을뿐더러 다른 날처럼 일상적인 얘기들은 오지 않았다. 방송하기 힘든 날 중의 하나였다.

뉴스를 통해 종종 연예인들의 비보를 전해 듣는다. 그게 누구든 유명인의 죽음에 관한 소식은 우리의 마음을 아프게 하는데, 한 번이라도 프로그램에서 마주쳤던 사람이라면 조금 더 마음이 힘들다. 심지어 함께 방송을 진행하고 있는 연예인들의 갑작스러운 사고 소식은 더 그렇다. 사고 소식만으로도 마음이 무겁고 아무것도 할 수 없을 만큼 힘이 드는데, 그럼에도 우리는 '수습'이란 걸 해야 하기 때문에 더 힘들다. 방송을 멈출 수는 없으니까.

2008년 4월, 〈봄의 편편 라디오〉에는 〈도레미 칸타빌레〉라는 코너가 있었다. 서로 만난 적 없는 두 청취자가 각자 부르고 싶은 듀엣곡의 제목을 적어 신청한다. 그러면 같은 듀엣곡을 신청한 사람들 중 두 사람을 매칭해 전화 연결을 하고, 연습 없이 화음을 맞춰 부른다. 그러면 게스트 싱어송라이터 박선주와 거북이의 터틀맨이 조언을 해주는, 일종의 장기자랑 코너였다.

주말에 나가는 코너였기에 항상 주중에 녹음을 했다. 그날도 재밌게 녹음을 하고 헤어졌는데, 다음 날 아침 터틀맨의 사망 소식을 뉴스로 접했다. 심근경색으로 인한 갑작스러운 사망이었다. 다른 스태프들과 함께 터틀맨의 빈소를 찾았다. 어제 저녁 때만 해도 유쾌하게 방송을 진행하던 '동료'였다.

터틀맨의 빈소를 방문하고 돌아온 우리에겐 슬퍼할 시간이 아닌 녹음된 주말 방송을 어떻게 해야 할 것인지를 결정해야 하는 시간만 주어졌다. '그럼에도 방송은 해야 하는구나'를 처음으로 절실하게 깨달았던 사건이었다.

처음엔 이런 일들을 겪으면서 사람이 이렇게 냉정해도 되는가, 고민한 적도 있었다. 하지만 몇 번의 이런 일들을 겪으며, 이건 냉정이 아니라 냉철의 문제임을 깨달았다. 어떤 일이 일어나도 당장 눈앞에 닥친 일들을 해결해야만 하는 경우는 누구에게나 있는 법이니까.

라디오에서 겪은 많은 일들을 통해 나는 자랐다. 때론 슬픔을 잠시 내려둘 줄 알아야 한다는 것, 지금의 슬픔이 당장의 문제를 해결할 수 없다는 것, 조금은 냉정해 보이더라도 위기의 순간에 이성적으로 판단할 줄 알아야 한다는 것.

그래도 삶은 계속된다. 어떤 책의 제목이기도 한 이 문장을 다양한 곳에서 발견할 때가 있다. 전쟁터의 참혹함을 그린 영화의 한 줄 평에서도, 청춘들의 아픔을 얘기한 드라마 카피에서도 '그래도 삶은 계속된다'고 얘기하고 있다. 이유 따윈 필요 없다. 삶은 계속되고 있으니까.

숨도 못 쉴 만큼 아파 가슴을 움켜쥐고 넘어졌다가도, 꺾인 무릎을 펴고 다시 일어서게 하는 말, 지금도 가끔 감당하기 힘든 일들과 마주할 때, 그래서 원고도 쓰기 싫은 날, 내가 원고 따위를 써서 뭐가 어떻게 달라지나 싶은 마음이 무겁게 나를 짓누를 때, 삶의 절반을 라디오에서 보낸 나는 이 말에서 답을 찾는다.

"그래도 방송은 계속되어야 한다."

ON AIR

그래서 라디오

AM
FM

라디오를 왜 들으세요?

라디오의 어원을 찾아본 적이 있다. 어느 날 방송의 오프닝을 쓰기 위해서였는데, 찾아보면서도 이런 생각을 했던 것 같다.

　'나는 왜 이제야 이 단어의 어원이 궁금해진 걸까?'

　'라디오'는 햇살, 바큇살, 부챗살처럼 중심에서 어딘가로 뻗어 나가는 '살'이란 뜻을 가진 라틴어에서 유래된 말이라고 한다. 그래서 라디오에는 소리를 내보내는 기계라는 뜻 이전에 빛이나 열을 널리 퍼뜨린다는 의미도 담겨 있다. 빛과 열의 따뜻함. 그 따뜻함이 멀리 뻗어 나간다는 뜻. 이 따뜻한 단어의 어원을 찾아본 날은 안타깝게도 2017년 9월. MBC 라디오가 파업에 들어가면서 몇몇 프로그램을 제외한 방송이 전면 중단된 첫날이었다. 그날 이후로 두 달여, MBC 라디오에선 온종일 음악만 흘렀다. 무슨, 스트리밍 방송처럼.

라디오의 좋은 점 중의 하나가 '좋은 음악을 많이 들을 수 있다'는 거라고 생각했었다. 물론 각종 음원 사이트에서 좋은 음악을 얼마든지 들을 수 있는 세상이 일찌감치 왔지만, 라디오를 좋아하는 사람이라면 알 것이다. 내가 좋아하는 노래가, 내가 좋아하는 프로그램에서, 내가 좋아하는 디제이의 목소리로 소개될 때의 그 기분을 말이다. 조금 과장해서 말하자면 세상이 나로 향하는 기분. 내가 세상의 주인공이라도 된 것 같은 그 기분 말이다.

어쩌면 이런 비유도 가능할까? 오랫동안 짝사랑해 온 사람에게 계속해서 시그널을 보내지만 아무런 답도 없다가, 어느 날 느닷없이 답장을 받았을 때의 기분 같은 것. 그 답장이 하등 쓸모없는 'ㅇㅇ'이나 'ㅋㅋ' 같은 거여도, 온종일 그 사람이 보낸 답장을 열어보고, 또 열어보는 그런 기분 말이다.

길었던 언론사의 파업 기간, 라디오에선 최소 몇 개의 프로그램들을 제외하고 디제이의 목소리를 들을 수 없었다. 인력 부족으로 프로그램을 만들 수가 없었기 때문이다. 파업 기간 동안 방송이 되지 않아 원고료를 받지 못한 건 큰 타격이었지만, 그보다 더 속상한 건 음악만 흘러나오는 라디오였다. 때로 는 그런 라디오를 들으며 '좋다'고 말하는 사람들이었다.

좋아하는 음악 대여섯 곡이 연달아 흘러나와도 하나도 좋 지 않았다. 매일 방송 시간이 되면 프로그램 홈페이지에 들어 가 사람들이 어떤 얘기를 남기는지를 보고, 습관처럼 문자 게 시판을 찾아 반응을 살피곤 했다. '음악만 나오니까 더 듣기 좋다'는 얘기들이 간혹 보일 때면 그게 진심일 거라고 믿고 싶 지 않았다. 들을 수 없음을 너무 아쉬워하며 이 상황을 비꼬는 말이라고 생각하고 싶었다. 하지만 사실 그게 어떤 반응이든 중요하지 않았다. 방송이 중단됐음에도 불구하고 매일 찾아와 글을 남기는 사람들이 고마웠다. 그중에서도 지금도 울컥하는 얘기들은 이거였다.

사람 목소리가 없으니까 라디오 같지 않아요.

바로 그거였다. 우리가 라디오를 좋아하는 이유. 라디오는 사람이었다.

라디오를 왜 듣느냐는 질문을 각기 다른 방식으로 전해 들었다. 후배 작가는 소개팅 자리에서 상대방에게 그런 질문을 들었다고도 했고, '카 오디오 시스템이 없어지면 라디오도 없어질 거다'라는 얘기를 들은 적도 있다. 요즘의 어린 친구들은 라디오가 뭔지도 모른다는 얘기도 있었다. 주파수를 돌리고 안테나를 손으로 잡아가며 듣는 라디오의 흔적은 요즘은 찾아보기 힘든 게 사실이다. 스마트폰으로 라디오 앱을 다운받아 듣거나, 그도 아니면 팟캐스트로 잘 편집된 부분만 찾아 들으면 그만이다.

하지만, 믿고 싶다. 십수 년 전인가, 인터넷이 발달하기 시작할 무렵, '종이 신문'이 없어질 거라 했고, '극장'도 없어질지 모른다고 했다. '종이책'의 멸망을 얘기한 사람들도 있었다.

하지만 그럴 줄 알았던 것들이 여전히 존재하는 것처럼, 라디오도 그럴 거라 믿는다. 왜냐하면, 라디오엔 사람의 이야기가 담겨 있으니까. 라디오 안엔 사람이 있으니까.

AM

FM

꼭 해보고 싶은 일

'내가 저것만 가질 수 있으면, 소원이 없겠는데……'

누구나 이런 생각을 할 때가 있을 것이다. '내가 저 사람이 랑 연애만 하면, 해달라는 거 다 해줄 수 있는데……' 이런 바 람 같은 것. 은희경 작가는 '약간 멀리 있는 존재라야 매력적' 이라고 말했다. '뜨겁게 얽히면 터진다'고도 했다. 세상에 존 재하는 모든 매력적인 것들, 갖고 싶어 죽겠는 것들은 왜 다 내 가 가질 수 없는 것들일까?

라디오 작가를 하는 동안 꼭 해보고 싶은 프로그램이 있었 다. 어떤 프로그램인지 말할 순 없지만 언제나 개편 때가 되면 아무도 모르게 '피디가 나 안 불러주나' 기웃대기도 했고, 아 무도 봐주지 않고 들어주지 않는 오프닝 원고를 쓰기도 했다. 수첩 어딘가에는 '나중에 이 프로그램에 가면 꼭 써먹어야지'

하고 적어둔 아이템들도 곳곳에 적어 놓았다. 복도에서 그 프로그램의 디제이를 마주치면 혼자 엄청 반가워했고, 청취율이 올랐다는 소식을 들으면 혼자서 기분 좋아하기도 했다.

하지만 나 자신이 너무 잘 알고 있었다. 내가 그 프로그램을 하게 될 확률은 10퍼센트도 되지 않는다는 사실을. 일일이 말할 순 없지만 내가 할 수 없는 이유는 셀 수 없이 많았다. 누군가는 '할 수 없는 100가지 이유보다 해야만 하는 1가지 이유만 있다면 할 수 있다'고 얘기했지만 글쎄다. 그렇게 도전하고 도전에 실패해도 괜찮다고 말하고 싶은 거였겠지만 세상에는 목에 칼을 들이대도 할 수 없는 일, 내 능력치 이상의 일은 분명 존재한다고 생각한다.

우리가 하는 일들을 몇 가지로 나눠볼 수 있을까. 예를 들어, 하고 싶으니까 언젠가는 꼭 하고 말 일, 하고 싶지만 절대로 못할 일, 좋아하진 않지만 꽤 잘하니까 하는 일, 그리고 또 무슨 일이 있어도 반드시 해야만 하는 일, 좋아하는데 썩 잘하지는 못하는 일. 그중에 어떤 일들을 선택해서 할 것인지는 개

개인의 몫에 달려 있을 것이다.

나는 80퍼센트 이상 '내가 잘할 수 있는 일'을 선택한다. 결과를 예측할 수 없음에도 불구하고 도전하고 때로 실패하는 사람들을 물론 존경한다. 하지만 나는 어느 정도 결과가 나올 것 같은 일을 주로 한다. 프리랜서이기 때문이라고 합리화하기도 하지만, 잘하지 못하는 일에 과감히 도전했다가 실패하면 그건 고스란히 내 커리어로 남는다.

몇 번의 시도가 없었던 건 아니었다. 재밌겠다는 생각만으로 무모하게 도전했던 일도 있었고, 해보고 싶다는 욕심으로 도전했던 일들도 있다. 결과가 좋은 적도 있고 망한 일도 있다.
그런 시간을 지나온 지금, 아이러니한 표현이지만 '안정적인 프리랜서'를 선택한 것이 스스로에게 부끄럽다거나 슬프진 않다. '한 번 해봤으니 됐다'고 생각하는 것도 아니다. 언제고 상황이 된다면 또 도전하겠지만, 지금이 그때는 아니라는 것뿐이다.

여전히 하고 싶은 일도 있고 욕심도 있다.

하지만 지금처럼 하는 것을 선택한 이유는 우선 '먹고살기 위해서'이다. 잘할 수 있는 일들, 어느 정도의 결과치를 예측할 수 있는 일들을 우선적으로 해서 먹고사는 문제를 일단 해결한 후에 그다음을 생각할 수 있기 때문에. 보너스 같은 건 꿈도 못 꾸고, 일을 못하게 되는 경우의 퇴직금 같은 건 당연히 없는 직업. 내가 일하는 만큼, 내 시간을 투자하는 만큼만 돈이 되는 직업.

그래서 지금은, 아직은 다른 데로 눈을 돌릴 여력이 없다. 하고 싶은 일은 여전히 많고 언젠가 하게 될 거라 믿는 그런 일들을 위해 필요한 일들을 틈나는 대로 하고는 있지만, 모든 걸 다 뒤로 하고 일단은 '돈'을 번다. 일하는 만큼만 통장에 쌓이는 프리랜서의 앞에 '안정적인'이란 단어가 붙기 위해선 지금은 그렇게 할 수밖에 없다.

좋아하고, 너무 하고 싶은 일 하나쯤 남아 있다는 것은 나쁘지 않다. 하고 싶은 일을 하게 됐을 때, 너무 갖고 싶었던 걸 갖게 됐을 때, '그래서 행복해'라고 말한 적이 몇 번이나 되는지.

그래서 이렇게 생각해 본다. '죽기 전에 신춘문예로 등단할 거야'라는 또 하나의 내 꿈은 여전히 꿈으로 남아 있기에 매년 신춘문예 공모 시즌이 되면 설렌다. 매년 초, 각 언론사들의 신춘문예 등단작들을 챙겨 읽으며 또 설렌다. 말도 안 되는 이유라는 걸 알지만, 아직은 이 설렘만으로 너무 좋아서 나는 아직 신춘문예에 도전도 하지 않았다. 어쩌면 앞으로도 하지 않을지도 모른다.

매력적이었던 존재가 뜨겁게 얽히고 나서는 어떻게 식어버리는지 몇 가지 경험들을 통해 잘 알고 있다. 그러니 아직은 멀리 있어서, 어쩌면 영원히 닿을 수 없어서, 더 매력적인 것들을 그냥 그 자리에 두는 것만으로도 괜찮은 일 아닐까. 볼 때마다 설레고, 언젠간 할 수도 있을 것 같은 막연한 희망이라 하더라도 말이다.

AM
FM

짐작과는 다른 일들

라디오 프로그램의 코너들은 대부분 청취자들의 피드백으로 만들어진다. 작가의 글 자체로 코너가 되는 에세이나 콩트들을 제외하면 청취자들이 미리 보낸 사연이나 문자, 전화 통화 등을 통해 이루어지는 코너들이 대부분이다.

　특히 좋은 사연이나 피드백이 필요한 경우엔 선물을 세게 거는 경우도 있는데, 한 번은 〈100분 선물〉이란 코너를 한 적이 있다. 〈100분 토론〉에서 슬쩍 따온 제목의 이 코너는, 토론은 아니지만 매주 청취자들을 상대로 설문을 조사하고 '100분께 선물을 드린다'는 취지로 만든 코너였다.

　이 코너의 주제는 늘 회의를 통해 정해졌다. 그때그때 이슈에 맞춰 주제를 정하고, 각 스태프들끼리 질문에 대한 자신의 답을 나눈 뒤, '이거 재밌겠다'든가 '더 기발한 답 나올 수 있겠다'는 판단이 드는 주제를 정했었다.

내가 가장 좋아하는 가수는?

다시 태어난다면 누구로 태어나고 싶으신가요?

다시 태어난다면 어떤 나라에서 태어나고 싶은가요?

질문으로 잠시 엉뚱한 상상을 해보는 이 시간은 청취자들의 반응도 무척 좋았는데 그게 꼭, 무려 '100명'에게 선물을 준다는 이유 때문만은 아니었으리라고 믿는다.

항상 이 코너의 설문 주제를 정할 때는 예상 순위를 예측해보기도 한다. 그리고 우리가 원하는 1위의 답이 있다면 디제이를 통해 슬쩍 방향을 유도하는 원고를 쓰기도 했다.

예를 들어 총선즈음에는 '다시 태어날 수 있다면 어느 나라에서 태어나고 싶은가요'라는 주제를 골랐다. 이때 한국 이외의 다른 나라가 나오면 불특정 다수의 모두가 아침부터 쓸쓸해지는 결과가 될 수도 있겠단 생각에 아닌 척하면서 은근슬쩍 '한국'을 유도하는 디제이의 멘트를 추가하기도 했고, 다른 나라의 경우 정확한 외래어 표기에 입각해서 보내 달라는 까다로운 규칙을 내세우기도 했었다. 다행히도 결과는 한국이 1등이었다.

오늘은 총선 특집입니다.
아까 살짝, 힌트 드렸죠?

이런 주제를 준비해 봤는데요.
여러분! 자알~ 생각하셔야 돼요!
여러분들 대답에 따라서, 자칫하면 〈오늘 아침〉이 우스워지는 수 있거든요.
정말 총선 투표하듯, 신중하게! 또 신중하게 생각하시고, 주제 알려드립니다.

다시 태어난다면!! 어느 나라에 태어나고 싶으신가요?
이유와 함께 보내주세요.

물론!!!

미녀들이 많다는 우크라이나에 다시 태어나고 싶은 분!

계시겠죠!

복지가 최고라는 덴마크, 네덜란드

거기서 태어나고 싶은 분도 계시겠죠.

하지만 그런 분들이 너무 많으면?!

오늘 저희가 던진 이 주제가 좀 곤란해집니다.

잘 생각하고 한 표 행사해 주세요.

잠깐만요! 지금 선물 노리고

다른 나라 적으려고 하셨죠?

일단 대한민국 한 표 찍으시고!

비례대표 찍듯이, 다른 나라 쓰시면 감사하겠습니다.

아침 가족들의 '대한민국' 한 표가, 〈오늘 아침〉을 살립니다.

이렇게 대부분은 스태프들이 결과를 예측할 수 있고, 예상

되는 결과에 맞춰서 방송의 선곡이나 내용을 대략 구성했다.

하루는 '내 인생 최고의 슈퍼 히어로는?'이라는 질문을 주제로 정했다. 전날에도 우리는 꽤 긴 시간 회의를 했었다. 당시는 〈캡틴 아메리카〉와 〈배트맨 대 슈퍼맨〉이라는 히어로물이 극장에 개봉됐던 시기였고, '배트맨' 아니면 '슈퍼맨'이 1위 다툼을 하지 않을까 하는 게 우리의 생각이었다. 기껏해야 '똘이장군'이나 '아톰' 같은 희귀 답변이 나오겠거니 하고 예상했다.

그런데 설문이 시작되고, 결과는 당황스러울 만큼 우리의 예측을 벗어나고 있었다. 슈퍼맨 어디 갔지? 배트맨은? 물론 예상한 히어로들은 당연히 순위 안에 있었으나 1위를 차지한 히어로는 우리가 예상했던 히어로가 절대 아니었다.

그날의 1등을 차지한 청취자들 인생 최고의 슈퍼 히어로는? 바로 '아버지'였다. 우리들의 예상 순위에 전혀 올라와 있지 않았던 히어로였다. 늘 비슷하게 순위를 맞추며 자만 비슷한 것에 빠져 있던 우리들의 뒤통수를 때리는 결과였지만, 아주 깊은 울림을 모두에게 주는 결과이기도 했다.

방송에서 만나는 청취자들은 항상 우리의 예상보다 놀랍고 짐작과는 다른 피드백으로 우리를 웃겨주기도 하고, 감동시키기도 한다. 이날도 그랬다. 짐작과 달라도 너무 달랐던 청취자들의 이 반응에 우리는 반성했던 것 같다. 감동은 당연했다. 이날의 결과는 두고두고 청취자들과 함께 얘기하고 또 얘기했다.

　방송을 만들면서 종종 일어나는 이런, 짐작과는 다른 일들이 좋다. 일상에 그만큼 큰 흔적을 남기니까. 생각하지 못했던 결과는 항상 재밌다. 생각지도 못했던 걸 생각하게 만드니까.

AM ――――――――――――――――――――――――

FM

대나무숲의 원조, 라디오

몇 년 전이었던지 잘 기억이 나진 않는다. 다양한 SNS를 통해 익명으로 소통하는 〈대나무숲〉이란 게시판이 유행하기 시작했던 때가 있다. 각 대나무숲에는 익명성이 보장되기 때문에 털어놓을 수 있는 솔직한 얘기들이 넘쳐났다.

　어떤 회사의 대나무숲에선 갑갑하고 고집스러운 상사에 대해 토로하는 사람도 있었고, 짝사랑하는 사람에 대한 고민이나 전 남친, 전 여친에 대한 얘기 같은 것도 종종 눈에 띄었다. 지금의 대나무숲은 그때의 대나무숲보다 더 공익적인 면이 생겨난 것도 사실이지만 당시엔 지극히 개인적인 고민, 그러나 누구나 공감할 수 있는 그런 고민 얘기들이 많았다.

　익명성 속에 숨은 악성 댓글과는 차원이 다른 익명 게시판이었다. 한창 대나무숲이 유행할 때 나는 이런 오프닝을 썼다.

대나무는 맑고 절개가 굳은-
군자의 품성을 지녔다고 해서
매화, 난초, 국화와 함께,
사군자에도 당당히 명함을 내밀었죠.
요즘 그거 유행이잖아요, 대나무숲.

그 사람의 눈을 똑바로 쳐다보고서는 절대로 하지 못할 말.
가끔은 비밀이나 뒷담화.
그런 얘기들을 털어놓기 위해 만들어진
일종의 비밀방 같은 곳인데요.

어쨌든 상대방 몰래 뒤에서 하는 얘긴 나쁜 거니까
대나무숲을 자주 찾는 건, 나쁠까요?
속에 담아두면 병나니까,
대나무숲을 자주 찾는 건, 좋을까요?

그런데
대나무의 어떤 속성 때문일까요?

ON AIR 대나무숲의 원조, 라디오

곧고 맑은 품성? 오~래 간다는 거?

어떤 대나무숲 자주 찾으세요?

방송국 옆 대나무숲? 교무실 옆 대나무숲?

시월드 옆 대나무숲?

'대나무숲'이란 게 생기기도 훨-씬 전부러,

누군가의 비밀과 속 얘기들이, 넘쳐나고 있는 곳.

여기는 윤하의 별이 빛나는 밤에.

부끄럽거나 잘못해서가 아니라 차마 용기를 낼 수 없기에 숨어서 할 수밖에 없는 얘기들. 쪽팔리거나 욕먹을 것이 두려워서가 아니라 아무에게나 말하고 싶지 않아서 숨겨왔던 얘기들을 익명이라는 울타리 뒤에 숨어서 털어놓을 수 있는 곳, 대나무숲. 지금도 대나무숲과 비슷한 역할을 하는 공간들은 다른 형태로 곳곳에 존재한다.

이렇게 여전히 대나무숲과 같은 공간은 많은 사람들에게 유효하기 때문에, 라디오는 쉽게 없어지지 않을 게 분명하다. 아주아주 오래전부터, 라디오에는 그런 얘기들이 가득했으니까.

어느 날 아침, 라디오에 도착한 문자의 사연은 이랬다.

아내와 늦은 신혼여행을 가려고 10년 동안 돈을 모았습니다. 드디어 가까운 해외라도 둘이 다녀올 정도로 돈을 모았는데. 하필이면 냉장고, 자동차, 세탁기까지. 집 안 가전이란 가전이 하필 다 고장 났네요. 그 좋아하는 운동비도 아껴가며 모은 돈인데…… 휴…… 아내한테 미리 말 안 한 게 다행인 걸까요?

자세한 얘기가 궁금해 그날 방송이 끝난 후 청취자와 통화를 시도했다.

10년을 아껴 모은 돈은 천만 원이 조금 넘는다고 했다. 운동을 워낙 좋아하는데 돈을 아끼기 위해 운동하고 싶을 땐 두 아들을 데리고 운동장에 나가 캐치볼을 던지는 걸로 만족했다. 흔한 말로 먹고 싶은 거 안 먹고 쓰고 싶은 거 아껴가며 그렇게 모은 돈이었다. 결혼식도 없이 신혼여행도 없이 함께 살아온 아내를 위한 해외여행을 깜짝 선물할 예정이었다. 그런데 앞서 말한 대로 얼마 전부터 집 안의 가전들이 하나둘씩 고장나기 시작했다는 거였다. 다른 건 몰라도 당장 냉장고나 세탁기 같은 가전은 급한 거라 이걸 바꾸고 나면 아내를 위한 서프라이즈 계획은 당연히 틀어질 수밖에 없다고 했다.

조금 더 구체적인 사연을 전해 들은 후 나는 이유야 어떻든 두 아들에게는 행복한 시간이었겠다고, 참 좋은 아빠였겠다는 조금 뻔한 인사를 건넸는데, 아들들이 놀아주니 본인으로선 더 고맙고 좋았다는 청취자의 대답이 내 민망함을 조금 달래주었다. 그나저나 왜 하필이면, 가전들이 한꺼번에 말썽이 난 건지 정말 속상할 법도 한데, 20여 년 동안 잘 버텨주었으니 고장 날 때도 됐다는 덤덤한 말투는 우리 사는 모습 그대로라고 생각했다.

아이들끼리 지낼 수 있는 나이가 되었다면 두 분이 소박하게 가까운 곳으로라도 다녀오시는 게 어떻겠냐고 조심스레 물었다. 안 그래도 그러려고 한다고, 애들은 다 커서 지들끼리 잘 있을 거라는 답에 다시 나는 궁금해졌다.

"아이들이 나이가 어떻게 되는데요?"

큰아들은 스무 살, 둘째아들은 고등학생이라는 답. 목소리가 젊으셔서 어리실 줄 알았다는 내 말에 청취자의 답은 놀라웠다.

"제가 일찍 결혼해서요, 제가 올해 마흔셋이거든요,"

청취자의 나이는 나와 동갑이었다. 가끔 또래의 청취자들과 통화를 하거나 사연을 통해 접하기도 하지만 동갑인 청취자에게 스무 살이 된 아들이 있다는 것은 좀 새로운 충격이었다. 사람 사는 모습이 지구상에 살고 있는 숫자만큼이나 다양하다고 하지만 내 나이에 스무 살의 아들이 있는 기분은 어떤 건지, 나는 상상도 잘 되지 않았다. 아직도 스무 살의 아이돌 무대를 보면 심장이 뛰기도 하는데.

아무튼, 마침 우리 프로그램에서 주는 선물에 호텔 숙박권이 있었기에 사연을 방송에서 소개하고 선물을 드렸던 걸로 기억한다.

나와는 전혀 다른 삶을 살고 있는, 한 번도 생각해 보지 못했던 삶에 대해 생각하게 했던 스무 살 아들을 둔 동갑내기 청취자가 지금도 가끔 궁금해진다.

여행은 다녀오셨는지. 집안의 가전들은 또 무사히 잘 바꾸셨는지. 그래서 지금은 또 어떤 모습으로 살고 계신지. 그리고 무엇보다 지금도 여전히 아내에게도, 다 큰 두 아들들에게도 할 수 없는 얘기가 생기면 어느 아침, 혹은 어느 저녁 카 오디오에서 흘러나오는 라디오 프로그램의 디제이에게 씁쓸하거나 쓸쓸한 사는 얘기를 털어 놓고 계신지. 그렇게 얘기하고 나면 삶의 무게가 조금은 가벼워지시는지 말이다.

AM

FM

한 번쯤 다 해본 거 아니에요?

나이와 상관없이 우리가 지금까지 살면서 꼭 한 번쯤은 해 봤을 일들이 있다.

　'이쪽으로 여시오'라고 되어 있는 우유갑을 굳이 반대편으로 열어본 적. 요구르트의 뚜껑을 따지 않고, 밑바닥을 물어뜯어 조금씩 아껴가며 마셔본 적. 별것 아닌 일에도, '난 왜 이럴까?' 고민해 본 적. 좋아하는 사람을 끝내 포기해야 했던 적. 누군가 이런 얘기를 하고 있을 때 '어? 난 그거 안 해봤는데?'라고 말해 본 적.

　서로 많이 다른 사람들끼리 의외로 잘 통하는 이유는 어쩌면 단 한 번도 만난 적은 없어도 같이 해 본 일들의 수가 많기 때문인지도 모른다. 라디오를 좋아하는 사람들이라면 더더욱 공감할 거라고 믿는다.

누군가 꼭 한 번쯤은 해봤을 일들, 그중에 가장 짜릿한 일은 바로 '비밀 연애' 아닐까? 어떤 프로그램이든 그런 사연이 꽤 많이 도착했었다. 회사에서 사내 연애 중인데, 누군가한테는 말하고 싶어서 라디오로 사연을 보낸다는 얘기들. 디제이들마다 이런 사연에 대한 코멘트는 물론 다 다른데, 그중에 제일 기억나는 건 소녀시대 '써니'의 코멘트였다. 써니는 비밀 사내 연애 얘기가 도착할 때마다 이런 식으로 얘기했었다.

　"본인들만 비밀이라고 생각하지 남들은 다 알고 있던데요?"

　이게 써니의 경험에서 나온 얘기인지 아닌지는, 여기서 다시 비밀. 이렇게 얘기하면 뭔가 있는 것처럼 들리겠지만 실은 거기까진 몰라서 이렇게 얘기하는 거다.

　써니의 이런 코멘트가 유독 기억나는 이유는 이게 사실이기 때문이다. 너무나 솔직한 얘기. 사내 연애를 비밀로 하는 사람들의 경우 본인들은 조심조심 아무도 몰래 연애를 한다고 생각하지만, 주변 사람들은 어떻게든 눈치를 채고 있는 경우가 대부분이다. 두 사람 사이에 묘한 분위기를 풍길 때도 있고,

자기들은 책상 밑으로 몰래 손잡는다고 하지만 회의실 안에 있는 사람들 모두가 다 알게 되는 경우도 있고 말이다.

청취자들의 비밀 연애 사연도 많지만 실은 디제이들의 비밀 연애도 있었다.

전날 밤 술자리에서 전해 들은 디제이의 연애 얘기를 다음 날 사랑에 관한 에세이 코너에 쓴 적도 있었다. 물론 방송하는 디제이도 모른 척, 나도 모른 척. 남의 얘기인 척 읽고 코멘트를 하지만 노래가 나가는 동안 디제이가 몰래 나한테 메시지를 보낸 적도 있다. 우리 얘기 써줘서 고맙다고. 상대방이 지금 방송을 듣고 있다고. (아, 이 얘기를 하는 건 당시 청취자들에 대한 실례인가 싶은 생각이 들지만, 이제 우리 다 함께 나이 들었으니 이 정도쯤은 애교로 넘어가 주시길 바라며.)

다른 디제이 B와 함께할 때였다. 사실 B는 평소에도 자신의 사생활에 대해서 잘 얘기하지 않는 성격이었다. 그래야만 하는 B의 직업상 특성을 이해했기에 우리는 굳이 B에게 어떤 얘기를 들려주기를 기대하지는 않았다. 다만 여기저기서 들려오는 B에 관한 소문들을 원고에 쓰고, B가 어떻게 반응하는지를 지켜보는 재미는 있었다.

그러던 중 B가 방송을 시작하던 즈음, 우리가 아는 누군가와 연애를 했더라는 '카더라'가 돌기 시작했다. 대부분은 프로그램의 제작진과 디제이는 사생활을 큰 부분 공유할 만큼 친하게 지내기 때문에, 사람들은 우리가 그 사실에 대해 아는 줄 알고 계속해서 캐물었다. 하지만 안다고 해도 디제이의 사생활에 대해 얘기할 수 없었을뿐더러, 실은 알고 있는 게 전혀 없었다. 그런데 어느 날. 후배 작가가 문득 떠오르는 게 있다며 방송 첫날의 문자를 검색해 보기 시작했다.

B가 첫 방송을 하던 날, 청취자들이 보낸 문자 게시판에는 "여자친구가 새로운 일을 시작하는 첫날입니다. 떨지 않고 무사히 잘해내기를 바라요."라는! B와 열애설이 돌고 있는 상대방의 문자 메시지가 떡하니 있는 게 아닌가! 후배 작가는 그 상대와도 일을 한 적이 있었기에 상대방의 전화번호를 알고 있었던 것이다. 이후로도 그 상대방의 달달한 문자 메시지는 수없이 날아왔다. 다만 방송하는 내내 우리가 알지 못했을 뿐이다. 아마 그중에는 우리도 모른 채 프롬프터에 띄워, B가 소

ON AIR 한 번쯤 다 해본 거 아니에요?

개한 메시지도 여럿 있었을 것이다. B와 그 상대는 얼마나 그 상황을 짜릿하게 즐겼을까.

〈박명수의 펀펀 라디오〉를 할 당시에는 박명수가 지금의 아내분과 한창 열애 중일 때였다. 데이트를 하다가 함께 방송국에 와서는 스튜디오 밖에 다소곳이 앉아계신 적도 있었다. 2시간 내내 꿀 떨어지는 눈으로 서로를 마주 보며 방송했다는 사실은, 당시 청취자들은 전혀 몰랐겠지. 청취자들의 문자를 읽고 "야야야!" 호통을 치면서도, 청취자들에게 깨알 같은 멘트를 선사하면서도 박명수는 스튜디오 밖의 연인에게서 눈을 떼지 못하고 있었다는 사실을 이제는 말할 수 있다.

라디오에는 이렇게 청취자들의 비밀 연애, 디제이들의 비밀 연애, 물론 작가들의 비밀 연애 얘기도 가득했었다는 것. 그래서 라디오는 더 매력적이다. 이름도 얼굴도 알 수 없는 사람들의 비밀 얘기가 언젠가 한 번쯤은 스쳐갔을 게 분명하니까. 그 순간 라디오를 듣고 있던 모두를 달콤하게 만들었던 그 설레고 짜릿한 '우리 둘만의 추억' 말이다.

'나는 오늘'로 시작하는 얘기

사람들이 하는 대화의 80퍼센트가 '내 얘기'가 아니라 '남의 말'이라고 한다. '나는 말이야' '내가 아까' 이렇게 시작하는 말보다 '그 여자 있잖아' '그 사람이 말이야' 이렇게 시작하는 말을 우리는 더 많이 하고 산다는 거다. 그래서 사람들은 헛헛한 걸까? 내가 아니라 남으로 채워지는 얘기가 나를 채워줄 리는 없으니까 말이다.

　한때 내가 썼던 모든 날의 일기들은 '나는 오늘'로 시작했었다. 그때 선생님이 왜 그랬는지는 모르지만 '나는 오늘'이란 말을 쓰지 말라고 일기에 코멘트를 달기도 했었다. 하지만 하루의 얘기를 적는데 '나는 오늘'만큼 중요한 게 또 있었을까?

　'나는 오늘' 친구와 자전거를 탔고, 그래서 '나는 오늘' 기분이 좋았던 건데. '나는 오늘' 엄마 흰 머리 열 개를 뽑았고,

그래서 '나는 오늘' 엄마한테 100원을 받았고, 그래서 '나는 오늘' 떡볶이를 100원어치 사 먹을 수 있었던 건데. '나는 오늘' 체육 시간에 100미터 달리기에서 꼴찌를 했고, 그래서 '나는 오늘' 속상했던 건데. 그 수많은, 내가 주인공인 얘기에서 '나는 오늘'을 빼는 건 말이 안 되는 게 아닐까?

내 얘기보다 남의 말이 대화의 주제라는 사람들에게 묻고 싶다. 당신들도 나처럼, '나는 오늘'로 시작하는 일기를 쓰지 말라는 얘기를 들은 적이 있는지. 혹시 그래서 '나는 오늘'로 시작하는 얘기를 타인에게 건네는 방법을 잊거나, 잃은 것은 아닌지. 마음속에 꺼내지 못한 수많은 '나는 오늘'들이 언젠가 문이 열리기를 바라며 기다리고 있는 건 아닌지. 당신의 그 소중한 '나의 오늘'들은 과연 어디로 간 건지.

별것 아닌 것 같은 얘기. 그래서 '남의 말' 뒤에 숨겨왔던 얘기. 아무리 그렇게 하지 않으려고 해도 '나는 오늘'로 시작하는 일기를 쓸 수밖에 없던 어린 시절. 오히려 그때의 나는 눈치 보지 않았고, 원하는 걸 더 잘 말할 수 있었고, 좋은 걸 좋다고 말할 수 있었다. 속상하면 그렇다고 말했고, 슬프면 슬프다고 적었다. '나는 오늘'이 내 일기에서 사라지던 그즈음부터 어쩌면 우리는 타인의 시선을 의식하고, 다수의 기준에서 벗어나지 않으려고 애쓰며 살았는지도 모른다.

다행히도 라디오에 도착하는 수많은 사연들은 '나는 오늘'로 시작한다. 타인과의 대화에서 미처 하지 못했던 내 얘기, 누군가에게는 하고 싶은 얘기, 누군가는 들어줬으면 하는 얘기들이 넘쳐난다.

언니, 저 오늘 시험 망쳤어요.
오늘 내가 좋아하는 사람한테 고백했는데 한 번에 까였잖아요.
나 오늘 얇은 옷 입고 나왔는데 왜 갑자기 추워요?

'나는 오늘'로 시작하는, 어린 시절의 일기 같은 솔직하고 따뜻한 얘기들. 그 수많은 얘기들을 떠올려보다가 지금, 다시 또 생각났다. 나는 그래서, 라디오가 좋았다. 라디오가, 참 좋았다.

AM

FM

라디오가 참 좋다

'라디오가 참 좋았다'는 고백을 쓰다가, 울컥 눈물이 나서 한참을 앉아 있었다. '라디오가 좋았다'라고만 쓰려다 그것 가지고는 모자란 것 같아 한 문장을 덧붙인 것뿐인데. '라디오가, 참 좋았다'고. 그 문장이 왜 나를 울컥하게 했는지에 대해 한참을 생각했다.

　이런 표현이 올드하고 진부한 줄은 알지만, 나는 라디오와 오랫동안 연애를 했던 것 같다. 단 한 번도 재미없었던 적은 없다. 매일이 새롭고, 매일이 설렜고, 매일 좋았다. 이 연애에는 끝이 없을 줄 알았다. 무엇이 나를 그렇게 자신하게 했는지는 모르지만 아무튼 그랬다.

　사랑하던 사람에게 '이제 그만 헤어지자'는 얘길 들었을 때, 사람들의 반응은 모두 다르다. 어떤 사람은 쿨하게 그러자고 할 수도 있을 거다. 또 어떤 사람은 도대체 왜 그러는지 이유나 알자고 지질하게 매달릴 수도 있겠다. 뭔진 모르지만 잘못했다고, 내가 더 잘하겠다고 무조건 비는 사람도 있겠지. 그냥 고개를 끄덕이며 수긍하고는 돌아서서 펑펑 우는 사람도 있을 거고.

좋아하는 일을 하는 건, 연애와 정말 닮아 있다는 걸, 나는 20년 만에 처음, 일을 쉬게 되면서 알게 됐다. '일을 쉰다'고 표현했지만 더 솔직해지자면 '잘린'게 맞다.

라디오는 보통 봄과 가을, 두 번의 개편을 하게 된다. 피디가 바뀌기도 하고, 진행자가 바뀌기도 하고, 그에 따라 작가들도 이동한다. 늘 있는 변화지만 누구나 매번 긴장을 한다. 간혹 후배들은 "언니 정도면 잘릴 걱정은 없잖아요."라고 얘기하기도 하는데, 이건 100퍼센트 틀린 얘기다. 나보다 훨씬 더 오래, 라디오 작가로 살아온 선배들도 개편 때가 되면 그만두게 될지 모른다는 불안함이 있다고 고백한다. 이전보다 조금 덤덤하거나, 덤덤한 척하는 것뿐. '잘린다'는 것과 '그만둔다'는 것은 분명 다르고, 나는 '잘렸다'.

라디오 안에는 여러 형태의 이별이 존재한다. 내가 라디오
에서 겪은 첫 번째 이별은 프로그램에 새로운 피디가 배정되
면서 작가를 모두 교체하기로 한 경우였다.

하지만 이미 후속 프로그램도 정해져 있었기에 불안함이나
두려움, 아쉬움 같은 건 없었다. 다만 처음이라 낯설었고 처음
이라 준비되지 않았지만 이제 인생의 초입이기에 앞으로에 대
한 기대가 더 컸던 시기의 이별이었다.

내가 먼저 다른 프로그램으로 이동한 경우도 있었다. 디제
이나 피디가 바뀐 건 아니었지만 조금 더 재밌을 것 같은 일이
나 조금 더 치열해져야겠다고 생각할 무렵, 다행히도 시기가
맞아 그런 제안이 왔던 경우였다. 지금 생각하니 어쩌면 이번
의 이별과 마찬가지로 상대의 입장에선 일방적인 이별 통보였
을 수도 있겠으나, 내 입장에서는 '분명 내 행복과 창창한 앞
날을 기도해 줬을 것이다'라고 생각하고 싶다. 내 입장에서, 내
위주로 생각하는 게 꼭 나쁜 것만은 아니니까.

프로그램을 이동하고도 함께 일했던 피디들과는 거의 매일 마주치게 된다. 방송국 복도를 왔다 갔다 하다 보면 함께 일했던 디제이들과 마주치는 경우도 많다. 그럴 때 인상을 구기거나 모른 척하는 경우는 거의 없다. 대부분은 반갑게 인사하고 안부를 묻고 그래서 새로운 프로그램은 어떤지 새로 만난 작가나 피디는 어떤지 진심으로 서로를 응원하고 격려한다. 이별한 후에도 여전히 서로의 고민을 나누고 마주치면 반가워하는 친구가 되어버린 연인이랄까. 이렇다 보니 라디오에서의 이별은 그 이유가 어찌 됐든 쿨한데 따뜻하고 모진데 애틋한 경우가 많다고 적어도 나는 그렇게 생각한다.

라디오가 연애라면, 이번 경우는 일방적으로 '이별 통보'를 받은 셈인 건데, 짐작했을지언정 일방적인 이별 통보가 기분 좋을 리는 없다. 이 이별에서 나는 상처받았다는 걸 부정하지 않는다.

'굳이 이렇게까지' 싶은 크기의 상처와 복잡한 마음의 이유에 대해서 여러 번 스스로에게 물었다. 그 답을 앞서 말한 나는

'라디오와 연애했다'는 데서 찾는다. 너무 많이 좋아했기 때문에 그만큼 상처받았다. 그래서 두 번 다시 뒤돌아보지 않을 거냐고? 아니, 그만큼이나 좋아했기 때문에 나는 결코 라디오를 떠날 수 없지 않을까?

장담하지 못하고 질문으로 끝내려는 걸 보면 나는 여전히 이 사랑에 대한 확신은 가지고 있지 않은가 보다. '나는 너를 참 좋아하지만, 너도 나를 끝까지 필요로 할지는 잘 모르겠어. 그래도 할 수 있는 한은 끝까지 곁에 있을게.' 같은 마음.

이런 자존감 약한 연애라니……. 그래도, 그렇더라도, 다시 한 번 말하지만 나는 라디오가 참 좋다.

AM
FM

디제이에게 기대하다, 디제이에게 기대다

일을 잠시 쉬고 있던 어느 날 TBS의 부장님이 전화로 물었다.

"주진우가 순수 음악방송 할 거야. 너 할래?"

안 할 이유가 없다고 생각했다. '악마 기자'가 진행하는 '순수 음악방송'이라니……. 이 재밌는 콘셉트를 놓치고 싶지 않았다. 순수의 탈을 쓴 악마 같은 방송을 상상하며 프로그램을 시작했다.

꽤 오랫동안 우리는 정말 '순수한' 음악방송을 했다. 홍준표 전 자유한국당 대표가 나와서 정치 얘기를 하는 대신 '인생의 노래'들을 선곡해 들려줬고, 유시민 작가는 정치 평론 대신 조국 전 법무부장관과 문재인 대통령에게 들려주고 싶은 노래를 청취자들과 함께 들었다. 물론 기자들은 그분들이 선곡한 노래에 대한 기사 대신 딱 30초 흘러간 정치 얘기를 기사로 쓰긴 했지만 정말 우리의 의도는 그런 게 아니었다. 기타의 신 김도균 선생님이 출연해 30분 내내 '가카에게 보내는 노래' 같은 곡을 기타로 연주하셨고, 전인권 선생님이 캔사스의 〈Dust in the wind〉를 연주하며 라이브를 들려주시기도 했다. 주진우 기자에게 '너는 팩트 기자니까 팩트 디제이가 돼라'는 말씀을 반복하시면서 말이다.

그런데 일주일쯤 지나고, '주진우의 순수 음악방송' 콘셉트를 기대했던 지인들로부터 연락을 받았다. 여러 가지 피드백이 있었지만 대부분의 내용은 '재미없다'는 거였다. 그러니까 다들 '순수 음악방송의 탈을 쓴' 무언가를 기대하고 들었는데 정말 순수 음악방송을 하니까 주진우만의 색깔이 드러나지도 않고 뻔하고 오글거린다는 거였다.

나 역시 시간이 지날수록 이게 아니라는 생각에 불안해졌다. 지나가던 부장이 '방송 어떠냐'고 물으면 나도 모르게 움찔할 수밖에 없었다. 주진우 기자의 팬카페 이름은 〈쪽팔리게 살지 말자〉이고, 나는 이 말이 참 멋지다고 생각했는데, 고백하

건대 그즈음의 나는 방송을 하면서 쪽팔린 순간이 많았다.

배철수, 전인권, 배우 이순재, 은희경 작가, 정유정 작가, 홍준표, 유시민, 정청래……. 20여 년 라디오 작가로 일하면서 만나기 힘든 초대 손님들을 다 만난 시간이었다. 그런데도 이대로 나가면 위험하다는 생각이 들 무렵, 우리 프로그램은 '순수 음악방송'을 재정비했다.

그리고 요즘, '재미없다'며 돌아섰던 청취자들이 속속 돌아오며 '색깔이 변했다. 정말 순수 음악방송 맞느냐'는 의혹들이 스멀스멀 나오는데, 맹세한다. 물론 '아닌 밤중에 경부고속도로'를 주제로 지난 현대사의 오점들을 생선 가시 발라내듯 쏙쏙 발라내고 있지만, 〈대전발 0시 50분〉 같은 노래, 〈뛰뛰빵빵〉 같은 노래들을 빼놓지 않고 들려주는 순수 음악방송이다.

'아닌 밤중에 조폭 특집' 같은 무시무시한 제목으로 조폭의 계보를 줄줄 읊어대고 있지만 칠성파, 양은이파, 20세기파, 국제 마피아파 같은 조직을 위해 '파파야'의 노래를 선곡하는 순수 음악방송이다. '지난주의 기자님상' 같은 코너에서 기사인지 뭔지 모를 기사들을 양산하는 기자님들에게 상을 주고 있지만, 그런 기자님들에게 마이클 잭슨의 〈You are not alone〉을 바친다. 청취자들은 '너는 언론이 아니라는 뜻이냐'며 우리 선곡의 순수함을 의심하지만, 해석은 당연하게도 청취자들의 몫이기에 청취자들이 그렇다고 하면 그런 거라고 해두자.

청취자들이 디제이를 만날 때, 디제이에게 기대하는 바가 분명히 있다고 생각한다. 캐릭터가 강한 디제이라면 더더욱 그렇다. 디제이가 박명수라면 2시간 안에 몇 번은 반드시 웃겨줄 거라는 기대, 디제이가 배철수라면 당연히 어떤 프로그램보다 좋은 음악을 들려줄 거라는 기대.

주진우 기자 역시 디제이 이전에 기자 캐릭터가 완성됐기 때문에 사람들이 기대하는 바가 분명했다.
그런데 프로그램 초반, 우리가 그런 기대를 충족시키지 못한 거였다. 각종 권력형 비리와 채권-채무 관계에 대한 음악적 고찰, 언론개혁과 검찰개혁을 음악적으로 풀어낼 수 있는 디제이는 현재, 세상 단 한 명뿐이다. 조직 폭력배의 계보를 줄줄이 읊어낼 수 있는 음악방송의 디제이는 유일무이하다. 청취자가 정치 검찰, 검언 유착에 관한 불만을 사연으로 보내도 마치 일상처럼 코멘트하며 〈You are not alone〉을 틀어놓고는 토크백을 눌러 '노래 좋다'고 감탄하는 디제이.

코로나19 발생 초기 신천지에 의한 대규모 확산이 있었던 당시, 신천지의 교주인 '이만희'에 관한 얘기를 하다가는 구피의 〈많이많이〉를 틀고 좋다며 웃는 디제이. 이제야 청취자들도 함께 웃고 함께 분노하고 함께 욕한다. 그리고 함께 '음악을 즐긴다'. 그렇다. 처음부터 사람들이 주진우에게 기대했던 순수 음악방송은 이런 거였(는지도 모른)다.

디제이에 대한 기대를 충족시키고 나면, 이제는 디제이에게 기대는 일이 가능해진다. 우리가 만들어놓은 순수 음악방송의 틀 안에서 디제이가 날고 기는 일이 가능해지기 때문이다. 작가로서 내가 할 일은 '이 얘기 어떨까요'를 던지는 것뿐이다. 유영철의 취재기 같은 건 내가 아무리 공부해도 원고로 쓸 수 없는 얘기다. '니가 하면 투기, 내가 하면 투자'라는 가카의 철학 같은 얘기는 대한민국에서 우리 디제이만 전문이다. 내가 원고로 소스를 던지면 피디가 살을 붙이고 디제이가 숨을 불어넣는다. 청취자들과 디제이가 함께 논다. 방송이 통통 살아 숨 쉰다.

이렇게 되면 디제이 역시 제작진들에게 마음 놓고 기댈 수가 있다. 주진우 기자는 가끔 어느 시인의 시를 툭 던지며 "오늘 오프닝에서 읽을게요."라고 하기도 한다. 어느 날은 기사한 장을 캡처해 툭 보내놓기도 한다. 알아서 오프닝으로 써 달라는 얘기. 날씨가 좋은 어떤 날은 '하늘만 보고, 걷고 싶은 날'이라고 메시지를 보낸다. 그런 얘기를 방송에서 하고 싶다는 뜻이다.

코로나19로 온 국민이 사회적 거리 두기를 한창 실천할 무렵, 광화문에서 집회를 강행한 교회 목사에 대한 주제를 던지면 디제이는 "목사님! 예수 좀 믿으세요."라고 얘기하고, 사회를 떠들썩하게 뒤집어놓은 N번방 사건의 가해자들에게 무시무시한 전 세계의 성폭력 관련 처벌 사례들을 친절히 알려주기도 한다.

주진우 기자의 입장에서 어찌 보면 온종일 만나는 사람들이 취재원일 수밖에 없는데, 내내 날 선 시간을 보내다가 방송국에 와서 '첫 곡은 뭘로 틀까?'를 고민하는 시간이 행복하다고 했다. 우리 프로그램의 제작진들 역시 '오늘은 이런 얘기 어떨까요?'를 서로 주고받는 시간이 지루하고 딱딱한 회의시간이 아니라 놀거리를 찾는 것처럼 재밌고 즐겁다. 서로가 서로에 대한 기대를 충족시키면, 서로가 서로에게 기대는 일이 이렇게 가능해진다는 것을 새삼 알아가는 중이다.

가카 얘기만 나오면 눈이 돌면서 날카로워지는 '주디'는 청취자들의 첫사랑 얘기에 "이런 얘기 부끄러워요."를 연발하는 순수한 디제이다. '내가 기잔데 요즘 기자들이 부끄럽다'고 말하는 '주디'는 매일 방송 전 '첫 곡 뭐 틀지? 더 좋은 노래 없을까?'를 고민하는 순수 음악방송의 디제이다.

앞서 나는 〈아닌 밤중에 주진우입니다〉가 런칭을 시작한 초반, 갈피를 잡지 못해 부끄러운 적이 있었다고 고백했다. 그것도 사실이지만 지금 우리가 디제이의 캐릭터를 갖춘 '순수음악방송'을 할 수 있게 된 건, 그 몇 달의 시간이 사람들에게 우리 프로그램이 '순수 음악방송'으로 각인되는 시간이었기 때문이라고 생각한다.

흔들리고 고민하던 험난한 시간이 있었기에 지금은 우리가 어떤 얘기를 해도, 어떤 노래를 틀어도 '순수한 음악적 고찰'이라며 받아주는 청취자들이 있는 거라고. 늦었지만, 더 늦어 길을 잃기 전에 길을 찾아 다행이라고.

배철수 아저씨의 말씀은 늘 옳다

MBC 라디오에서 크고 작은 공개방송을 할 때 늘 진행자로 손꼽히는 1순위는 배철수 아저씨였다. 30년간 〈배철수의 음악 캠프〉를 진행하셨으니 아저씨를 'MBC 라디오의 얼굴'이라고 하는 데는 이견이 없을 것이다. 그러니까 당연히 중요한 행사에는 아저씨가 가장 먼저 떠오를 수밖에 없다.

프로그램의 디제이와 작가로 배철수 아저씨를 만난 적은 없지만, 공연이나 공개방송을 할 때마다 90퍼센트 이상 진행자는 아저씨였다. 그래 봤자 1년에 많아야 한두 번이었지만 그래도 몇 년을 내내 진행자로 아저씨를 모셨다.

그런데 행사를 준비하기 위해 만나는 자리에서 나를 볼 때마다 아저씨는 항상 이렇게 물었다.

"너 이름이 뭐라고 했지?"

작년 공개방송 때 이름을 알려드렸지만 그걸 기억하시지 못한다고 해서 서운해할 일은 아니었다. 아저씨가 마주치는 작가와 피디들, 또 다른 방송의 스태프들이 얼마나 많을 텐데, 1년에 한 번 같이 일한 내 이름을 기억하겠는가. 그래서 서운할 일은 아니라고 생각했지만 한 5년쯤 지나고 나니 아저씨가 이름을 물어보시면 살짝 웃음이 나기도 했다.

그러다 같은 공개방송을 8년째 하던 해, 드디어 아저씨가 내 이름을 묻지 않고 이렇게 얘기하셨다.

"그런데 효민이 너는, 여름 음악 페스티벌을 몇 년째 하는 거야?"

아저씨가 내 이름을 기억하는 데까지 8년이 걸린 거였다. 이상하게 뿌듯한 기분이 들었다. 아저씨는 그때도 라디오의 대가이자 대부였으니까. 꼬맹이부터 시작했던 내가 드디어 조금은 큰 것 같은 기분이었을까.

1년에 한두 번, 큰 공연에서 진행자와 작가로 만나고, 일이 끝나고 난 후에 아저씨는 늘 함께했던 스태프들을 불러 맛있는 식사를 대접해 주신다. 고작 한두 시간이지만 아저씨가 해주신 얘기들 중에 마음에 새기고 기억하는 얘기들이 있다.

밤 10시의 디제이였던 타블로가 언젠가 아저씨에게 '하기싫은 일을 거절하는 법'에 대해 질문한 적이 있다고 했다. 그때 아저씨가 해주신 명쾌한 답변. '그쪽에서 못 줄 것 같은 액수를 불러라. 못 주면 안 해도 되는 거고, 주겠다고 하면 그냥 하면 된다.'

프리랜서로 오랫동안 일을 하면서 아저씨의 이 얘기는 내기준이 되기도 했었다. 괜히 '얼마를 받아야 하나, 얼마의 가치가 있을까'를 고민하지 않을 수 있고, 혹여 하게 된다면 하기싫었던 스트레스만큼의 대가가 주어지니 정말 현명한 방법이라고 고개를 끄덕이면서 말이다.

많은 사람들이 아저씨에게 비슷한 질문을 하기도 한다고했다. '어떻게 그렇게 오랫동안 한 프로그램의 디제이를 하실수 있는가'였다. 나도 이 질문을 한 적이 있는데, 그때 아저씨는 이렇게 대답하셨다. '언제든 잘릴 수 있다는 생각으로 하면 된다.' 나는 아저씨의 말을 이렇게 이해했다. 그런 생각으로 방송을 대하면 하루하루 오늘이 마지막이라는 생각으로 최선을 다하게 되고 그 최선은 결국 청취자들에게 통하는 거라고.

주진우 기자와 '순수 음악방송 〈아닌 밤중에 주진우입니다〉'를 시작하게 됐을 때, 첫 번째 초대 손님으로 나는 배철수 아저씨를 떠올렸다. 가카 이명박의 비리를 캐고, 삼성의 적이 될 만큼 날카로운 탐사 보도를 하는 이미지가 강한 기자가 하는 '순수 음악방송'이었다. '디제이'로 첫 시작을 하는 주진우 기자에게 '디제이로서의 어떤 것'을 얘기해 주며 우리 방송에 도움을 줄 수 있는 가장 큰 인물이라고 생각했고, 감사하게도 아저씨는 첫 방송에 초대 손님으로 흔쾌히 나와주셨다.

'음악방송 디제이가 하지 말아야 할 것이 있느냐'는 주진우 기자의 질문에 아저씨는 이렇게 답하셨다.

"후배들이 방송 잘하려면 어떻게 해야 되냐고 자꾸 물어보면, 딱 한 마디만 해요. 거짓말하지 말아라. 라디오는 일상이기 때문에 1년 365일 얘기하다 보면 나중엔 무슨 얘기했는지 몰라요. 그래서 거짓말을 하면 똑같은 사안에 대해서 딴 얘기를 하게 되거든요. 얘기를 꾸며서 하거나 거짓말을 하면 그거는 청취자들이 빨리 안다, 그리고 청취자들이 한 번 신뢰가 무너지면 그다음부터는 걷잡을 수 없이 니가 무슨 말을 해도 안 믿을 거다. 이렇게 얘기는 해주는데 사실 저도 잘 몰라요."

나는 아저씨의 이 말이 '좋은 디제이'가 기억해야 할 일이면서 동시에 '라디오가 지나온 길'이라고 믿는다. 하루에 꼬박 2시간, 적어도 1시간 동안 얘기를 하고 듣는 사이다. 가족의 얘기도 2시간을 들어주는 경우는 흔치 않다.

좋아하는 사람이라면 말투가 조금만 달라져도 기분이 좋은지 나쁜지, 몸의 컨디션이 좋은지 별로인지를 알아챌 수 있는 법. 라디오는 거짓말을 하지 않기 때문에, 할 수 없기 때문에 오랫동안 라디오를 믿고 좋아해 주는 사람들이 존재하는 거라고 믿는다. 누구도 깰 수 없는 단단한 믿음이라고 믿는다.

AM
FM

청취자가 던진 물음표, 디제이가 건넨 위로

어느 시인은 물음표에 대해서 이렇게 얘기했다.

"물음표는 낚싯바늘처럼 생겼죠. 우리는 인생, 혹은 세상이
라는 망망대해에 그 물음표를 던집니다. 그런데 그게 꼭 마침
표나 느낌표로 돌아오진 않아요."

라디오에 도착하는 사연들에도 정말 다양한 물음표가 있
다. '월급이 줄었다는 걸 아내한테 어떻게 말할까?' 하는 어느
중년 사내의 얘기. '혹한이 닥쳐온다는데 군대 간 아들이 춥진
않을까?' 아들을 군대 보낸 어머니의 물음표. '온종일 운전하
는 내 남편, 혹시나 졸진 않을까?' 걱정하는 아내의 물음표 같
은 무게가 있는 물음표부터, '날이 좀 풀린다는데 목도리를 하
고 나갈까 말까?' 출근길 회사원의 물음표, '청소부터 할까, 커
피부터 마실까?' 아이를 어린이집에 보낸 주부의 물음표 같은

가벼운 물음표까지. 딱히 느낌표나 마침표를 기대하지는 않는 이 수많은 물음표들을 하루에도 수천 개씩 들여다본다. 천 명이면 천 명의 사람이 가진 물음표는, 신기하게도 각기 다르면서 또 비슷하기도 하다. 라디오는 그들이 던진 물음표에 마침표나 느낌표로 답하지 않는다. 때로는 다시 물음표를 던지기도 하고, 때로는 그저 공감만 할 뿐이다.

사람들이 누군가와 나누고 싶어 하는 얘기는 그냥 이렇게 사소한 것이라는 생각이 든다. 거대한 담론이 아닌, 사소하기 때문에 더 중요한 것들. 누군가에겐 아무것도 아닐지 모르지만 자신에게는 가장 소중했던 오늘의 일상. 그 얘기가 중요한 이유에 대해서 생각해 본다. 그 사소한 일상에 담긴 건 그래서 기뻤다는 얘기, 그래서 속상했다는 얘기, 그래서 위로가 필요하다는 얘기.

각자의 디제이들은 자신이 할 수 있는 범위에서 그 얘기들에 답을 한다. 그들의 방식대로.
개그맨 박명수의 호통과 같은 코멘트는 '그래도 괜찮다'는 위로였다.

타블로의 '제 친구 중에도 이런 애가 있었는데요'로 시작하는 코멘트는 '누군가 당신과 같은 생각을 하고 있어요'로 건네는 위로였다.

성시경이나 알렉스의 '그게 뭐요? 그래서 뭐요?' 이 시크한 코멘트는 '고작 거기에 질 거냐' 당신의 내일은 더 나아지길 바라는 마음이었다.

소녀시대 써니가 솔직하게 꺼내놓은 '저는 잘 모르겠어요'는 '함부로 얘기하지 않겠지만 당신이 잘 판단할 것이라 믿는다'는 조심스러운 위로였다.

주진우가 건네는 '다 저한테 얘기하세요'는 '나는 무조건 니 편이다'라는 든든한 위로였다.

청취자들의 때로 갑갑하고, 때로 막막하고, 때로 무거운 물음표엔 이렇듯 각각의 디제이들의 방식대로 다양한 코멘트가 존재했다.

라디오에 도착하는 사연이 늘 비슷비슷하다고 생각하는 것은, 만드는 사람의 착각일 수 있다. 세상의 모든 고민, 세상의 모든 얘기가 같을 순 없다. 각자의 이유는 모두 다르기 때문에.

친구의 고민을 들어준 적이 있을 것이다. 우리는 그들의 고민에 어떻게 답했던가. 혹시 '다들 그러고 산다'는 뻔한 위로를 건네진 않았던가. '너만 그러는 거 아니다'라는 말로 상처를 준 적은 없었던가. '지나고 나면 괜찮아질 거야'라는 희망 고문을 하진 않았던가.

조언은 어렵다. 누구에게나 어렵다. 디제이들에게도 틀림없이 어려웠을 것이다. 그럼에도 불구하고 각자의 방식대로 훌륭한 위로를 건넨 디제이들에게, 다시 한 번 감사를.

AM
FM

익숙하고 편안하게 있어 주면 돼

디제이들이 스케줄 상 문제가 있거나 휴가를 가게 되면 프로그램은 둘 중 하나를 선택해야 한다. 디제이의 스케줄만큼 녹음 방송을 하거나 대타 디제이를 부르거나. 가끔 대타 디제이들을 기용하는 건 프로그램에 활력소가 되기도 한다. 익숙한 디제이의 목소리가 주는 안정감에서 잠시 벗어나 설렘을 느낄 수 있으니까.

　사실 어떤 디제이들은 대타 디제이가 오는 걸 달가워하지 않는 경우도 있다. 디제이들도 프리랜서니까 이해하지 못하는 건 아니다. 나보다 더 잘하면 어쩌나, 청취자들이 나보다 더 좋아하면 어쩌나 하는 불안감이 당연히 있을 거라고 생각한다.

　솔직하게 말하자면, 정답이다. 그게 누구건 대타 디제이들을 싫어하거나 거부하는 청취자들을 본 적은 없다. 모두가 양팔 벌려 대환영이었다. 대타 디제이가 방송하는 첫날은 문자 게시판들이 온통 환영의 내용으로 가득하고 심지어 평소 우리 디제이가 방송할 때보다 참여율도 훨씬 높을 때가 많다. 그러니 당연히 디제이가 불안해할 수밖에.

나 역시 그런 적이 있다. 이미 익숙해진 우리 디제이와는 다른 목소리, 다른 톤, 원고에 대한 다른 이해를 보이는 디제이를 만나면 '어떻게 이럴 수가' 하고 놀라기도 했다. '너무 잘한다, 너무 좋다'를 연발하다가 '디제이 해보실 생각 없냐'고 실제로 이렇게 물어본 적도 있다. 아, 물론 지금 하고 있는 그 프로그램의 디제이를 말하는 건 결코 아니다. 혹 다른 프로그램 디제이가 필요할 때를 대비한 질문이었다.

라디오에 결코 익숙하지 않은 사람이 대타 디제이를 하게 되더라도 그 신선함이 주는 짜릿함은 엄청나다. 원고를 잘못 읽고 버벅대는 것도 신선하고, 이를테면 '지문' 비슷하게 써준 걸 청취자 사연으로 착각하고 헤매는 모습까지 다 매력적이다. 청취자들도 그럴 땐 '괜찮아요, 너무 귀여워요, 우린 다 알아들었어요' 하며 응원과 격려를 아끼지 않는다. 우리 디제이가 실수하면 '그거 틀렸다, 정정해라, 그렇게 말하는 게 어딨냐' 꼬치꼬치 따지고 낄낄대며 놀리던 - 물론 친밀함과 신뢰를 기반으로 한 거지만 - 청취자들도 대타 디제이들의 실수에는 그렇게 마음이 넓어질 수가 없다.

첫날 실수 연발이던 대타 디제이가 3,4일쯤 지나 어느덧 안정적인 진행을 하게 되면 그땐 또 그때대로 '어쩜 이렇게 잘하냐, 디제이가 천성이다'며 칭찬을 하게 된다. 역시 청취자들도 마찬가지. 심지어 어느 때는 제작진들이 심각하게 고민을 하기도 했다. 우리 디제이보다 더 잘하는 거 같다, 개편 때 디제이 바뀌는 거 아니냐는 걱정을 한 적도 있다.

그러다 다시 우리 디제이가 돌아오는 첫날, 시그널이 흐르고 디제이가 오프닝의 첫음절을 발음하는 순간, 나는 깨닫는다. 익숙함이 주는 안정감, 그게 얼마나 나를 편안하게 하는지, 그 편안함이 얼마나 소중하고 감사한지를 말이다.

두 배, 세 배, 그 이상 폭발적으로 넘쳐나던 문자의 개수가 예전처럼 잔잔하게 돌아와도, 그건 청취자의 수가 줄어서가 아니라는 걸 안다. 대타 디제이를 향한 뜨거웠던 반응은 '우리의 프로그램'을 지켜줘서 고맙다는 청취자들의 배려이자 예의 같은 거라고 생각한다. 편하게 지내다 가시라는, 재밌게 놀다 가시라는, 짧은 시간이지만 함께하게 된 사람을 위한 환대 같은 것. 제작진이나 디제이 못지않게 청취자들도 '우리 프로그램'이라는 마음을 가지고 있기에 가능한 일이다.

그렇기에 디제이도 불안함을 뒤로 한 채 편안한 스케줄을 마무리하고 제자리로 돌아올 수 있는 것 같다. 우리 청취자들의 마음을 아니까. '큰일이에요, 대타 디제이가 더 좋았어요'라고 놀려도 그 마음 안에 담긴 진심을 알기에 '그럼 저 휴가 자주 갈게요'라고 받아칠 수도 있는 거다. 서로 믿으니까. 마음의 경계 따윈 풀어 젖힌 채로 말이다.

가끔 대타 디제이들을 만나면서 느낀 것이지만, 새로운 것은 재밌다. 새로움은 짜릿하다. 그건 명백한 사실이지만 착각이기도 하다. 지금 새로운 그것도 시간이 흐르면 또 익숙한 것이 되는 날이 온다. 다른 매체에 비해 자극적이지 않고 익숙한 라디오를 사람들이 늘 잊지 않는 이유가 거기에 있는지도 모르겠다. 아니, 사람들이 라디오에 원하는 게 바로 그거라고 해야 할까? 익숙하고 편안할 것, 따뜻할 것, 그대로 있어줄 것.

그러고 보니 세상에 라디오 같은 사람만 있다면 얼마나 좋을까. 너무 큰 욕심일까?

'타인'이라 쓰고 '가족'이라 읽는다

라디오에서는 청취자들을 '가족'이라고 부른다. '별밤 가족', '푸른 밤 가족', '오늘 아침 가족', '아밤주 가족'. 이렇게 프로그램을 옮길 때마다 나에겐 새로운 가족들이 탄생하곤 했다. 그런데 라디오 애청자들을 왜 '가족'이라고 부를까?

　〈홍은희의 음악 동네〉라는, 오후 4시 프로그램의 오프닝을 쓰다가 이 질문에 대해 생각해 보게 됐다.

　37분.
　하루에, 우리가 '이것'을 하는 시간이라고 하는데요.
　37분.
　하루 24시간 중에 37분 동안, 과연 우린, 뭘 할까요?

우리가 평균적으로 37분 동안 한다는 이것.
바로, '가족과 식사하는 시간'이래요.

어쩔 수 없이 혼자 밥을 먹어야 하는 사람들을 제외하면
'37분이나 된다고?' 이렇게 생각하는 분들은, 안 계시겠죠?

생각해 보면 37분도 길죠.
아침 급하게 먹고, 점심 각자 먹고,
저녁도 밖에서 먹고 오는 날이 많다 보면……
37분은커녕, 20분도 안 되는 사람들…… 많지 않을까요?

혼자 밥 먹으면, 뇌에서 포만감 호르몬이 분비되기 전에
후딱 먹어치우느라, 과식하게 되기도 쉽다는데요,
장맛비 내리는 오늘은,
파전이든 김치전이든, 아니면 그냥 밀전병이라도 부쳐서
'하루에 37분' 말고 '저녁 한 끼만 37분' 동안, 같이 먹어보죠.

여기는 홍은희의 음악 동네예요.

하루 24시간 중에, 가족과 함께 얼굴을 마주 보는 시간이 고작 37분.

그런데 라디오 프로그램은 최소한 1시간, 대부분은 2시간이다. 그 시간은 다른 일을 하면서도 라디오에 귀를 기울인다. 디제이의 얘기를 듣고, 틀어주는 노래를 함께 듣고, 조금 더 적극적이라면 문자로 방송에 참여하기도 한다. 내가 듣고 싶은 노래를 신청해 보내기도 하고, 전혀 모르는 다른 사람의 사연을 듣고 조언을 보내거나 자신의 생각을 얘기하기도 한다.

진짜 가족과 함께하는 시간보다 실은 더 다정하고, 긴 시간을 함께 보내는 거다. 그러니 라디오 애청자들을 '가족'이라 부르는 건 전혀 무리가 없는 일이지 않을까.

가끔 어떤 프로그램들에서는 애청자들을 부르는 말을 따로 만들어 쓰기도 한다. '가족' 이외의 다른, 소위 신박한 표현들도 있었던 걸로 기억한다. 그런 특별한 용어를 쓰면 해당 방송의 애청자들은 또 그들만의 특별하고 끈끈한 무언가가 생기는 게 틀림없다. 나 역시 어떤 프로그램에서 새로운 표현을 쓴 적도 있고, 쓰려고 시도한 적도 있었다.

그런데 결국, 라디오는 가족이다. 그보다 더 잘, 표현할 수 있
는 단어는 지금까지 경험한 바 없는 것 같고, 없을 것 같고, 없
는 게 분명하다. 우리가 '가족'이라고 부르는 사람들에게 느끼
는 모든 감정들, 라디오에는 분명 그 모든 것이 들어 있으니까.

AM
FM

라디오엔 당신의 '하찮은' 인생이 있다

굉장히 유명한 사람의 진짜 평범한 일상도 뉴스거리가 될 수 있을까?

　이런 주제로 원고를 썼던 적이 있다. 예를 들어 이런 거다. "오늘 김연아 선수는 아침엔 김치찌개, 점심엔 스파게티, 저녁엔 삼겹살을 구워 먹었다는 소식입니다." 또 이런 얘기. "오늘 정우성은 특별한 스케줄이 없어서 동네 빵집에 빵을 사러 나오는 일 외에는 한 번도 외출하지 않았던 것으로 밝혀졌습니다". 이런 얘기가 뉴스가 될 수 있을까 하는 질문.

　그런데 어쩌면 이들은 유명인이라서, 유명인이기에 이렇게 아무것도 아닌 일상조차 기삿거리가 될 수도 있겠다. 실제로 어떤 기사들은 연예인들이 SNS에 올린 사진 한 장을 그대로 전하기도 하니까. 걸그룹 멤버의 고양이가 이만큼 컸다던가, 어떤 배우가 빨간 립스틱을 발랐다는 것도 기사로 소비되고 있지 않은가. 아무리 별것 아닌 심심한 일상이라 해도 그들을 좋아하는 사람들에게는 충분히 기삿거리가 될 만하니까 말이다.

하지만 연예인이 아닌 그냥 평범한 보통 사람들의 이런 얘기라면 어떨까? 그런 것도 뉴스가 될 수 있을까? 본 적도 없고 알지도 못하는 누군가의 지극히 평범한 일상을 궁금해하고, 공감하고, 댓글을 달고, 웃기도 하는 게 가능할까?

라디오에는 그런 얘기들이 넘쳐난다. 쉬는 날이라 오후 3시에 일어났다는 어느 회사원의 심심한 오후 얘기도, 왜 나만 애인이 안 생길까 고민하는 솔로들의 끊임없는 푸념도, 공부하기 싫어 죽겠다는 학생들의 하소연도 다 뉴스거리가 된다. 비가 와서 김치전이 생각난다는 얘기는 비 오는 날의 단골 뉴스고, 불금을 불태우러 친구들과 약속을 잡았다는 얘기도 금요일마다 오는 사연들 중의 하나다. 오늘 머리를 잘랐다는 얘기, 어떤 음악이 갑자기 생각났다는 얘기, 집 벽에 곰팡이가 생기기 시작했다는 얘기도 라디오에선 다 사연이 된다.

한 청취자가 점심에 칼국수를 먹었다고 하면, 어느 동네 무
슨 칼국숫집이 맛있다는 또 다른 청취자의 얘기가 올라오고,
칼국수에 애호박이 들어가는 게 좋은지 아닌지 심각하게 토
론이 벌어지기도 한다. 그러다 '돌아가신 엄마가 해주신 칼국
수가 생각난다'는 또 다른 청취자의 얘기가 이어지면, 거기서
부턴 다시 엄마가 해주신 음식들에 대한 추억 릴레이가 시작
된다.

우리가 어디에 가서 누구를 만나면 이만큼이나 자신의 아
무것도 아닌 일상들을 나눌 수 있을까. 누가 내 하찮은 일상을
궁금해할 것이며, 이렇게 공감해 줄까. 누구에겐 소소한 일상
이 우리의 하루를 만든다는 것, 하찮은 일상들이 바로 우리의
삶이라는 것을 라디오는, 청취자들은 알기에, 하찮은 일상을
공유하는 거라 생각한다.

바둑을 좋아하는 사람은 바둑판에 인생이 있다고 말한다.
야구를 좋아하는 사람들은 야구야말로 인생의 축소판이라고

말한다. 나는 라디오를 좋아하는 작가니까 라디오야말로 인생의 희로애락이 담긴 인생의 축소판이라고 말한다.

라디오를 듣는 사람들 중엔 바둑을 좋아하는 사람도 있을 테고, 주말마다 사회인 야구팀에서 야구를 즐기는 사람도 있을 거다. 그런 온갖 종류의 사람들이 모여 있는 곳, 더구나 우리가 놓치는 사소하다 못해 소소하고, 하찮게 지나쳐버리는 모든 일상들이 다 담겨 있는 곳, 거기가 바로 라디오니까.

AM
FM

그래서 라디오

'비디오 데크의 규칙'이란 게 있다. 비디오의 가격을 올리는 데 결정적인 계기가 된 바로 그 특수한 기능! 물건을 사더라도 그 기능은 절대로 사용하지 않는다는 것. 기기들은 하루가 멀다하고 업그레이드되지만, 아무리 휴대전화에 새 기능이 추가돼 봤자 우리가 쓰는 기능들은 거기서 거기지 않은가. 특수하고 새로운 기술을 궁금해하고 신기해하는 사람도 물론 있겠으나 그래도 누구나 쉽게 쓸 수 있게 가장 기본적인 것, 그게 좋은 거 아닐까. 대화, 위로, 소통, 따뜻한 마음 주고받기. 오랫동안 그 기본을 늘 지키고 있기 때문에 사람들은 여전히 라디오를 좋아하는가 보다, 그렇게 생각한다.

　이 규칙도 이미 십수 년 전에 나온 얘기일 테니 지금은 통용되지 않는 얘기인지도 모른다. 하지만 이런 얘기를 방송에서 쓴다면 청취자들은 대부분 공감할 거라고 생각한다. '어머, 저도 그래요, 스마트폰 사도 맨날 전화 아니면 인터넷 쓰는 게 다 예요' 이런 얘길 하는 청취자도 있을 것 같고, '스마트 티비 샀는데 기능이 너무 복잡해요. 채널이랑 음량만 있으면 되는 거 아닌가요' 이런 반응도 틀림없이 있을 것 같다.

애길 하다 보니 궁금해진다. 청취자들은 디제이를 좋아하기 때문에 이런 얘기들에 기본적으로 공감해 주는 걸까, 아니면 정말로 그렇다고 느끼고 있는 걸까.

사실 진짜 궁금한 건 따로 있다. 아직도 '진짜 라디오'로 라디오를 듣는 사람들이 많을까 하는 거다. 휴대전화에 라디오 앱을 깔아 듣는 사람도 많아졌고 차 안에서 라디오를 듣는 사람들이 훨씬 많아졌다고 하니까. 이 '비디오 데크의 규칙'은 진짜 라디오를 듣는 사람들이라면 아마 더 많이 공감할 게 분명하다. 한때는 '라디오 청취자들은 한번 주파수를 맞추면 절대 돌리지 않기 때문에 채널 점유율이나 청취율을 한 방송사가 독식하는 거다'라는 얘기를 들은 적이 있다. 그건 라디오를 듣는 사람들이 지금보다 훨씬 많았던 시절의 이야기라는 데 모두가 동의하지 않을까.

지금은 휴대전화에 각 방송사 라디오 앱을 깔아두고 원할 때 들을 수 있고, 차 안에서 듣는 라디오는 손만 뻗으면 언제든지 주파수를 돌릴 수 있다. 좋아하는 디제이의 라디오를 정해진 시간에 일부러 찾아듣는 수고를 이제는 하지 않아도 된다. 라디오의 다시 듣기를 이용하면 내가 편할 때 언제든 들을 수 있다.

그러니 이제 '비디오 데크의 규칙'이란 건 라디오에서 통용되지 않는 얘기다. 그래서 라디오를 만드는 사람들은 두 배로 힘들어진 건지도 모른다. 빠르게 변화하는 매체들을 연구하고 따라가야 하는 숙제도 가지고 있지만, 동시에 기존의 아날로그식 라디오 청취자들을 놓치지 않아야 한다는 숙제도 해결해야 하니 말이다.

'보이는 라디오'가 처음 나왔을 때는 다들 신기해했지만 이제 라디오가 보이는 걸 청취자들은 또 당연하게 생각한다. 보고 싶은 게스트가 나왔을 땐 보이는 라디오를 진행해 달라고 청취자들이 요청하기도 한다.

그런데 어떤 디제이들은 여전히 라디오가 '보인다'는 것에 대해 거부감을 느끼기도 한다. 라디오는 들으면서 상상해야 하는 매체인데, 모든 걸 다 보여주는 건 라디오와 어울리지 않는다는 것이다. 이 얘기도 일리가 있다. 어떤 게 정답인지는 모르겠지만 적어도 하나는 알 것 같다. 그냥 일상생활에 틀어두고 '듣기만 해도' 되는 라디오를 굳이 '보러' 오는 청취자들의 정성은 또 다른 종류의 라디오에 대한 애정이라는 것. 공기처럼 흘려보내며 들어도 될 것을 시간을 들여 본다는 것은 라디오에 대한 또 다른 사랑이 분명하지 않을까?

아무튼 이것도 포기할 수 없고, 아니 포기해선 안 되고, 변화에도 적응해야 하는 라디오의 운명은 어떻게 될까.

지금 하고 있는 〈아닌 밤중에 주진우입니다〉라는 프로그램은 라디오 생방송 분량이 다음 날이면 유튜브에 그대로 올라가기도 하고, 팟캐스트 플랫폼에도 올라간다. 또 일주일 동안의 하이라이트 방송을 편집해 TV에서 1시간짜리로 방송되기도 한다. 본성은 라디오 방송인데 사람들은 각자 원하는 방식으로 방송을 접한다.

때로 라디오이기도 하고 TV이기도 하고, 팟캐스트가 되기
도 하며 유튜브 채널이 되기도 하는 신기한 방송. 라디오가 정
말로 가야 하는 길이, 저 안에 분명히 있을 거라고 믿는다.

ON AIR

20년째
라디오 작가

AM
FM

그날 일정이 어떻게 될지 모르는데요!

라디오 작가가 된 후로 내 모든 스케줄의 중심은 프로그램이었다. 라디오는 주로 디제이의 일정에 따라 프로그램을 생방송으로 진행하기도 하고 녹음을 하기도 한다. 당연히 피디나 작가들은 그 일정에 따라야만 한다. 약속이 미리 잡혀 있더라도 그날 디제이의 스케줄이 갑자기 바뀌면 제작진들은 약속을 취소한다. 방송이 먼저니까. 너무 흔한 말이지만 방송은 청취자들과의 약속이니까. 그 약속은 어떤 약속들 이전에 잡힌 약속이니까.

　약속을 잡았다 취소하는 일을 여러 번 반복하다 보니 상황이 좀 웃겨지기 시작했다. 약속을 잡는 방식이 웃기게 돼 버린 거다. 여럿이 날짜를 맞춰 만나야 하는 일인 경우엔 '나는 그날 될 수도 있고 안 될 수도 있으니 되는 사람들끼리 잡고, 시간이 되면 가겠다'고 하는 식이다. 물론 다른 직업을 가진 사람들의 경우에도 그럴 수 있을지 모르겠지만 한두 번씩 그러다 보니 이제 아예 친구들은 나를 약속의 대상에서 제외하는 일도 생기기 시작했다. 그렇다고 그런 게 서운하지 않았다. 그때의 나한테는 일이 더 중요했으니까.

꼭 방송이 아니라 급작스러운 회의가 생길 때도 종종 있었다. 방송이 끝나는 시간에 맞춰 넉넉하게 약속을 잡았는데 방송 후에 갑자기 피디가 회의를 소집하는 경우가 그렇다. 그럴 때도 '저는 약속이 있다'는 말을 하는 대신 회의 중에 몰래 휴대전화로 선약의 대상에게 문자를 보내곤 했다. '급한 회의가 생겨서 오늘은 못 보겠어요. 회의 끝나고 연락드릴게요' 같은 식이었다. 그때의 나는 왜 그런 급작스러운 취소를 다들 양해해 줄 거라고 내 마음대로 생각했던 걸까.

명절이나 가족들끼리의 중요한 모임도 그랬다. 부모님의 생신날 회의가 잡혀도 선뜻 '그날은 부모님 생신이어서'라는 얘기를 하지 못했다. 그래서 가족 모임을 나 때문에 미룬 경우도 여러 번이다. 설이나 추석 같은 명절에도 특별 생방송을 하기 때문에 항상 나는 뒤늦게 가거나 못 간 적도 많다. 그때의 나는 왜 그런 것들이 미안하고 상대를 서운하게 하는 일이라는 걸 알지 못했을까. 왜 다들 나를 이해해 줄 거라고, 이 정도는 양해해 줘야 되는 거 아니냐고 생각했던 걸까.

대부분 평일에 일하고 주말엔 쉬는 생활들을 하지만, 라디오 프로그램은 앞서 말했듯 디제이의 스케줄에 따라 움직이다 보니 평일에 쉬고 주말에 일을 해야 하는 적도 많았다. 그러니 주말에 누군가를 만나는 것도 점점 불가능한 일이 돼버렸다. 이런 식이다 보니 주로 선호하는 약속의 방식은 번개였다. '나 오늘 시간 되니까 볼 수 있으면 보자'는 식이었다.

하지만 내가 시간이 된다고 해서 내가 보고 싶은 사람도 시간이 된다는 보장은 없으니 만남이 이루어지는 경우는 가뭄에 콩 나듯 적었다. 그렇게 약속이 취소되거나 없는 자투리 시간을 활용하는 데는 도가 텄다고 할 수 있을 만큼 혼자 시간을 보내는 일은 익숙하다.

그런데 어느 순간부터 분위기는 달라지기 시작했다. 후배들의 숫자가 선배들보다 많아지기 시작하면서부터였던 것 같다. '오늘 방송 끝나고 회의하자'는 말에 함께 일하던 후배가 '저 오늘은 약속이 있는데요' 하는 거였다. 나는 좀 당황했다. 어떻게 이럴 수가 있을까. 나쁜 의미는 아니다. 나는 한 번도 해본 적이 없고, 누가 강요한 것도 아닌데 해서는 안 되는 말이라고 생각했던 말을 후배가 한 거였다. 더 놀랐던 건 그럼 회의는 내일 하자는 피디의 반응이었다. 그럴 수도 있다는 것, 그래도 된다는 걸 나는 몰랐거나 알 기회를 가지려고 하지도 않았던 거다. 누군가 그렇게 하기 전까지는 알지 못했을 뿐이다.

어떤 선배들은 그렇게 변해가는 후배들의 태도에 불만을 가지기도 했었다. 소위 '우리 때는 안 그랬는데'가 그 이유였다. 어떻게 방송 회의보다 선약이 중요할 수 있느냐는 생각이 잘못됐다는 건 아니다. 그렇게 말할 줄 아는 후배들은 점점 더 늘어갔고, 그 모습을 보면서 나는 그동안의 나에 대해서 한 번 더 생각해 보게 됐던 것 같다.

'나는 왜 그러지 못했을까'가 첫 번째 생각이었다. 그게 당

ON AIR 그날 일정이 어떻게 될지 모르는데요!

시 방송가의 분위기이기도 했다. 방송이 끝나면 방송국 앞 포장마차에서 소주 한잔하면서 그날 방송에 대해 얘기하기도 하고, 다음 날 방송에 대한 회의를 하기도 하는 게 일상이었으니까. 거의 매일 있는 회의나 일주일에 서너 번씩 있는 회식 자리도 일의 한 부분이라고 나와 같은 세대의 어떤 사람들이 생각했듯, 나도 그랬으니까.

그리고는 나도 노력했다. '저는 약속이 있어서요'라는 말을 꺼내기가 처음엔 어려웠지만 한두 번 하다 보니 그래도 되는 거였다. 하지 않았기 때문에 안 되는 일이었을 뿐이다. 물론 그렇다고 그런 일을 자주 만들어 방송에 소홀하진 않았다. 분위기 봐서, 꼭 해야 하는 회의이거나 꼭 가야 하는 회식이 아니라면 선약을 챙길 수 있게 됐다. 알게 모르게 멀어졌던 사람들과도 다시 웃으면서 얘기를 나누는 시간이 늘어났고, 프로그램이 전부였던 나에게 방송 이외의 것들을 들여다볼 수 있는 시간이 주어졌다. 조금 더 거창하게 말한다면 프로그램 중심의 삶이 나 중심의 삶으로 돌아왔달까. 물론 여전히 일은 중요하다. 한 번도 싫어해 본 적 없는 일이니까. 지금도 재밌으니까.

하지만 일 이전에 나에게 중요한 것들에 대해서 곱씹어 보게 됐다는 뜻이다.

〈잠깐만〉이라는 MBC의 오래된 캠페인을 수년간 하면서 200명이 넘는 셀럽들과 인터뷰를 할 기회가 있었다. 대상에 따라 당연히 다른 질문들을 하지만 어떤 질문들은 돌고 돌아 공통적으로 듣게 되는 얘기도 있는데, 그중에 하나가 '내가 가장 소중하다'는 얘기였다.

안녕하세요. 개그우먼 김숙입니다.

'지금의 김숙을 만든 건 괄시와 서러움이다.'

이런 얘기를 한 적이 있습니다.

난 잘못한 게 없는데도 괄시받고, 그래서 서럽던 시절에

내 마음이 다치지 않고, 내가 불행해지지 않으려면,

무조건 참으면 안 된다는 걸 알았습니다.

참으면 아무도 몰라줍니다. 다 얘기해야 해요.

아닌 것, 잘못된 것, 싫은 것, 다른 것.

그런 일들에, 내 목소리를 내도. 얼마든지 괜찮습니다.

ON AIR 그날 일정이 어떻게 될지 모르는데요!

안녕하세요. 모델 한혜진입니다.

모델 일을 할 때, '저 사람은 저런데 나는 왜 이럴까'

남과 비교하는 일은 전혀 도움이 되지 않습니다.

사람이 서로 생긴 게 다른 것처럼,

각자 잘하고 못하는 게 다를 뿐이죠.

이 사람이 못하는 걸 내가 할 수도 있고

내가 못하는 걸 다른 누군가가 할 수 있는 거고요.

남과 비교하고 자책할 시간에 차라리

나만이 가지고 있는 개성에 집중하고 개발하면 어떨까요?

내가 가진 장점, 나만 할 수 있는 건 얼마든지 있습니다.

안녕하세요. 배우 박소담입니다.

데뷔하고 운이 좋게, 짧은 시간에 여러 작품을 했어요.

이런 기회가 또 언제 올지 모른단 생각에

다 해내고 싶은 욕심으로, 즐겼다고 생각했죠.

그땐 '좀 쉬어가면서 하라'는 주변의 말이

무슨 뜻인지 몰랐습니다.

쉬는 타이밍이 왔을 때에야, 잘 쉬는 게 중요하다는 말,

나를 아껴가면서 해야 한다는 걸 깨닫게 됐죠.
쫓기듯 달리지 않아도 됩니다.
우리 삶엔 반드시, 쉼표가 필요합니다.

이 뻔한 진리. 너무나 당연한 진리. 일이 소중하고 일하는 시간에 대한 투자를 아까워하지 않는 건 중요하다. 하지만 그 이전에 내가 있음을 너무 늦게 알게 된 그 이전의 나 자신에게 사과하고 싶다. 조금 더 충분히 인생을 즐기면서 살 수도 있었을 텐데. 일에서 오는 즐거움이 인생의 즐거움의 전부가 아니라는 걸 이제라도 알고 즐길 수 있게 돼서, 변해가는 세상에, 그걸 알게 해준 후배들에게 고맙다.

그날 일정이 어떻게 될지 모르는데요!

AM
FM

매일 조금씩 나아지려고 합니다

라디오 프로그램은 '종합 구성'이라고 한다. 2시간짜리 프로그램 안에는 여러 형태의 코너들이 존재하기 때문이다. 퀴즈 코너, 에세이, 사연을 소개하는 코너, 전화를 연결하는 코너 등등……. 각 프로그램의 성격마다, 또 디제이의 캐릭터마다 구성되는 코너들은 모두 다르다. 이런 코너들 중에 내가 제일 자신 없는 건 '콩트'였다.

　콩트도 프로그램마다 성격이 달라지기도 하는데, 사회적인 이슈들을 주제로 하는 풍자도 있고, 청취자들의 사연을 콩트로 재구성하기도 하며, 사랑에 관한 얘기를 콩트 형식으로 전하기도 한다. 콩트를 전문으로 쓰는 작가는 대부분 따로 있지만, 여러 가지 여건상(특히 제작비 부족의 문제로) 프로그램 내의 작가들이 콩트를 소화하게 되는 경우도 종종 있다.

라디오 작가를 시작한 지 몇 년 되지 않았던 때로 기억한다. 갑작스럽게 콩트 코너의 녹음이 잡혔고 메인 작가 언니에게 사정이 있어 원고를 쓸 수가 없는 상황이었다. 피디는 급히 나에게 전화했고, 나는 겁도 없이 언니가 쓰던 콩트의 원고를 쓰게 됐다. 사랑의 정의를 내리는 콩트 형식의 띠 코너였다.

아마도 언니라면 두어 시간이면 완성했을 원고를 나는 밤새 썼고 다음 날 디제이와 게스트가 내가 쓴 콩트 원고로 녹음을 하긴 했다. '하긴 했다'고 쓴 이유는 그렇게 녹음한 녹음분은 결국 방송되지 못했기 때문이다. 십수 년 차 메인 작가 언니가 쓰던 콩트의 원고 퀄리티를 고작 2년 차 서브 작가가 따라갈 수 있을 리 만무했고, 그래도 혹시나 하는 마음으로 녹음을 했으나 결국 '자체 방송불가' 판정을 받았던 거다.

이후로 경력이 쌓여가면서 다른 프로그램들에서도 종종 매번 다른 형식의 콩트를 쓰게 되는 경우가 있었는데, 그럴 때마다 나는 어떻게 해서든 그 코너를 맡지 않으려고 애썼다. 콩트에 트라우마가 생겼던 거다. 그래도 어쩔 수 없이 써야 하는 경우엔 다른 원고들보다 수십 배는 더 큰 스트레스를 받으며 썼다. 원고를 쓰면 방송을 하기 전에 몇몇 작가들에게 미리 보여주고 '이게 재밌어?'를 몇 번이고 확인하기도 했다.

프로그램의 시간대나 성격별로 또 작가들의 성향은 조금씩 달라지기도 한다. 아무래도 늦은 저녁이나 밤 시간대의 청취층은 10대부터 30대 초반까지의 사람들이 많다는 가정하에 프로그램의 색깔도 그런 쪽으로 만드는 편이었다. 아침이나 낮 시간대의 경우는 직장인들이나 주부들을 상대로 하는 프로그램들이 주였기 때문에 역시 프로그램 안의 코너들도 그런 방향을 잡기 마련이었다.

메인 작가가 된 이후 10년이 넘게 '밤 프로그램'을 위주로 일했다. 그렇게 점점 나이가 들어갔고 어느 순간 '밤의 감성'을 따라갈 수 없는 때가 올 거라고 생각하고 있을 즈음이었다. 오래전 〈별이 빛나는 밤에〉를 함께 했던 피디로부터 〈두 시의 데이트〉를 함께하겠냐는 제안을 받았다. 이를테면 내가 그토록 어려워하는 콩트 같은 것도 써야 한단 뜻이었고, 무엇보다 비교적 아기자기한 밤 시간대 프로그램에 비해 낮 시간대 프로그램들은 선이 굵은 편이었다. 단 한 번도 낮 시간대의 프로 그램을 해보지 않았던 나로선 고민이 되는 지점이었다. 하던 걸 계속하면 어쨌든 최소 '이 정도'는 할 수 있는데 괜히 도전 했다가 프로그램을 망치게 될까봐, 함께하는 디제이와 스태프 들에게 폐가 될까봐, 더 솔직하게는 내 커리어에 먹칠을 하게 될까봐 겁이 났던 게 사실이다. 하지만 그래도 나는 선택해야 만 했다.

도전, 그런 멋있는 선택은 아니었다. 밤 시간대의 작가로 활 동할 수 있는 기간이 얼마 남지 않았다는 건 누구보다 나 자신 이 잘 알고 있었고, 불러주는 사람이 있을 때 낮 시간으로 옮긴 다면 작가로서의 생명은 더 길어질 수 있지 않을까 하는 헛된 희망도 있었다. 물론 거기엔 '잘해낸다면'이란 전제가 붙는 거 였지만 말이다.

그렇게 〈두 시의 데이트〉로 프로그램을 옮긴 후 라디오 작 가로서 2레벨 도전이 시작됐다. 힘들게 선택했던 프로그램이 었던 만큼 말도 많고 탈도 많았지만, 어쨌든 나는 꽤 어려운 숙 제를 마음 맞는 좋은 스태프들과 함께 잘해냈다고 생각한다.

그렇게 2년여 방송을 하는 사이 몇 번의 개편을 지나 또다시 개편 시즌이 다가왔을 때 저녁 8시대 프로그램의 제안이 들어왔다. 정확히 기억나진 않지만, 프로그램을 계속하는 것이 힘들다고 여겨지던 때였다.

그래서 마음이 많이 흔들렸다. 여기에 남으면 풀기 어려운 숙제들과 매일매일 씨름해야 하지만 다시 저녁 프로그램으로 가면 나는 평균 이상은 할 수 있다는 생각 때문이었다. 그때 함께하던 피디가 해준 얘기를 오래 기억한다.

"지금 다시 저녁 프로그램으로 돌아간다는 건 고등학교 과정 잘 다니다가 다시 중학교 돌아가는 거나 마찬가지야. 고등학생이 중학교 공부하면 당연히 잘하겠지. 그런데 그건 알아라. 성장은 절대 못한다."

원래 비유를 참 잘하던 피디였다. 설득도 참 잘하는 피디였다. 그런데 결정적으로 내가 남기로 했던 건 피디의 그런 비유나 설득 때문은 아니었다. 나는 남고 싶었던 거다. 여기서 더 잘해보고 싶었던 거다. 여기서 그냥저냥 하다 만 작가가 아니라 이걸 제대로 한 작가가 되고 싶었는데 그게 너무 쉽지 않았고, 그래서 도망치고 싶은 마음이 있었지만 또 한 켠으로는 남을 핑계가 필요했던 거였다고 고백한다.

나는 항상 어떤 결정을 하든 '그럴듯한 핑계'가 필요했던 것 같다. 지금도 나는 고민되는 일이 있을 때마다 생각한다. 어떤 선택이 내가 더 폼나 보이는 일인가를. 그게 왜 나쁜가. 이왕 끌려 갈 거라면 그럴듯하게 끌려가는 것이 볼품없이 초라하게 끌려가는 것보단 나은 거 아닌가?

나는 계속해서 고민할 것이다. 중학교 과정에 오랫동안 머물다 고등학교 과정까지 어렵게 올라갔으니 라디오 작가로서의 끝은 그 이상이 되어야 한다. 뭣도 없는, 볼품없는 퇴장이 되지 않기 위한 그럴듯한 핑계를 계속해서 찾고 노력할 것이다.

뜻대로 되지 않는 일은 있다

새로운 프로그램을 런칭해야 할 일이 있었다. 피디와 나는 새로운 디제이 A를 위한 프로젝트를 준비했다. 반드시 A여야만 하는 이유를 기획서로 만들어 라디오 국장의 컨펌을 받았고, 기획서를 들고 A를 찾아가기도 했다. A가 일하는 다른 방송사로, 공연장으로, 연습실로. 결국 '그 시간대는 부담스럽다'는 이유로 계속 마다하던 A를 설득해 오케이를 받아냈다.

　이후로 개편을 기다리며 종종 A를 만나 새로운 프로그램에 대한 회의를 했다. 프로그램을 런칭할 때 늘 그래왔던 것처럼, 아니 그보다 더 최선을 다해서. 친한 사람은 누구인지, 어떤 코너들을 해보고 싶은지, 어떤 사람을 좋아하는지, 어떤 얘길 하는 걸 좋아하고, 어떤 얘기는 싫어하는지, 누구와 함께 방송을 해보고 싶은지 등등.

그렇게 A를 위한 방송 준비를 거의 마치고, 기사 릴리즈를 하루 앞둔 어느 날이었다. 디제이가 바뀌게 됐다는 연락을 받았다. 자세한 얘기를 다 할 순 없지만 정말 어이없는 상황이었다. 프로그램을 만드는 제작진의 의사와 상관없이 디제이가 정해진 거였다. 우리 모두 화가 났지만, 방송 런칭이 며칠 남지 않았는데 화만 내고 있을 시간은 없었다.

이렇게 우리는 이유도 모른 채 우리가 공들인 디제이가 아닌 전혀 후보에 없던 새로운 디제이와 일을 하게 되었다. A에게 미안한 마음은 물론이고, 이런 상황에 화가 많이 났다. 우리가 어떻게 준비했는지 모르는 바도 아니고 어떻게 A를 설득했는지 다 알면서 어떻게 그럴 수가 있었을까.

그런데 일이라는 건 웃기다. A에겐 여전히 그때 일만 생각하면 미안하고 A를 차치하고라도 지금도 '어떻게 그럴 수 있지?'라는 생각이 들곤 하는데, 그래도 그때는 어떻게든 새로운 디제이와는 어떤 방송을 해야 할지 바로 회의를 시작해야 했다. 기운이 쏙 빠지고 허탈한 상태였지만 뭐든지 쥐어 짜내야할 때였다. 우리가 계속 화를 낸다고 위에서 자신들의 결정을 번복할 리 없거니와, 그래서 우리가 '이렇게는 못한다'면서 손을 턴다고 결정이 바뀔 리도 없었다. 그러면 우리가 아닌 또 다른 팀이 들어와 새 디제이를 데리고 방송을 했겠지.

방송 시작 전까지 한 달도 채 남지 않은 시간이었다. A에 대한 미안함으로 마음이 무거웠지만 우리는 또 새로운 디제이를 만나고 그 디제이의 장점을 살릴 수 있는 새로운 방송을 만들기 위한 회의를 시작했고 무사히 새로운 프로그램을 런칭했다.

가끔은 이렇게 순식간에 모드 전환이 되는 내 자신이 놀랍기도 하다. 내가 아는 나는 미련이 많은 사람인데, 쿨함을 표방하지만 뒤끝이 긴 사람인데, 한번 빠지면 잘 못 빠져나오는 사람인데 방송에 있어서만큼은 어떨 땐 무서울 정도로 냉정하고 차갑단 얘기를 듣기도 한다.

그런데 그렇게 하지 않기에는 뜻대로 되지 않는 일들이 너무 많다. 그럴 때마다 주저앉을 수는 없다. 화만 내고 있을 시간도 없다. 준비하던 일이 어그러졌다면 누군가는 반드시 그 자리를 채울 다른 안을 준비한다. 내가 여기서 끝낼 생각이 아니라면 거기서 화를 멈추고 누군가에 대한 비난과 불만을 멈춰야 한다. 그 순간에 해야 할 일은 분명 따로 있으니까. 어차피 일어나야 할 일이었다면 거기에서 내가 할 수 있는 일을 찾아야 했다. 그리고 잘해내야 했다.

언제든지 누구든지 내 자리를 채울 수 있다는 것을 알면서도 막상 그런 순간을 두려워했다. 그래서 더 치열해야만 했다. 아픔이나 죄책감 같은 것도 때로는 잊고. '나는 프로니까'라는 껍질을 뒤집어쓰고.

어쩌면 그래서 지금까지 버틸 수 있었는지도 모르겠다. 처음에는 그런 일들이 상처였을지 몰라도 한 번 두 번 비슷한 경험이 늘어가면서 무뎌졌을 거고, 어느 순간 그게 상처였는지조차 모를 만큼 당연하게 받아들이게 됐겠지.

그래서 나는 그만큼 단단해졌을 거라 믿는다. 뜻대로 되지 않는 일들에 일일이 상처받지 않으며 가끔은 상처로 화살을 튕겨내기도 하는. 내가 경험했던 뜻대로 되지 않는 일들 덕에 나는 더 단단한 사람이 되었다고 믿는다.

ON AIR 뜻대로 되지 않는 일은 있다

AM

FM

내 글을 기억해 주는 청취자도 있을까?

어느 날, 라디오국의 한 피디에게 문자가 왔다. ○○○라는 사람을 기억하느냐는 문자였다. 몇 년 전에 〈별밤 뽐내기〉에 출연했던 청취자고, ○○여고를 다녔고, 영화 〈인어공주〉의 주제곡으로 뽐내기에 참가했었다는 구체적인 설명이 이어질 때쯤, 교복을 입은 여고생 한 명이 머릿속에 딱 떠올랐다.

성격이 엄청 좋았고, 공부도 굉장히 잘하는 여고생이었던 게 기억났다. 당시 〈별밤 뽐내기〉에서는 참가자들을 응원하는 친구들의 응원 점수도 중요했는데, 응원까지 세세하고 꼼꼼하게, 재밌게 구성해 왔었다. 목소리가 아주 맑았고, 노래를 정말 잘했다는 것도 기억났다. 〈별이 빛나는 밤에〉를 떠나 다른 프로그램으로 가게 됐을 때, 역섭외로 한 번 더 출연을 부탁하기도 했을 정도로 인상이 좋고, 방송도 재밌게 했던 친구였다.

하나씩 생각나기 시작하니까 더 구체적인 것들도 떠오르기 시작했다. 동그란 얼굴, 당차 보이던 눈빛, 하나로 깔끔하게 묶은 포니테일 머리까지. 방송을 만드는 사람이 꿈이라고 했던 것까지 몽땅 기억이 났다. 그리고 그녀는 그 꿈을 이루었다고 했다. MBC 시사 프로그램의 피디가 된 거였다.

나에게 이 반가운 소식을 전해 준 라디오 피디와는 학교 선후배 사이인데, 혹시 '남효민 작가를 아느냐'고 물어왔다며, 기억이 나면 함께 식사를 하기로 했다. 그 약속을 하고 사실 나는 많이 떨렸다.

놀랍고 재밌는 경험이 분명했다. 고등학교 몇 학년이었던 소녀 청취자와, 스물 몇 살이었던 꼬마 작가가 꿈을 이룬 어른과 마흔을 넘긴 작가가 돼서 다시 만나는 게 흔한 일일까? 그래서 기대됐지만 그래서 긴장되기도 했다.

어쩌면 당시의 내가 어떤 작가인지 자신이 없었기 때문인지도 모른다. 〈별밤 뽐내기〉라는 코너를 맡아 진행할 당시 나는 전화로 1차 오디션을 보는 일부터 당일 출연자들 관리까지 다 맡아 했다. 코너의 퀄리티를 위해서라는 이유로 나는 청취자들을 꽤 번거롭고 귀찮게 했고, 때로는 상처를 주기도 했을 것이다. 전화 오디션을 볼 때는 '다른 노래 없냐'고, 출연이 정해지고 난 후에는 '응원전 더 재밌게 준비할 수 없냐'고, '개인기 뭐 준비했냐'고 끊임없이 출연자들에게 '더! 더! 조금 더!'를 요구했다. 방송 당일에도 청취자들의 긴장을 풀어준다는 이유로 계속 옆에서 말을 걸며, '거기 더 재밌게! 거기를 더 세게!' 계속 요구했었다.

어떤 청취자들에게는 내가 무섭고 까칠한 작가로 기억될 수도 있었겠다는 생각이, 이 연락을 받은 후 문득 들었다. 혹시 MBC의 피디가 되었다는 이 친구에게도 내가 못된 말을 한 적은 없는지 그런 생각들이 떠올랐다.

그래도 다른 마음보다는 설레는 마음이 더 큰 상태로 약속 장소에 나갔다. 얼굴을 보자마자 더 확실하게 기억이 났다. 그때처럼 여전히 하얗고 동그란 얼굴, 동그랗고 반짝거리는 눈빛, '안녕하세요' 인사할 때의 목소리와 〈인어공주〉 OST를 부르던 그 카랑카랑하고 맑은 목소리가 오버랩됐다.

무슨 얘기를 했던가. 작가와 청취자였을 때는 그냥 편하게 얘기했던 것 같은데, 사회인과 사회인이 되어 만난 지금은 반말을 해도 되나 존칭을 써야 하나 헷갈리기도 했다. '누구야!' 이렇게 부르기도 좀 그렇고 '조피디' 이렇게 부르기도 좀 그랬다. 그래서 호칭을 생략하고 반말과 존댓말을 적당히 섞어가며 얘기했던가?

그 자리에서 어떤 얘기를 나눴는지 다는 기억이 나질 않는다. 다만, 맡고 있는 프로그램에서 당시 가장 뜨거웠던 복잡한 사회적 이슈를 다루기 위해 준비하고 있다는 얘기가 기억난다. 참 당차고 똑소리 나던 고등학생이 이제는 원하던 자리에서 제 몫을 다하고 있는 것 같아 왠지 뿌듯하기도 했다. '피디가 되고 난 후에도 사내 노래패에서 활동하고 있다'는 얘기도 했다. 자신이 가진 재능을 아끼지 않고 숨기지 않고 마음껏 발산하고 있는 것도 왠지 기분 좋았다. 내가 뭘 어떻게 해준 것도 아니면서 이렇게까지 뿌듯하고 기특한 기분을 만끽해도 되나 싶을 정도로 마냥 좋았다.

좋은 기분에 취해, 혹시 그때의 나를 어떤 작가로 기억하고 있는지는 묻지 못했다. 어쩌면 묻기 두려웠던 건지도 모른다. 혹시 미안하단 말을 해야 할까 봐, 혹시 무거운 마음을 갖게 될까 봐, 웃으면서 할 수 없는 얘기들도 남아 있을까 봐.

과거를 잘 돌아보지 않는다. 늘 지금이 중요하다고 생각하며 산다. 그러려면, '어제가 될 오늘'을 최선을 다해 후회 없이, 나쁘지 않게 살아야 하는 게 맞는데 그러지 못하고 살았던 모양이다. 그런데 뜻밖의 만남에서 내가 무엇을 두려워하고 있었나를 들여다보니 나는 내 생각보다 과오를 더 많이 저지르며 살았다. 그리고 그걸 모른 척하며 살고 있다.

그날, 뜻밖의 만남을 빌어 지난날의 나를 되돌아본다. 셀 수 없이 많은, 이름도 다 기억하지 못하는 청취자들과 전화로, 문자로, 실제로 스치면서 혹 내가 어떤 실례를 범했다면 용서해 주시기를. 하지만 무엇보다 그런 일은 없었기를. 재밌고 좋았던 기억만 남았기를. '그때 그런 일이 있었잖아'라고 자랑삼아 얘기할 수 있는 하루였기를. 그리고 가끔은 디제이의 입을 통해 전하던 내 한 줄의 원고가 위로가 되셨기를 바란다.

ON AIR 　내 글을 기억해 주는 청취자도 있을까?

AM
FM

저는 연예 매거진이 아니라
라디오 작가입니다만

가끔 사람들을 만날 때면 그 무렵 떠도는 연예가 뉴스에 대해 나에게 묻는 사람들이 있다.

누구랑 누구랑 사귄다던데 그게 진짜냐, 배우 누구는 성격이 안 좋아서 제작진들이 꺼려한다는데 그게 사실이냐 같은 질문. 친한 사람들도 마찬가지다. 어떤 자리에서 우연히 만난 사람들도 내 직업이 라디오 작가라는 걸 알게 되면 빼놓지 않고 물었다. 거의 일 순위 질문이었다.

다른 작가들과 얘기해 봐도 마찬가지다. 소개팅을 나가도 상대방은 연예가 소식에 대해서 가장 많은 질문을 받는다고 했다. 그 디제이는 실제 성격이 어떠냐는 질문도 못지않게 많다. 그런 질문들에 답해 주는 작가들이 있을지는 모르지만, 글쎄 라디오 작가가 연예인들과 함께 일을 하는 경우는 많다고 해도 실상 연예 매거진 같은 프로그램의 작가가 아니라면 거의 그런 질문을 던지는 사람들 정도만 알고 있는 정도일 것이다. 성격에 따라 그보다 더 모르는 작가들도 대부분이다.

오래된, 친한 친구들과 만난 자리에서였다. 누구는 아이를 낳았고, 누구는 결혼한 지 얼마 지나지 않았고, 누구는 벌써 아이가 학교에 들어갈 무렵이 됐다. 결혼한 친구들이 모이면 하게 되는 얘기들이 오고 갔다. 결혼생활 얘기, 남편 얘기, 시댁 얘기, 각자의 사는 얘기들을 하던 끝에 한 친구가 또 그 비슷한 질문을 했다. 그때 나도 모르게 발끈했다. 미용실 잡지에서 본 얘기 나한테 물어보지 말라고, 너희들은 내가 어떻게 살고 있는지는 안 궁금하고 나는 본 적도 없는 연예인 얘기가 나한테 왜 궁금한 거냐고. 이후로 그 친구들은 더 이상 나에게 연예계의 이슈들에 대해 묻지 않았다.

내가 발끈할 수 있었던 건 그들이 정말 친한 친구들이었기 때문이다. 나에 대해 묻지 않고 일면식도 없는 제삼자에 대해 궁금해하는 걸 나는 친구들한테 충분히 서운해할 수 있으니까. 친구들도 그런 나를 이해할 거라는 믿음이 있었기에 수년

간 참았던 얘기를 꺼낼 수 있었던 거였다.

소개팅에서도 마찬가지였다. 차라리 소개팅에서 오고 가는 뻔하고 흔한 질문들이 나왔다. 그 디제이는 정말 화를 잘 내냐는 둥, 그 스캔들은 진짜냐는 둥, 아니 땐 굴뚝에 연기 안 나지 않냐는 둥, 그런 얘기를 하는 상대라면 뒤도 돌아보지 않고 안녕이었다. 그런 질문들이 나오면 나도 더 이상은 상대에 대해서 궁금해하지 않았다.

내가 함께 일한 디제이들은 90퍼센트 이상이 연예인이었다. 가수, 개그맨, 아나운서, 방송인. 대중들에게 노출되는 일을 하고 있지만, 나에게는 함께 일하는 동료였다. 때론 언니나 누나이기도 했고, 동생이나 친구이기도 했다. 친한 사람, 좋아하는 사람들의 소문에 관한 얘기를 어디 가서 하지 않는 것은 예의도 배려도 아니다. 그건 최소한의 상식이다.

그 외에도 사람들이 했던 질문 중에는 이해할 수 없는 질문들이 많다. 디제이는 작가가 써 주는 대로 다 읽는 거냐는 질문, 작가는 어떻게 매일 글을 쓰냐는 질문 같은 것들이 그렇다. 사실 나는 이런 질문들이 조금 이상하게 들린다. 누군가 삼성에 근무한다고 해서 '그래서 이재용은 실제로 어때?'라고 묻지 않고, '너는 어떻게 매일 서류를 작성하고, 매일 거래처를 상대해?' 같은 걸 궁금해하진 않는다. 물론 내가 하고 있는 일의 특수성 때문에 사람들이 그런 것들을 궁금해할 수도 있다는 걸 이해한다.

대화에서 질문은 중요하다. 어떤 질문을 던지느냐에 따라서 상대방의 생각을 알 수 있기도 하고, 그 대화가 끊임없이 이어지거나 거기서 끝나기도 한다. 상대에 대한 호감과 호기심이 없다면, 좋은 질문을 하기 어렵다. 아마 이런 질문들에 내가 혹여 발끈하거나 반복되는 이런 식의 대화에 질려 어느 순간 만남을 저어하기 시작했다면 이런 이유에서였을 것이다. 더 이상 내가 궁금하지 않은 사람과 얘기하는 건 무의미하니까.

그래도 궁금하면 얼마든지 물어봐도 좋다. 당신이 궁금해하는 것, 딱 그만큼의 가치만큼만 얼마든지 대답할 수 있지만 그 대답이 우리의 인연을 이어주지는 못할 것이다. 연예인의 사생활이 궁금하시다면 연예 정보 프로그램을 보시기를. 라디오 작가는 청취자들의 사는 모습이 궁금하면 궁금했지, 연예인들의 사생활에는 1도 관심 없으니 말이다.

라디오 작가에겐 없는 것

20대의 작가에겐 돈이 없고 30대의 작가에겐 친구가 없고 40대의 작가에겐 아이가 없고 50대의 작가에겐 일이 없다.

　오래전에 인터넷 유머 게시판에 떠돌던 우스갯소리였다. 그때는 뭣도 모르면서 어떻게 공감을 했는지 모르겠다. 작가들끼리 돌려보기도 하면서 많이 웃었던 기억이 난다. 그때의 나는 20대였지만 30대, 40대 작가 선배들도 고개를 끄덕이며 공감했었다. 남들이 웃자고 하는 얘기가 나한테 현실이 되면 그건 웃을 수 없는 얘기가 된다. 혹여 웃더라도 그건 분위기에 휩싸여서거나 쓸쓸한 웃음일 것이다.

　그런데 이 얘기를 보며 내가 웃었다는 건, 공감하면서도 마음 한 켠으론 '나는 그렇게 되지 말아야지'라는 생각이 있었는지도 모른다. 더 솔직하게는 '나는 이렇게 되지 않을 것'이라는 근거 없는 자신감 같은 것이 있었던 것 같다. 아니면 진짜 아무것도 모르고 웃었거나.

그런데 시간이 지날수록 이 얘기는 웃을 수 없는 얘기가 돼 갔다. 20대에는 정말 돈이 없었다. 당시 받던 원고료는 회사에 다니는 다른 친구들에 비해서 적었다. 그리고 오랫동안 밤 프로그램을 하다 보니 방송이 끝나면 택시를 타고 퇴근해야 하는 일이 다반사였다. 원고료가 많지도 않았거니와 30퍼센트 이상은 택시비로 쓰지 않았을까 생각한다. 꼭 그래서는 아니지만 아무튼 20대의 나는 돈이 없었다.

30대가 되니 친한 친구 몇을 제외하고는 점점 멀어지기 시작했다. 여러 가지 이유가 있었을 것이다. 친구보다 일이 먼저였으니 그런 걸 서운해하는 사람들도 있었을 거고, 나이가 들면서 하나둘씩 결혼을 하고 자리를 잡아가다 보니 서로 연락이 뜸해진 경우도 있었을 것이다. 물론 그 나이 정도 되면 한번쯤 인간관계를 정리할 필요가 있다고도 하지만, 굳이 의도하지 않았는데도 30대의 나에겐 시간이 비어도 불러낼 수 있는 친구의 숫자가 점점 적어져 갔다.

오래전에 웃으면서 넘겼던 이 얘기는 현실이 돼 가고 있다. 지금 40대의 나는 결혼하지 않았고 당연히 아이가 없다. 내 선택이기도 하지만 어쨌거나 그때의 얘기가 예언처럼 적중해 가고 있는 걸 보면, 50대의 나에 대한 두려움이 생기기도 한다.

라디오 프로그램에서 여전히 일을 하고 있는 40대 이상의 작가들은 손에 꼽을 정도로 적다. 게다가 결혼하지 않고 혼자 사는 라디오 작가는 흔하지 않다. 결혼을 앞둔 후배들이 프로그램을 쉬게 되면서 다시 못하게 될까 봐 두려워하는 걸 자주 봤다. 결혼하고 아이를 낳는 것이 경력단절의 이유가 될지도 모른다는 얘기를 많이 나누기도 했지만, 사실상 나와 비슷하게 일을 시작했던 작가들은 모두 결혼을 한 후에도 여전히 일을 하고 있다. 다만 몸담고 있는 프로그램의 성격이 아주 조금 다를 뿐이다.

"결혼 안 하고 혼자 살면 할 수 있는 프로그램이 없을 거야."
몇몇 피디들에게 이런 얘기를 종종 듣곤 했었다. 프로그램의 성적이 좋지 않을 때 주로 듣게 된다. 이를테면 〈여성시대〉나 〈지금은 라디오 시대〉처럼 서민들의 얘기를 하는 프로그램에서 나처럼 결혼생활에 대해서, 시집살이에 대해서, 육아의 고통에 대해서 알지 못하는 작가가 뭘 할 수 있겠냐는 거다. 어떻게 사람들의 얘기에 공감하는 원고를 쓸 수 있겠냐는 얘기다.

비슷한 고민을 가진 작가들과 이런 얘기를 하면서 우리끼리 그랬다. 시장에서 순댓국 파는 아줌마의 얘기, 자녀 등록금을 벌기 위해 은퇴 후에 택시를 모는 기사님의 얘기, 월세를 못 내 쩔쩔매는 어느 어린 가장의 얘기를 찾고, 만들고, 전달하는 제작진이나 디제이들이 모두 그런 경험을 해본 건 아니잖아, 갑자기 전세 올려 달라는 주인집 얘기에 발을 동동 구르는 경험을 모든 피디나 작가들이 해보는 건 아니잖아, 하는 얘기. 왜 꼭 작가들만 '경험이 없어서 너는 안 된다'는 얘기를 들어야 하는 건지 지금 생각해도 이해되진 않는다.

로맨틱한 드라마로 작품이 나올 때마다 매번 인기를 끄는 한 드라마 작가는 연애 경험이 전무하다고 전해 들었다. 하지만 그녀가 쓴 작품은 항상 시청률 1위를 차지한다. 해리 포터를 쓰는 작가가 실제 마법사들을 만난 적은 없지 않은가. 이렇게 얘기하는 게 비약일 수도 있다. 하지만 라디오 프로그램을 만들 때 중요한 건 '경험'보다는 '공감'이거나 때로는 '상상'이기도 하지 않을까 하는 얘기를 조심스럽게 하고 싶은 거다.

그런 얘기를 들을 때마다 속상했고 고민도 많이 했다. 라디오 작가를 오래 하기 위해서 그럼 확 결혼해 버릴까 하는 생각을 한 적도 있다. 라디오는 사람 사는 얘기를 하는 매체다. 그래서 라디오를 따뜻하게 여기는 사람들이 많은 거고. 사람 사는 얘기는 사람의 수만큼이나 다양하다. 작가가 그 모든 걸 다 경험할 순 없는데, 단지 경험하지 않았단 이유로 할 수 없다는 건 말이 안 되는 생각 아닐까?

어쨌든 오래오래 라디오 작가로 나이 들고 싶은 바람이지만, 혹여 오래전의 우스갯소리처럼 나에게 일이 없어진다고 해도 내 경험이 부족해서가 아닐 게 분명하다. 더 나은 실력을 가진 작가들이 많아졌기 때문일 것이고, 내 감이 그들을 쫓아가지 못할 만큼 떨어졌기 때문일 것이다. 그도 아니면 라디오 작가보다 더 좋은 일을 만났기 때문이라고 믿고 싶다.

ON AIR 라디오 작가에겐 없는 것

AM

FM

Top 10의 의미

라디오의 개편은 일반적으로 봄과 가을, 이렇게 1년에 두 번이다. 개편 철이 되면 많은 작가들은 불안해한다. 피디가 바뀌고, 혹은 디제이가 바뀌면서 많은 경우 작가들의 이동까지 이어진다. 그 과정에서 프로그램을 떠나게 되는 작가들도 수없이 많다. 이 불안은 연차와 전혀 상관이 없다. 20년 넘게 30년 가까이 프로그램을 해온 선배들도 개편 때는 늘 같은 고민을 한다고 했다.

나는 단 한 번도 내가 몇 년 차 작가인지에 대해 생각한 적이 없었다. 그런데 어느 순간 내가 아니라 주변 사람들의 얘기로 한 번씩 내 연차와 위치에 대해 생각해 보게 됐다.

"너도 이제 열 손가락 안에 꼽겠구나".

30년 차 디제이, 국내 최장수 음악 프로그램 디제이인 배철수 아저씨가 몇 년 전 나에게 하신 얘기다. 그날 방송 원고를 쓰고 있는데, 여느 때처럼 일찍 방송을 준비하러 오신 아저씨가 나를 보며 무심코 하신 얘기다. 그 순간 빠르게 세어 봤다. 내 위로 몇 명의 선배들이 더 있는지. 그때 아저씨의 말은 반은 맞고 반은 틀렸다. 당시 일하던 방송사의 라디오 작가들을 통틀어서라면 나는 위에서 열 손가락 안에 끼지도 못했다. 표준 FM에는 훨씬 더 오랜 경력을 가진 선배들이 많이 계시기 때문이다. 하지만 FM만 놓고 본다면 아저씨 말이 맞았다. 열 손가락이 아니라 다섯 손가락 안에 꼽힐 정도였다. 실력을 말하는 게 아니다. 경력이 그랬다.

20년 차. 그게 뭐가 중요하냐고, 생각할 수도 있다. 그런데 수많은 선배들이 힘없이 '잘려나가는 걸' 봐 온 나였기에 나와 함께 일하는 후배 작가들에게도 20년 차 선배 작가의 다음 행보는 중요할 것 같았다. 개편 때가 되면 자신의 자리를 불안해하는 후배들이 고민을 털어놓으며 '언니는 그런 고민 없잖아요'라고 말할 때마다 많은 선배들이 나에게 그랬듯 '나도 똑같아'라고 말할 수밖에 없었다. 그러면서도 내심 '그래, 그렇다면 정말로 그런 걱정 없는 작가가 되어볼까'라는 욕심을 가진 것도 사실이다. 개편이 되어도 다른 프로그램으로 가게 될까, 가게 될 수는 있을까, 내가 원하는 프로그램을 할 수 있을까를 고민하지 않을 수 있는 작가. 어떤 선배들을 보며 내가 느끼는 것처럼, 단단한 실력을 가지고 있다면 가능할 거라고 생각했다.

그런데 또 한편으로는 늘 '어떻게 하면 잘 그만둘 수 있을까'를 고민하기도 했다. 30년 넘게 일을 하던 선배도 언제부턴가 볼 수 없었고, '저 선배처럼 되고 싶다'고 생각했던 선배도 어느 개편의 칼바람 앞에서 프로그램을 그만두게 되는 걸 볼 때마다 여러 가지 생각이 들었다.

화가 날 때도 있었다. 작가라는 건 결국 소모되는 직업이구나. 필요한 만큼 쓰다가 쓸모없어지면 버려지는구나. 이런 피해의식이 있었던 것도 사실이다. 왜 피디들은 시간이 지나도 똑같은 감을 지니고 있다고 믿으면서 작가들한테만 유독 나이가 들면 '감이 떨어진다'고 얘기하는 건지 이해할 수 없기도 했다. 예를 들어 이런 거다. 30년 경력을 가지고 있어도 피디는 요즘 핫한 아이돌 프로그램을 잘 만들 수 있다고 믿으면서, 30년 경력을 가진 작가는 요즘 애들 감을 따라갈 수 없어 그런 프로그램을 만드는 건 무리라고 판단하는 건 우습다고 생각했다.

이런 것들이 부당하다고, 불합리하다고, 더 나아가서는 '갑질'이라고 생각하기도 했지만, 사실 이 문제에 관해선 여전히 답을 모르겠다. 한 선배는 이게 바로 '우리가 택한 운명'이라고 얘기했다. 맞다. 내가 좋아서 이 일을 선택할 때 이런 것들을 몰랐던 건 아니다. 설사 몰랐다고 하더라도 일을 하면서 시간이 지나면서 어떤 것들은 자연스럽게 받아들이기도 했다.

그래도 억울할 때가 있다. 내가 좋아서 선택한 일이니까 어떤 어려운 순간 같은 것들은 견뎌야 하고, 견뎌낼 수 있지만 그렇기 때문에 '부당'이나 '불합리'하다고 생각되는 것들까지 감내해야 하는 걸까?

배철수 아저씨가 얘기하신 '열 손가락 안에 드는 작가'의 의미에 대해서 다시 한 번 생각해 본다. 아저씨의 얘기 속엔

'오래 했다' '인정받는다' 등등의 의미가 분명 포함되어 있을 거라 믿는다.

그 당시 꼽아봤던 Top 10의 작가에 이제 나는 포함되지 않지만, 다른 작가 선배와 동료, 후배들이 끝까지 Top 10으로 남아주길 바란다. 그래서 부디, Top 10 안에 든다는 것의 의미가 '먼저 잘려나가는 순위'의 의미로 남지 않길 바란다.

도망치는 건 부끄럽지만 도움이 된다

〈두 시의 데이트〉는 나에게는 도전이었다. 따뜻하고 아기자기한 심야 감성의 프로그램들을 주로 하던 나에게 낮 시간 프로그램은 좀 더 큰 획으로 긋는 듯한 프로그램이었다. 잘해낼 수 있을지 두려웠지만 지금이 아니면 기회는 없다는 마음으로 도전했다.

이전에 물론 개그맨 박명수가 〈두 시의 데이트〉를 진행하던 때 프로그램의 전담 작가가 아닌 오프닝만 쓰는 작가로 참여했던 적은 있지만, 〈두 시의 데이트〉라는 전통 깊은 프로그램의 메인 작가를 한다는 건 내심 좋으면서도 겁나는 일이었다.

물론 프로그램의 크기나 경중을 객관적으로 따질 순 없다. 단지 내 개인적으로 이 프로그램을 그렇게 느꼈다는 것이다. 이런 덩치 큰 프로그램을 하기에 나는 아직 준비가 되지 않았다고 생각했다. 그래도 함께하기로 결정된 다른 스태프들을 믿기로 했다. 그리고 아직 해보지 못한 내 숨겨진 무언가가 분명 있을 거라고 나 스스로를 세뇌시켰다. 그렇게 나는 〈두 시의 데이트〉의 작가가 되었다.

대중과 친화적이고 서민 냄새나는 디제이, 누구보다 내 사람들을 잘 챙기고 내 것을 아끼는 디제이, 우리는 박경림이란 캐릭터를 그렇게 이해하고 그런 장점을 살려서 만들어갔다고 생각한다.

좋은 음악을 고급스럽게 설명해 주는 장점을 지닌 디제이, 청취자들을 잘 웃기는 재주를 가진 디제이가 있다면 박경림은 누구보다 청취자들의 눈높이에서 공감할 줄 아는 디제이였다.

그래서인지 〈두 시의 데이트〉 청취자들은 다른 프로그램보다 훨씬 더 디제이를 편안하게 대했다. 친구처럼, 동생처럼. 그건 박경림이란 디제이가 그동안 다른 연예 프로그램들을 통해서 쌓아온 이미지이기도 했다. 그래서 청취자와 디제이가 서로에게 투정을 부리기도 하고 짜증을 내도 받아주는, 좀 특별한 관계였다고 생각한다. 청취자들은 조금 부족한 (설정의) 디제이를 마음껏 놀렸고, 디제이는 또 그 놀림을 받아 청취자들에게 대들기도 하면서 서로 이해하는 관계. 그래서 더 재밌는 관계였다. 속엣말을 굳이 좋게 포장하지 않아도 되고, 있는 그대로 할 수 있는 사이. 그게 좋은 말이든 나쁜 말이든 말이다.

〈두 시의 데이트〉가 방송되는 오후 2시는 한 달에 한 번, 민방위 훈련이 공식적으로 있는 날이었다. 그날이면 우리 방송은 2시가 아닌 2시 20분에 방송을 시작했다. 20분간은 방송을 통해 민방위 훈련을 중계해야 했다.

그날 오프닝에선 '민방위 훈련 꼭 해야 되는 건 알겠는데, 우리 방송시간은 어쩔 거냐, 청취자들하고 못 만난 20분은 어디 가서 되찾을 수 있냐'는 얘기를 썼다. 평소 청취자들을 끔찍하게 아끼는 디제이라 가능한 오프닝이었다. 그런데 일이 터지고 말았다. '박경림이 민방위 훈련의 중요성을 무시한 발언을 했다'는 내용의 댓글이 소위 '일베' 사이트에 퍼지기 시작한 거였다. 일베의 이용자들이 프로그램 게시판에 댓글을 달기 시작했다. 당장 사과하라는 내용이었다. 물론 늘 우리 방송을 듣던 청취자들은 어떤 의도로 그런 얘기를 했는지 다 이해할 터였지만 전혀 모르는 사람들의 공격이라면 상황은 달랐다. 생방송 중에 '민방위 훈련을 무시하는 의도는 전혀 없었다'고 얘기했지만 이미 시작된 공격을 피할 수는 없었다.

이 일이 있은 후 나는 조금 약해졌다. 원고를 준비하는 시간도 늘어났고 겁도 많아졌다. 제일 큰 문제는 원고를 쓰면서 심각한 자기 검열이 시작됐다는 거였다. 이건 괜찮을까? 이 말로 상처받는 사람은 없을까? 이렇게 쓰면 오해하거나 왜곡해서 받아들이는 건 아닐까? 수많은 생각들이 원고를 완성하는 시간을 더디게 했다. 그다음 개편에서 나는 결국 〈두 시의 데이트〉를 그만두고 다른 프로그램으로 자리를 옮겼다. 비겁한 도망이었는지도 모른다. 하지만 상처를 극복하기는 쉽지 않았다.

'우리 사이가 이 정돈데 내가 이렇게 말해도 나를 이해하겠지' 하고 생각할 때가 있다.

하지만 그 생각은 오류라는 걸 알았다. 내가 어떤 말을 해도 나를 이해할 거라 생각하는 건 내 바람일 뿐이다. 상대에게 너무 많은 포용력과 배려를 바라는 얘기다. '내가 다 너를 생각해서 말한 거야'라는 말도 내 입장에서의 합리화인지도 모른다. 나는 상대를 생각해서 한 얘기일지 몰라도 상대가 기분 나쁘게 받아들였다면 그건 하지 말았어야 될 말이었던 거다.

'그때 실은 그런 마음이 아니었어요'라고 변명할 생각은 없다. 그날 방송의 내용이 과한 부분이 있었다면, 그 내용으로 마음이 불편한 분들이 계셨다면 다시 한 번 진심으로 사과를 드리고 싶다.

2년에 가까운 시간 동안, 나는 〈두 시의 데이트〉를 잘 꾸려갔다고 생각했다. 두려웠으나 잘 받아쳤다고, 힘들었지만 잘 해냈다고 생각했다. 아이러니한 말이지만 딱 힘든 만큼, 재밌기도 했다. 하지만 이후로 지금까지 〈두 시의 데이트〉를 떠올리면 짠하고 아프다. 끝까지 잘해내지 못했다는 생각. 나는 뻔뻔하지 못했기에 비겁한 도망을 택했다.

하지만 여전히 그때를 떠올리면 무섭다. 그래서 '그땐 나도 어쩔 수 없었다'고 변명하지 않는다. 또다시 그와 같은 일이 벌어진다면 나는 그때도 도망칠 것이다. '이 또한 지나가리라'는 말은 때때로 많은 일에 위로가 되지만 그대로 지나가지 않고 남아 나를 괴롭히는 일들도 있다. 그런 일인데도 버티라고 한다면 그건 너무나 가혹하다. 너무 힘들 때, 그냥 도망치는 것도 방법이다. 그래야만 살 수 있는 일도 있는 거라고 말하고 싶다.

도망치기까지 갈등하는 긴 시간 동안 생각은 자란다. 도망치고 나서 내가 범한 오류를 배운다. 그러니 결국 내가 재밌게 봤던 일본 드라마의 제목처럼 '도망치는 건 부끄럽지만 도움이 된다.'

AM

FM

라디오가 알려준 디제이의 마음

"당신도 저를 이해하지 못하네요."

레마르크의 『개선문』에서 삼류배우인 조앙은 사랑하는 라비크에게 이렇게 말한다. 그리고 이어지는 라비크의 답변.

"대체 누가 이해를 하고 싶겠어, 바로 거기서 세상 모든 오해가 생겨나는데."

나도 가끔, 아니 아주 많이, 자주, 사람이 사람을 다 이해하는 일이 가능하다고 오해한다. 상대의 입장에서 수없이 곱씹어 본다 한들 온전히 그 마음을 다 알아챌 수는 없는 게 당연한데도 '나는 너를 이해한다'는 말을 너무 쉽게 한다. 내 얘기다. 그리고 때로 '나는 너를 이해한다'는 말은 결국 내가 하고 싶은 말을 하기 위한 전조에 불과할 때가 많다. '나는 너를 이

해해, 그런데'가 바로 그거다. '이해한다'는 말 뒤에 '그런데'
나 '하지만'이 붙는 순간 상대는 마음을 닫게 된다. 역시 내 얘
기다.

나에게도 이해한다고 했으나 오해였음이 밝혀진 디제이가
있다. 지금은 SBS 라디오에서 방송을 하고 있는 디제이 붐은
2007년 박명수의 뒤를 이어 〈펀펀 라디오〉의 디제이를 한 적
이 있다. 〈스타킹〉이란 TV 프로그램에서 강호동과 호흡을 맞
추며 인기를 얻고 있을 즈음이었다.

당시 붐은 까불거리는 캐릭터로 다양한 TV 프로그램의 감
초 역할을 했었다. 그런데 라디오에서 만나는 붐은 TV에서 보
던 것과 조금 달랐다. 라디오의 디제이는 자신의 얘기를 많이
하고 자신의 것을 많이 보여야 한다고 생각했는데, 붐은 재미
있고 활기차긴 했지만 자신을 잘 드러내지 않는 것 같았다.

온에어에 불이 들어오면 신나게 얘기를 하긴 하는데, 그 시
간이 웃기고 재밌긴 한데 뭔가 빠진 거 같은 느낌. 당시 청취

자들은 붐의 말투를 '가식적이고 인위적'이라고 많이 놀렸었는데, 나를 포함한 제작진들은 '붐이 자신의 얘기를 하지 않기 때문'이라고 얘기했다.

게다가 당시 들리던 '카더라'에 의하면 붐이 출연하던 TV 프로그램의 작가들은 붐을 너무 좋아한다고 했다. 붐이 등장하면 대기실 분위기가 달라지고 시끌시끌해진다는 거다. 우리로선 서운한 얘기였다. 라디오를 진행하러 오는 붐은 대부분 말이 없고 조용했는데, TV에서는 그렇지 않다니, 많이 서운했다.

결국, 아쉬운 이유로 붐이 〈펀펀 라디오〉를 떠나게 된 날, 프로그램의 쫑파티에서 나는 붐에게 얘기했다. 라디오에선 니가 너답지 않아서 이런 결과가 나온 것 같다고, TV에서처럼 니 얘기를 조금 더 했으면 좋았을 걸 그랬다고.

그런데 조용히 내 얘기를 듣던 붐은 놀라운 대답을 했다.

"누나, 나는 라디오가 너무 편했어요. 너무 편하니까 원래 나대로 한 거야. 여긴 그렇게 해도 되는 곳이라고 나도 믿었으니까. 그냥 집 같았어. 온종일 피곤하다가 여기 오면 쉴 수 있어서 좋았어. 내가 말 안 해도 그래도 다 알아주는 거라고 믿었으니까."

지금도 나는 붐의 그 얘기를 잊지 못한다. 내가 나의 디제이를 이해한다고 오해했다. 그래서 두고두고 미안하다. 만약 그때 내가 조금 더 성숙한 작가였더라면 불평하고 투덜거리는 대신 대안을 마련했어야 했다. 붐이 더 편하게 자기 얘기를 할 수 있도록 멍석을 깔아줬어야 했다. 그런 깜냥도 되지 않으면서 주제에 남한테 상처를 줬다. 내가 널 잘 안다는 오만함이었다. 생각해 보면 크리스마스 특집에서 청취자들을 본인의 집에 직접 초대해 음식을 대접하고 집에서 방송을 하자고 먼저 제안할 만큼 라디오를 좋아하고 청취자들에게 따뜻했던 디제이였는데 말이다.

여담인데, 그때 붐은 〈나인티 나인티 나인〉이란 코너를 하고 싶어했다. 디제잉을 좋아하던 붐이 음악 믹싱을 직접 다 해 올 테니, 클럽 콘셉트로 음악을 틀어놓고 방송을 하자는 거였다. 우리는 '1시간 동안 클럽 음악이라니, 밤 10시에 너무 부담 스럽다'는 이유로 붐의 얘기를 들어주지 않았다. 일주일에 한 번, 10분 정도로 짧게 나가는 걸로 딜을 했다고 할까.

그런데 지금, 타 방송사에서 붐은 그때 그 콘셉트로 소위 대박이 났다. 무려 10년도 전에 붐이 그렇게 하고 싶다고 했던 콘셉트가 지금 청취자들에게 통하는 거다. 그때는 틀렸고 지금은 맞기 때문일까? 글쎄, 그건 붐이 잘하고 좋아하는 코너이기 때문이라고 생각한다. 자신이 가장 잘할 수 있고 심지어 좋아하는 일을 하는데 재미없게 하는 사람은 없지 않은가. 그걸 듣는 사람들은 당연히 재밌을 수밖에. 요즘 붐의 라디오가 방송 시간마다 실시간 검색어 1위에 오르는 걸 보며 생각한다. 만약 그때 〈나인티 나인티 나인〉을 적극적으로 만들어서 했었더라면, 우리는 그때 붐이란 디제이를 잃지 않았을 거라고. 물론 이건 해봤자 소용없는 뒤늦은 후회, 미련한 미련이다.

소녀시대의 써니도 비슷한 경우였다. 톱을 찍은 아이돌이 디제이를 하는 것에 대해 나는 편견을 가지고 있었다. 워낙 신비주의를 강조하기도 하고, 어떤 아이돌 그룹의 경우 회사의 트레이닝과 울타리 안에 갇혀 얘기하는 경우가 많았기 때문에 디제이로는 어울리지 않을 거란 생각이었다. 그런데 써니는 첫 만남 때부터 내 편견을 깼다. 차분한 반묶음 헤어스타일에 까만 원피스를 입은 써니는 의외의 말을 꺼냈다.

"제 얘기 많이 하면 되는 거라면서요? 근데 제 얘기를 궁금해할지는 잘 모르겠어요."

이것만 알고 있으면 됐다, 그런 생각이 들었다. 그리고 함께 방송을 하는 동안 나는 쓸데없는 편견을 가지고 있던 나 자신에 대해 다시 한 번 반성했다. 써니는 정말 최선을 다해서 자신의 얘기를 해주려고 노력했다. 그뿐만이 아니었다. 소녀시대 스케줄 때문에 바쁜 어느 날 갑자기 방송 중에 '청취자들에게 목도리를 떠 드리겠다'고 선언하더니만, 결국 노래 나가는 틈틈이, 이동하는 틈틈이 뜨개질을 해서 무려 청취자 세 분께 '써니표 핸드메이드 목도리'를 선물했다.

청취자들을 위해 가끔 자신의 애장품을 선물하는 디제이가 있다. 사비를 털어 커피 쿠폰을 선물하는 디제이도 있다. 이렇게 디제이가 직접 주는 선물은 청취자들에게 더 특별할 게 분명하다. 그런데 디제이가 직접 뜬 목도리를 받은 사람은 어땠을까? 어딜 가든 누굴 만나든 자랑하겠지만 어떤 사람들은 '거짓말하지 말라'며 안 믿을 수도 있지 않을까? 그만큼 일어나기 쉬운 일은 아니니까 그런 오해를 받을 수도 있겠다.

가끔 붐이 진행하는 라디오 프로그램을 듣는다. 말투나 기타 등등, 붐 자체로 봐서는 그때와 달라진 것이 없다. 그런데 청취율은 다르다. 역시 내가 너를 이해했다고 오해했던 것이 분명하다. 시대가 달라져서 그렇다는 얘기는 그저 변명이다. 미안한 디제이, 붐에게 묻는다. 여전히 라디오는 너에게 하루 2시간의 온전한 쉼이냐고. 아무것, 아무 말 하지 않아도 알아줄 것 같은, 가장 편안한 곳이냐고.

붐이 그런 것처럼, 언젠가 써니가 꼭 다시 한 번 반드시, 디제이로 돌아와야 한다고 믿는다. 왜냐하면 청취자들에게 선물하기 위해 뜨개실을 사고 직접 목도리를 뜨는 디제이라면, 그런 사람이 반드시 디제이를 해야 한다고 생각하니까. 정 많고 따뜻하고 퍼주기 좋아하고, 같이 얘기할 줄 아는 사람이 디제이를 안 한다면 누가 디제이를 하겠는가.

생각난 김에 이 책이 정말로 나오는 날, 써니에게 술 한잔하자고 연락해야겠다. 책도 전해 줄 겸, 너 그때 왜 그런 '짓'을 벌였느냐고, 다시 한 번 의도를 물어봐야겠다. 물론 써니가 어떻게 대답할지, 예상은 된다.

"제가 그랬어요? 그때 미쳤었나 보죠."

시크한 말투에 따뜻한 진심을 숨긴, 그게 써니라는 디제이였으니까. 그 진심을 받은 퇴근길의 청취자들도 함께 따뜻했기를.

AM / FM

5초 후의 일을 어떻게 알겠어

방송 전에는 오늘 방송을 준비한다. 방송이 끝나면 바로 그 때부터 또 내일 방송의 준비를 한다. 이게 내 생활의 전부였다. '프리랜서라 좋겠다'는 얘기를 들을 때마다 '프리랜서는 24시간 일한다'고 답했던 이유도 그래서였다. 오늘 방송을 무사히, 재밌게 마쳤다면 그때부턴 '자, 이제 내일은 또 어떻게 재밌게 해볼까'를 고민하는 시간이 바로 시작되는 거다.

　대부분은 방송이 끝난 후 내일 방송에 대한 회의를 하면 작가들은 회의 내용을 토대로 원고를 쓴다. 그리고 피디들은 이변이 없는 한 준비된 원고대로 큐시트를 만들고 그대로 방송이 진행된다. 그런데 사실, 라디오의 특성인 생방송에는 늘 변수가 존재하기 마련이다. 날씨나 디제이의 컨디션, 그날의 이슈, 청취자들의 피드백 등이 모두 생방송의 변수이다.

솔직히 말해 그 변수들을 고려한다면 어제 준비한 회의 내용이 틀릴 때도 많다. 아무리 초집중하고 예리하게 내일을 예측한다고 해도 우리가 예측한 그대로의 내일은 오지 않기 때문이다. 그래서 생방송은 준비된 원고 이외에 많은 것들이 실시간으로 바뀌어야 한다. 물론 이렇게 생각하지 않는 스태프들도 있지만, 나는 생방송의 수많은 변수들에 맞춰 그때그때 바뀌는 방송이 더 재밌다고 생각한다.

어느 날 예정돼 있던 게스트가 갑자기 못 오게 되는 상황이 발생한 적이 있다. 어떤 이유인지는 기억나지 않는다. 생방송을 몇 시간 남겨 두지 않은 시점에 받은 연락이었다. 우리가 할 수 있는 건 빨리 당장이라도 섭외 가능한 게스트에게 전화를 해보는 것, 아니면 게스트 없이 디제이 혼자 방송을 진행하는 것, 크게는 둘 중 하나였다.

고민 끝에 우리는 후자를 선택했다. 물론 이건 우리가 '아이디어 뱅크'라 부르던 피디가 있었기에, 그리고 그 아이디어를 충분히 소화해낼 '옹달샘'이라는 디제이들이 있었기에 가능한 결정이었다.

생방송이 시작됐다. 디제이들은 방송으로 우는 소리를 시작했다. '우리가 MBC에서 제일 비싼 라이브 스튜디오를 빌려났는데, 라이브 하기로 했던 게스트가 갑자기 못 오게 됐다. 여기서 라이브해 주실 분을 급 모집한다'고 방송했다. '다른 방송 프로그램에 출연했다가 퇴근하고 계신 연예인 분들, 다른 방송 출연 기다리는데 중간에 시간 떠서 여의도 모처에서 듣고 계신 가수분들 연락 기다린다'는 내용이었다. 누군가 방송을 듣고 와준다면 대박, 혹시 아무도 못 오게 되더라도 뭔가 디제이가 '구걸하는' 콘셉트의 방송 자체만으로도 재밌다는 생각이 들었다.

그날 방송의 내용은 20여 년간 라디오 작가로 일하면서 손꼽는 재미를 남겼다. 물론 재미란 주관적이라서 어떤 사람은 무모했다고 받아들이기도 하지만, 나는 '우리가 재밌으면 남들도 재밌다'는 걸 믿는다. 우리도 재미없이 하면서 남들에게 재밌게 듣기를 바라는 건 이기적인 일이니까 적어도 우리끼리 재밌어야 하는 건 당연한 거 아닐까.

이렇게 모든 가능성을 열어두고 방송한 경험이 실은 많지 않다. 스태프들은 그날그날의 방송을 굉장히 열심히 고민하고 만들기 때문에 거기서 어느 하나가 어긋나는 일이 별로 없다. 고작해야 그날 선곡해 뒀던 노래를 청취자들의 신청곡으로 바꾸는 정도, 그래서 그런 경험을 할 수 있었던 걸 정말 행운이라고 생각한다.

'언제든 흔들 수 있다'는 것은 절대 '준비되지 않았다'거나 '준비하지 않는다'는 말이 아니다. 우리가 하려고 했던 방향이 정확하게 준비돼 있었을 때 어떤 변수가 다가와도 흔들리지 않을 수 있다는 뜻이다. 아이러니한 말처럼 들릴 수도 있지만 철저히 준비되어 있다면 준비되지 않았어도 어떻게든 할 수 있다는 것, 그걸 어떻게 만들어 나가느냐는 또 자신만의 역량이고 몫이라고 생각한다.

변수가 방송을 흔드는 경험은 항상 재밌다. 그런 경우 몇 시간 동안 했던 회의의 결과나 준비한 원고가 통으로 날아가는 게 다반사지만 그러면 뭐 어떤가. 계획한 대로만 아주 잘 굴러가 주는 인생이 고마울 순 있어도 어떻게 될지 모르는 내일이 더 궁금하고 재밌지 않을까? 계획한 대로 흘러가는 방송을 마친 후에 '아 다행이다, 오늘도 잘 끝났다'는 안도감을 준다면 변수가 바꿔놓은 방송을 무사히 마친 후엔 그 100배, 1000배는 넘는 희열과 뿌듯함을 느낄 수 있으니 말이다.

AM
FM

어디에나 있는 이별

그런 생각을 해 본다. 우리가 살면서, 사랑하는 사람들과 어떤 식으로든 이별하는 순간을 제외하고, 가까운 사람과의 이별 앞에서 눈물을 흘리는 경험은 몇 번이나 할 수 있을까? 첫사랑과 헤어지고 일부러 슬픈 노래만 골라 들으면서 질질 짜던 거 말고, 외할머니 돌아가셨을 때 울던 거 말고, 친한 친구 유학 떠나던 공항에서 울었던 거 말고.

어쩔 수 없이 어떤 시기가 되면, 디제이들이 떠나게 되는 경우가 있다. '프로그램에서 하차한다'고 하는데, 사실 그 이유도 방식도 다양하다. 거기에 대해선 또 기회가 된다면 얘기하기로 하고. 지금 하려는 얘기는 '따뜻한 이별'에 대한 얘기니까 말이다.

좋아하던 라디오 프로그램, 좋아하던 디제이의 마지막 방송을 들어본 적 있는 사람이라면 기억할 것이다. 마지막 2시간, 시간이 줄어드는 게 어쩌나 안타까운지.

대부분의 디제이들은 2시간 내내 청취자들의 감사 인사와 격려를 받으며 덤덤하게 마지막 방송을 진행한다. 하지만 정말 마지막 인사를 하게 되는 5분여의 시간. 그때 눈물을 흘리지 않은 디제이를 본 적은 없었던 것 같다. '잘 보내줘야지, 웃으면서 보내줘야지' 마음 굳게 먹고 있던 청취자들도 마지막 인사를 건네는 디제이의 울먹이는 목소리에, 참았던 눈물을 터뜨리고 만다.

방송을 하는 시간 내내, 사람들이 어떤 반응을 보이는지, 다음엔 어떤 내용으로 진행할 것인지 바짝 정신을 차리고 있어야 하는 제작진들도 그때만큼은 어쩔 수가 없다. 내가 기억하는 모든 라디오 프로그램의 마지막 방송은 항상 눈물바다였다.

몇 명의 디제이가 떠오른다. 원타임의 멤버였던 디제이 송백경은 마지막 방송을 할 때 사실, 방송에서는 눈물을 보이지 않았다. 〈더블 임팩트〉라는 그때의 프로그램 끝인사는 'Peace Out'이었는데, 백경이는 아주 밝은 목소리로, 엄청 씩씩하게 'Peace Out'을 외쳤다. 그리고…… 마이크가 내려가고 마지막 곡이 흐르는 순간, 백경이는 오열하기 시작했다. 이미 조용히 눈물을 닦고 있던 막내 작가도, 끝내 이를 악물고 참았던 나도, 문에 기대어서 조용히 눈물을 훔쳐내기 바빴다. 눈물을 자꾸 닦아내며 백경이는 연신 '왜 이러지? 나 왜 이러지?' 그랬다. 왜 그러긴…… 하루도 빠지지 않고 매일, 만나던 사람들을 이제 볼 수 없다는데.

아쉬운 이유로 〈푸른 밤〉을 떠나던 디제이, 클래지콰이의 알렉스도 그랬다. 알렉스는 뭐…… 오프닝 시작할 때부터 울음을 참느라 목소리가 벌벌 떨렸었지. 〈푸른 밤〉은 참 신기하게 청취자들과 디제이 사이, 또 제작진들까지 사이가 유독 돈독했다. 나 역시 지금까지 연락을 주고받는 그 시절의 청취자들이 있을 정도였으니까. 그만큼 청취자들은 알렉스라는 〈푸른 밤〉의 디제이를 많이 좋아했고, 그런 디제이를 만드는 사람들까지 챙겼다.

기억을 더듬어 보니, 마지막 방송 때 울지 않았던 디제이도 있긴 있었다. 바로 '거성 박명수'. 하긴 박명수가 마지막 방송이라고 울면, 그것도 웃기지 않았을까. 박명수와 함께했던 〈펀펀 라디오〉의 마지막 방송은, 기억하기로 매우 유쾌했다. 끝까지 청취자들에게 호통도 쳤고, 그러다 청취자들에게 구박도 받았다. 건강하게 다시 돌아오겠다는 말로 끝냈고, 끝내 박명수는 눈물을 흘리지 않았지만 청취자들과 제작진들의 눈물까지 막을 순 없었다.

지금도 포털사이트에 디제이들의 막방을 검색해 보면 세상에 이렇게 안타깝고 서러운 이별이 없다. 다들 시작부터 끝까지 울었다는 얘기, 끝까지 참았는데 마지막 인사에서 결국 눈물이 터져버리고 말았다는 얘기들로 가득하다.

어째서 연인도 아닌, 가족도 아닌 디제이와의 이별에 우리 모두는 그렇게 서럽도록 눈물을 흘리는 걸까. 우리는 그냥 일로 만난 사람인데, 디제이와 얼굴도 모르는 청취자 사이로 만난 것뿐인데 왜 그런 걸까. 하루에 2시간, 매일 마음을 주고받는 일은 이렇게나 정이 드는 일이었던가.

지켜지지 않을 수도 있다는 걸 알면서도, 꼭 다시 돌아오겠다고 약속하는 디제이와 그 덧없는 약속을 믿어주는 청취자의 사이. 이 둘을 이별하게 하는 일이 일어나지 않았으면 좋겠지만, 세상일이라는 게 또 어디 그런가.

서로가 잘되기를 진심으로 바라는 따뜻한 이별, 그동안 함께 지냈던 시간들을 모두 기억하겠다는 뜨거운 이별의 말, 당신이 내 인생 최고의 디제이였다는 아름다운 고백, 당신들 덕에 내 하루의 2시간이 가장 행복한 시간이었다는 고마운 말. 세상에 이토록 따뜻한 이별이 세상에 또 있을까. 사랑했던 어떤 연인들이 이렇게 이별할 수 있을까.

다시 만나자는 약속이 지켜지는 경우는 거의 드물다. 다시 돌아가겠다고 약속했어도 그러지 못하는 경우가 더 많다. 하지만 그래도 괜찮다. '그때 우리가 함께했던 시간들'이 사라지는 건 아니니까. 그 따뜻한 시간들은 여전히 우리 기억 속 어딘

가 머물며, 다른 곳에서 디제이가 아닌 다른 모습으로 만나더
라도 우리에게는 따뜻하게 얘기를 건네던 디제이로 여전히 남
아 있으니까.

하지만 시간이 지나도 좀처럼 무뎌지지 않는 이별이라서
따뜻하고 아름답지만, 눈부시게 눈물겹지만, 이런 시간을 자
주 만나고 싶지는 않다. 이별은 이별이니까.

나도 종종, 오랫동안 좋아해 온 이 일과의 이별을 생각한다.
'해고' 비슷한 경험을 했을 때 이제 그만둬야 할 때인가를 고
민했다. 참 좋아하는 공개방송을 준비하다 2미터 높이의 무대
에서 떨어지는 사고를 경험했을 때, 산재 처리도 못 받는 이 직
업을 계속하는 게 맞나 심각하게 고민했다.

오랫동안 해온 어떤 일을 그만두기 좋은 때라는 건 언제일
까? 그런 때가 있긴 할까? 다른 동료 작가들은 어떨지 모르겠
지만 적어도 나는 '멋진 이별'을 꿈꾼다. 초라하지 않은 뒷모
습이기를 바란다. 이왕이면 모두가 박수치면 좋겠다. 나 혼자

서 '이 정도면 됐어'를 되뇌는 자기만족을 넘은 이별을 기대한다. 이런 기대가 욕심이 아니었으면 좋겠다.

그러도록 준비한다. 어느 날엔가 반드시 찾아올 라디오와 나의 이별은 라디오를 떠난 디제이들과의 이별이 그러했듯, 따뜻하고 다정한 이별이기를.

AM ／ FM

라디오가 없었다면,
'너'와 '나'는 있어도 '우리'는 없었겠지

기존 가수들의 콘서트를 구성하는 일을 가끔 한다. 당연한 얘기지만 그 가수를 사랑하는 팬들이 오는 콘서트이기 때문에 현장의 분위기는 누가 뭐래도 뜨겁다. 그야말로 가수가 물만 마셔도 환호하고 좋아한다. 숨만 쉬어도 좋아서 웃는다. 가수가 '그러니까' 한마디를 하고 숨이 차서 십 몇 초 동안 말을 하지 않아도 재밌다고 박수를 친다. 무대에서 객석을 가만히 바라보기만 해도 까르르 넘어간다.

　이런 공연은 초대권이 아니고서야 내 돈을 내고 티켓을 산다. 물론 클릭 전쟁이라는 어마어마한 관문을 통과해야 하기 때문에 어떤 팬들은 인터넷 속도가 더 빠른 피씨방에서 티켓 오픈을 기다리기도 한다는 얘기를 들었다. 1분 만에 티켓이 완판되는 경우도 여러 번 봤다.

　해마다 MBC 라디오는 청취자들을 위한 디제이들의 보은

행사로 〈디제이 콘서트〉를 열었다. 디제이들이 노래를 부르고 춤을 추고, 라디오가 아닌 현장에서 청취자와 직접 만난다. 라디오를 사랑하고 디제이를 사랑하는 청취자들을 위해 디제이들이 준비한 잔치이기 때문에 디제이 콘서트는 100퍼센트 무료다. 그런데 청취자들을 초청하는 과정이 꽤 복잡하고 어렵다.

공연 한 번으로 끝나는 게 아니라 이 공연을 편집해 방송에 내보내야 하기 때문에 공연을 준비하는 과정은 디제이 콘서트가 더 어렵다고 생각한다. 현장의 분위기와 방송의 분위기를 모두 고려해야 하기 때문이다. 현장에서 엄청난 환호가 있던 무대라도 내용이 재밌지 않으면 방송으로 내보낼 수가 없는 경우도 있다.

라디오는 늘 쌍방향으로 소통한다. 청취자들의 얘기가 있어야 디제이들이 답해 줄 수 있고, 디제이의 얘기가 있어야 청취자들의 피드백이 가능하다. 그래서 디제이 콘서트를 준비할 때도 늘 어떻게 이 얘기를 이용할 수 있을지를 가장 많이 고려한다. 주로 '사연'을 미리 받아 보는 형식인데, 방송에서 디제이와 청취자가 함께 얘기할 수 있을 만한 내용들을 주제로 신청서를 받는다.

이름, 나이, 사는 곳을 기본으로, 가장 좋아하는 디제이, 라디오를 주로 어디에서 듣는지, 이런 기본적인 질문이 있다. 그리고 그해 디제이 콘서트의 주제에 맞게 짧은 설문이나 질문을 준비하기도 한다. 때에 따라서 청취자들에게 사진을 요구하는 경우도 있다. 역시 그때 그때의 주제에 맞는 사진을 사연과 함께 보내 달라고 요청한다.

사실 내 돈을 내고 티켓을 끊어 공연에 가는 것보다 훨씬 더 많은 공을 들여야 한다. 컴퓨터를 켜서 홈페이지에 로그인을 하고, 설문 형식에 맞춰 답변을 작성하고 사진까지 첨부하는 일이 어디 보통 공을 들여야 하는 일인가. 공연과 방송의 내용을 위한 당연한 과정이지만 라디오를 좋아하지 않는다면 절대로 신청하고 싶지 않을 어려운 관문이다.

그런데도 매해 디제이 콘서트는 우리가 감당할 수 있는 좌석의 숫자의 몇 배나 되는 청취자들이 신청하곤 했었다. 그래서 당첨자를 선정할 때면 신청 사연에 들인 정성을 무시할 수가 없다. 신청한 사연들을 쭉 뽑아놓고, 각 프로그램별로, 성비도 따져 가면서, 늦게까지 공연을 보고 돌아갈 수 있는 시간까지 고려하면서 당첨자들을 뽑는다. 눈에 띄게 재미있거나 소개하고 싶은 사연을 보내주신 청취자들을 또 따로 뽑기도 한다.

이렇게 모인 청취자와 디제이들이 만드는 디제이 콘서트에서 환호와 박수의 크기는 처음부터 끝까지 똑같이 뜨겁다. 내가 좋아하는 디제이를 적어냈지만 다른 디제이의 무대에도 똑같이 좋아하고 반응해 준다. 그들이 좋아하는 건 디제이이기도 하지만 라디오이기도 하니까 가능한 일이다.

가끔 디제이 콘서트에 '초대 가수'를 부르게 될 경우가 있다. 그러면 아무리 청취자를 선별해서 뽑아도 일부는 가수들의 팬클럽이 당첨자로 뽑힐 수밖에 없다. 안타깝게도 초대 가수 때문에 당첨된 사람들은 디제이 콘서트가 끝나는 2시간을 기다려주지 않는다. 자신의 초대가수 무대가 끝나고 나면 우르르 일어나 나가 버리는 걸 여러 번 경험했다.

어느 해의 디제이 콘서트이든, 디제이가 작년과 같든 다르든, 언제나 처음부터 끝까지 똑같이 반짝거리는 눈빛으로, 변함없는 환호와 박수로 모든 디제이들을 맞아주는 건 우리의 청취자들이었다.

무게라고는 1그램도 느껴지지 않을 것 같은, 사뿐사뿐 가볍게 내리는 눈도, 쌓이면 그 무게가 엄청나다. 우리는 쌓인 눈이 나뭇가지를 부러뜨리는 풍경을 본 적도 있고, 눈 때문에 차 지붕이 내려앉았다는 얘기나 어느 집의 지붕이 무너진단 얘기를 들은 적도 있다.

눈의 무게. 라디오를 좋아하는 청취자들의 마음은 눈의 무게와 같다고 생각한 적이 있다. 그 뒤에 따르는 위험을 얘기하는 게 아니다. 이름도, 얼굴도 알지 못하는 한 사람 한 사람들의 사연이 쌓이는 것, 그게 바로 라디오의 힘이지 않을까. 사뿐사뿐 내려 때로는 그날 방송 이후 녹아 사라지는 것 같았던 청취자들의 얘기는 디제이들의 마음에, 제작진들의 뇌리에, 또 다른 청취자들의 가슴에 차곡차곡 쌓인다.

2008년 장충체육관에서 열렸던 디제이 콘서트는 역시 배철

ON AIR 라디오가 없었다면, '너'와 '나'는 있어도 '우리'는 없었겠지

수 아저씨가 진행을 했고, 당시 〈꿈꾸는 라디오〉의 디제이였던 타블로의 목소리로 엔딩을 준비했다. 그때 〈블로 노트〉라는 엔딩 코너가 인기였는데, 타블로가 매일 짧고 강렬하게 작성하던 한 줄의 〈블로 노트〉를 디제이 콘서트 때는 내가 직접 썼다. 정말 진심이었던 2008년 디제이 콘서트의 엔딩 멘트를 지금도 잊지 않는다.

라디오가 없었다면
너와 나는 있어도
우리는 없었겠지.

각자의 사람들을 '우리'로 만들어준 게 라디오라서, 라디오에서 만들어진 '우리'가 나는 더 좋다. 라디오만 있다면 너와 나는 언제든 '우리'가 된다.

잠시라도 그때를 떠올려보셨기를

제가 좋아하는 가수는
첫 번째 음반을 발표하면서
앨범 첫 장에 이렇게 적었어요.
"하루 종일 아무것도 하지 말고 이것만 들어주세요"

저는 이 말이 너무 좋았어요.
처음엔 자신의 음악에 대한 자신감 같아서 좋았는데
음악을 듣고 보니 그게 다는 아니었어요.

어쩌면 그 가수는 알았는지도 몰라요.
자기 음악을 듣는 사람들이
어떤 마음으로 들을지, 어떤 아픔을 가졌을지를요.
그래서 음악을 일단 듣기 시작하면

아무것도 할 수 없게 될 거라는 걸요.

언젠가 책을 내게 되면
나도 저런 말을 써야지, 생각했었는데
정말 큰 욕심이었다는 걸 알게 됐어요.

하루 종일 아무것도 하지 말고 이 책만 읽으시기엔
할 일도 너무 많고, 사는 것도 너무 바쁘잖아요.

예전에 함께 일한 피디가 이런 얘길 한 적이 있어요.
"라디오는 매일 같은 시간, 같은 시그널 음악으로
사람들의 시간의 틈을 비집고 들어가는 것 같아."

그 말을 떠올리면서, 이만큼만 욕심 내보려고 해요.
"어느 서점에서 이 책을 발견한 당신,
그 시간의 틈을 운 좋게 이 책이 비집고 들어갈 수 있었다면,
그래도 어느 한 줄쯤으로,
그때, 우리의 그 시간을 떠올려 보셨기를."

그래서 라디오

초판 1쇄 발행 2020년 12월 8일
초판 2쇄 발행 2021년 4월 15일

지은이 남효민
펴낸이 김종길 **펴낸 곳** 글담출판사 **브랜드** 인디고

기획편집 이은지 · 이경숙 · 김보라 · 김윤아 · 안수영 **영업** 박용철 · 김상윤
디자인 엄재선 **마케팅** 정미진 · 김민지 **관리** 박인영

출판등록 1998년 12월 30일 제2013-000314호
주소 (04029) 서울시 마포구 월드컵로8길 41 (서교동 483-9)
전화 (02) 998-7030 **팩스** (02) 998-7924
블로그 blog.naver.com/geuldam4u **이메일** geuldam4u@naver.com

ISBN 979-11-5935-075-7 (03810)

책값은 뒤표지에 있습니다.
잘못된 책은 바꾸어 드립니다.

만든 사람들 ————
책임편집 이은지 **교정교열** 윤혜숙

글담출판에서는 참신한 발상, 따뜻한 시선을 가진 원고를 기다리고 있습니다.
원고는 글담출판 블로그와 이메일을 이용해 보내주세요. 여러분의 소중한 경험
과 지식을 나누세요.